Hans Christian Andersen
Ausgewählte Märchen

I0660646

SEVERUS Verlag

ISBN: 978-3-95801-685-9
Druck: SEVERUS Verlag, 2017
Satz und Lektorat: Amelie Bölscher
Coverbild: pixabay.com

Der SEVERUS Verlag ist ein Imprint der Diplomica Verlag GmbH.
Bibliografische Information der Deutschen Nationalbibliothek:
Die Deutsche Nationalbibliothek verzeichnet diese Publikation in der Deutschen National-
bibliografie; detaillierte bibliografische Daten sind im Internet über http://dnb.d-nb.de
abrufbar.

Hans Christian Andersen

Ausgewählte Märchen

Inhalt

Der Tannenbaum

Draußen im Walde stand ein niedlicher, kleiner Tannenbaum; er hatte einen guten Platz, Sonne konnte er bekommen, Luft war genug da, und ringsumher wuchsen viel größere Kameraden, sowohl Tannen als Fichten. Aber dem kleinen Tannenbaum schien nichts so wichtig als das Wachsen; er achtete nicht der warmen Sonne und der frischen Luft, er kümmerte sich nicht um die Bauernkinder, die da gingen und plauderten, wenn sie herausgekommen waren, um Erdbeeren und Himbeeren zu sammeln. Oft kamen sie mit einem ganzen Topf voll oder hatten Erdbeeren auf einen Strohhalm gezogen, dann setzten sie sich neben den kleinen Tannenbaum und sagten: „Wie niedlich klein ist der!" Das mochte der Baum gar nicht hören.

Im folgenden Jahre war er ein langes Glied größer, und das Jahr darauf war er um noch eins länger, denn bei den Tannenbäumen kann man immer an den vielen Gliedern, die sie haben, sehen, wie viele Jahre sie gewachsen sind.

„O, wäre ich doch so ein großer Baum wie die andern!", seufzte das kleine Bäumchen. „Dann könnte ich meine Zweige so weit umher ausbreiten und mit der Krone in die weite Welt hinausblicken! Die Vögel würden dann Nester zwischen meinen Zweigen bauen, und wenn der Wind weht, könnte ich so vornehm nicken, gerade wie die andern dort!"

Er hatte gar keine Freude am Sonnenschein, an den Vögeln und den roten Wolken, die morgens und abends über ihn hinsegelten.

War es nun Winter, und der Schnee lag ringsumher funkelnd weiß, so kam häufig ein Hase angesprungen und setzte gerade über den kleinen Baum weg. O, das war ärgerlich! Aber zwei Winter vergingen und im dritten war das Bäumchen so groß, dass der Hase um dasselbe herumlaufen musste. „O, wachsen, wachsen, groß und alt werden, das ist doch das einzige Schöne, in dieser Welt!", dachte der Baum.

Im Herbst kamen immer Holzhauer und fällten einige der größten Bäume; das geschah jedes Jahr, und dem jungen Tannenbaum, der nun ganz gut gewachsen war, schauderte dabei; denn die großen, prächtigen Bäume fielen mit Knacken und Krachen zur Erde, die Zweige wurden abgehauen, die Bäume sahen ganz nackt, lang und schmal aus; sie waren fast nicht zu erkennen. Aber dann wurden sie auf Wagen gelegt und Pferde zogen sie davon, aus dem Walde hinaus.

Wohin sollten sie? Was stand ihnen bevor?

Im Frühjahr, als die Schwalben und Störche kamen, fragte sie der Baum: „Wisst ihr nicht, wohin sie geführt wurden? Seid ihr ihnen begegnet?"

Die Schwalben wussten nichts, aber der Storch sah nachdenkend aus, nickte mit dem Kopfe, und sagte: „Ja, ich glaube wohl; mir begegneten viele neue Schiffe, als ich aus Ägypten flog; auf den Schiffen waren prächtige Mastbäume; ich darf annehmen, dass sie es waren, sie hatten Tannengeruch; ich kann vielmals grüßen, sie prangen, sie prangen!"

„O, wäre ich doch auch groß genug, um über das Meer hinfahren zu können! Was ist das eigentlich, dieses Meer, und wie sieht es aus?"

„Ja, das ist weitläufig zu erklären!", sagte der Storch und damit ging er.

„Freue dich deiner Jugend!", sagten die Sonnenstrahlen; „freue dich deines frischen Wachstums, des jungen Lebens, das in dir ist!"

Und der Wind küsste den Baum, und der Tau weinte Tränen über denselben, aber das verstand der Tannenbaum nicht.

Wenn es gegen die Weihnachtszeit war, wurden ganz junge Bäume gefällt. Bäume, die oft nicht einmal so groß oder gleichen Alters mit diesem Tannenbaume waren, der weder Rast noch Ruhe hatte, sondern immer davon wollte; diese jungen Bäume, und es waren gerade die allerschönsten, behielten immer alle ihre Zweige; sie wurden auf Wagen gelegt und Pferde zogen sie von dannen zum Walde hinaus.

„Wohin sollen diese?", fragte der Tannenbaum. „Sie sind nicht größer als ich, einer ist sogar viel kleiner; weswegen behalten sie alle ihre Zweige? Wohin fahren sie?"

„Das wissen wir! Das wissen wir!", zwitscherten die Sperlinge. „Unten in der Stadt haben wir in die Fenster gesehen! Wir wissen,

4

wohin sie fahren! O, sie gelangen zur größten Pracht und Herrlichkeit, die man sich denken kann! Wir haben in die Fenster gesehen und erblickt, dass sie mitten in der warmen Stube aufgepflanzt und mit den schönsten Sachen, vergoldeten Äpfeln, Honigkuchen, Spielzeug und vielen hundert Lichtern geschmückt werden.

„Und dann?", fragte der Tannenbaum und bebte in allen Zweigen. „Und dann? Was geschieht dann?"

„Ja, mehr haben wir nicht gesehen! Das war unvergleichlich schön!"

„Ob ich wohl bestimmt bin, diesen strahlenden Weg zu betreten?", jubelte der Tannenbaum. „Das ist noch besser, als über das Meer zu ziehen! Wie leide ich an Sehnsucht! Wäre es doch Weihnachten! Nun bin ich hoch und entfaltet wie die andern, die im vorigen Jahre davongeführt wurden! O, wäre ich erst auf dem Wagen, wäre ich doch in der warmen Stube mit all' der Pracht und Herrlichkeit! Und dann? Ja, dann kommt noch etwas Besseres, noch Schöneres, warum würden sie mich sonst so schmücken? Es muss noch etwas Größeres, Herrlicheres kommen! Aber was? O, ich leide, ich sehne mich, ich weiß selbst nicht, wie es mir ist!"

„Freue dich unser!", sagten die Luft und das Sonnenlicht; „freue dich deiner frischen Jugend im Freien!"

Aber er freute sich durchaus nicht; er wuchs und wuchs, Winter und Sommer stand er grün; dunkelgrün stand er da, die Leute, die ihn sahen, sagten: „Das ist ein schöner Baum!", und zur Weihnachtszeit wurde er von allen zuerst gefällt. Die Axt hieb tief durch das Mark; der Baum fiel mit einem Seufzer zu Boden, er fühlte einen Schmerz, eine Ohnmacht, er konnte gar nicht an irgend ein Glück denken, er war betrübt, von der Heimat scheiden zu müssen, von dem Flecke, auf dem er emporgeschossen war; er wusste ja, dass er die lieben, alten Kameraden, die kleinen Büsche und Blumen ringsumher nie mehr sehen werde, ja vielleicht nicht einmal die Vögel. Die Abreise hatte durchaus nichts Behagliches.

Der Baum kam erst wieder zu sich selbst, als er im Hofe, mit andern Bäumen abgeladen, einen Mann sagen hörte: „Dieser hier ist prächtig! Wir brauchen nur diesen!"

Nun kamen zwei Diener im vollen Staat und trugen den Tannenbaum in einen großen, schönen Saal. Ringsherum an den Wänden hingen Bilder, und bei dem großen Kachelofen standen große chinesische Vasen mit Löwen auf den Deckeln; da waren Wiegestühle, seidene Sofas, große Tische voll von Bilderbüchern und Spielzeug für hundertmal hundert Taler; wenigstens sagten das die Kinder. Der Tannenbaum wurde in ein großes, mit Sand gefülltes Fass gestellt, aber niemand konnte sehen, dass es ein Fass war, denn es wurde rund herum mit grünem Zeug behängt und stand auf einem großen bunten Teppich. O, wie der Baum bebte! Was wird da doch vorgehen? Sowohl die Diener, als die Fräulein schmückten ihn. An einen Zweig hängten sie kleine Netze, aus farbigem Papier ausgeschnitten, jedes Netz war mit Zuckerwerk gefüllt; vergoldete Äpfel und Wallnüsse hingen herab, als wären sie fest gewachsen und über hundert rote, blaue und weiße kleine Lichter wurden in den Zweigen festgesteckt. Puppen, die leibhaft wie die Menschen aussahen – der Baum hatte früher nie solche gesehen – schwebten im Grünen, und hoch oben in der Spitze wurde ein Stern von Flittergold befestigt. Das war prächtig, ganz außerordentlich prächtig!

„Heute Abend", sagten alle, „heute Abend wird es strahlen!"

„O", dachte der Baum, „wäre es doch Abend! Würden nur die Lichter bald angezündet! Und was dann wohl geschieht? Ob da wohl Bäume aus dem Walde kommen, mich zu sehen? Ob die Sperlinge gegen die Fensterscheiben fliegen? Ob ich hier festwachse und Winter und Sommer geschmückt stehen werde?"

Ja, er wusste gut Bescheid; aber er hatte ordentlich Borkenschmerzen vor lauter Sehnsucht, und Borkenschmerzen sind für einen Baum eben so schlimm wie Kopfschmerzen für uns anderen.

Nun wurden die Lichter angezündet. Welcher Glanz, welche Pracht! Der Baum bebte in allen Zweigen dabei, so dass eins der Lichter das Grüne anbrannte; es sengte ordentlich.

„Gott bewahre uns!", schrien die Fräulein und löschten es hastig aus.

Nun durfte der Baum nicht einmal beben. O, das war ein Grauen! Ihm war bange, etwas von seinem Staate zu verlieren; er war ganz betäubt von all' dem Glanze. Da gingen beide Flügeltüren auf, und eine Menge Kinder stürzten herein, als wollten sie den ganzen Baum umwerfen, die älteren Leute kamen bedächtig nach; die Kleinen standen ganz stumm, aber nur einen Augenblick, dann jubelten sie wieder, dass es laut schallte, sie tanzten um den Baum herum, und ein Geschenk nach dem andern wurde abgepflückt.

„Was machen sie?", dachte der Baum. „Was soll geschehen?" Die Lichter brannten gerade bis auf die Zweige herunter, und je nachdem sie niederbrannten, wurden sie ausgelöscht, und dann erhielten die Kinder die Erlaubnis, den Baum zu plündern. O, sie stürzten auf denselben ein, dass es in allen Zweigen knackte; wäre er nicht mit der Spitze und mit dem Goldsterne an der Decke festgemacht gewesen, so wäre er umgestürzt.

Die Kinder tanzten mit ihrem prächtigen Spielzeug herum, niemand sah nach dem Baume, ausgenommen das alte Kindermädchen, welches kam und zwischen die Zweige blickte; aber es geschah nur, um zu sehen, ob nicht noch eine Feige oder ein Apfel vergessen sei.

„Eine Geschichte, eine Geschichte!", riefen die Kinder und zogen einen kleinen, dicken Mann gegen den Baum hin, und er setzte sich gerade unter denselben, „denn so sind wir im Grünen", sagte er, „und der Baum kann besonders Nutzen davon haben, zuzuhören! Aber ich erzähle nur eine Geschichte. Wollt ihr die von Ivede-Avede oder die von Klumpe-Dumpe hören, der die Treppen hinunterfiel und doch erhöht wurde und die Prinzessin erhielt?"

„Ivede-Avede!", schrien Einige, „Klumpe-Dumpe!", schrien Andere. Das war ein Rufen und Schreien! Nur der Tannenbaum schwieg ganz still und dachte: „Komme ich gar nicht mit, werde ich nichts dabei zu tun haben?" Er war ja mit gewesen, hatte ja geleistet, was er sollte.

Der Mann erzählte von Klumpe-Dumpe, welcher die Treppen hinunterfiel und doch erhöht wurde und die Prinzessin erhielt. Und die Kinder klatschten in die Hände und riefen: „Erzähle, erzähle!" Sie wollten auch die Geschichte von Ivede-Avede hören, aber sie bekamen nur die von Klumpe-Dumpe. Der Tannenbaum stand ganz stumm und gedankenvoll, nie hatten die Vögel im Walde dergleichen erzählt. „Klumpe-Dumpe fiel die Treppen hinunter und bekam doch die Prinzessin! Ja, ja, so geht es in der Welt zu!", dachte der Tannenbaum und glaubte, dass es wahr sei, weil es ein so netter Mann war, der es erzählte. „Ja, ja! Vielleicht falle ich auch die Treppe hinunter und bekomme eine Prinzessin!" Und er freute sich, den nächsten Tag wieder mit Lichtern und Spielzeug, Gold und Früchten aufgeputzt zu werden.

„Morgen werde ich nicht zittern!", dachte er. „Ich will mich recht aller meiner Herrlichkeit freuen. Morgen werde ich wieder die Geschichte von Klumpe-Dumpe und vielleicht auch die von Ivede-Avede hören." Und der Baum stand die ganze Nacht still und gedankenvoll.

Am Morgen kamen die Diener und das Mädchen herein.

„Nun beginnt der Staat auf's Neue!", dachte der Baum; aber sie schleppten ihn zum Zimmer hinaus, die Treppe hinauf, auf den Boden, und stellten ihn in einen dunkeln Winkel, wohin kein Tageslicht schien. „Was soll das bedeuten?", dachte der Baum. „Was soll ich hier wohl machen? Was mag ich hier wohl hören sollen?" Er lehnte sich gegen die Mauer und dachte und dachte. Und er hatte Zeit genug, denn es vergingen Tage and Nächte; niemand kam herauf, und als endlich jemand kam, so geschah es, um einige große Kasten in den Winkel zu stellen; der Baum stand ganz versteckt, man musste glauben, dass er ganz vergessen war.

„Nun ist es Winter draußen!", dachte der Baum. „Die Erde ist hart und mit Schnee bedeckt, die Menschen können mich nicht pflanzen; deshalb soll ich wohl bis zum Frühjahr hier im Schutz stehen! Wie Wohl bedacht ist das! Wie die Menschen doch so gut sind! Wäre es hier nur nicht so dunkel und schrecklich einsam! Nicht einmal ein kleiner Hase! Das war doch niedlich da draußen im Walde, wenn der Schnee lag und der Hase vorbei sprang, ja selbst als er über mich hinwegsprang; aber damals mochte ich es nicht leiden. Hier oben ist es doch schrecklich einsam!"

„Pip, Pip!", sagte da eine kleine Maus und huschte hervor; und dann kam noch eine kleine. Sie beschnüffelten den Tannenbaum und dann schlüpften sie zwischen dessen Zweige.

„Es ist eine gräuliche Kälte!", sagten die kleinen Mäuse. „Sonst ist hier gut sein; nicht wahr, du alter Tannenbaum?"

„Ich bin gar nicht alt!", sagte der Tannenbaum; „es gibt viele, die weit älter sind denn ich!"

„Woher kommst du", fragten die Mäuse, „und was weißt du?" Sie waren gewaltig neugierig. „Erzähle uns doch von den schönsten Orten auf Erden! Bist du dort gewesen? Bist du in der Speisekammer gewesen, wo Käse auf den Brettern liegen und Schinken unter der Decke hängen, wo man auf Talglicht tanzt, mager hineingeht und fett herauskommt?"

„Das kenne ich nicht", sagte der Baum; „aber den Wald kenne ich, wo die Sonne scheint und die Vögel singen!" Und dann erzählte er alles aus seiner Jugend, die kleinen Mäuse hatten früher nie dergleichen gehört, und sie horchten auf und sagten: „Wie viel du gesehen hast! Wie glücklich du gewesen bist!"

„Ich?", sagte der Tannenbaum und dachte über das, was er selbst erzählte, nach. „Ja, es waren im Grunde ganz fröhliche Zeiten!" Aber dann erzählte er vom Weihnachtsabend, wo er mit Kuchen und Lichtern geschmückt war.

„O", sagten die kleinen Mäuse, „wie glücklich du gewesen bist, du alter Tannenbaum!"

„Ich bin gar nicht alt!", sagte der Baum; „erst in diesem Winter bin ich vom Walde gekommen! Ich bin in meinem allerbesten Alter, ich bin nur so aufgeschossen."

„Wie schön du erzählst!", sagten die kleinen Mäuse, und in der nächsten Nacht kamen sie mit vier anderen kleinen Mäusen, die den Baum erzählen hören sollten, und je mehr er erzählte, desto deutlicher erinnerte er sich selbst an alles und dachte: „Es waren doch ganz fröhliche Zeiten! Aber sie können wiederkommen, können wiederkommen! Klumpe-Dumpe fiel die Treppe hinunter und erhielt doch die Prinzessin; vielleicht kann ich auch eine Prinzessin bekommen." Und dann dachte der Tannenbaum an eine kleine niedliche Birke, die draußen im Walde wuchs; das war für den Tannenbaum eine wirkliche schöne Prinzessin.

„Wer ist Klumpe-Dumpe?", fragten die kleinen Mäuse. Da erzählte der Tannenbaum das ganze Märchen, er konnte sich jedes einzelnen Wortes entsinnen; die kleinen Mäuse waren aus reiner Freude bereit, bis an die Spitze des Baumes zu springen.

In der folgenden Nacht kamen weit mehr Mäuse und am Sonntage sogar zwei Ratten, aber die meinten, die Geschichte sei nicht hübsch, und das betrübte die kleinen Mäuse, denn nun hielten sie auch weniger davon.

„Wissen Sie nur die eine Geschichte?", fragten die Ratten.

„Nur die eine", antwortete der Baum; „die hörte ich an meinem glücklichsten Abend, aber damals dachte ich nicht daran, wie glücklich ich war."

„Das ist eine höchst jämmerliche Geschichte! Kennen Sie keine von Speck und Talglicht? Keine Speisekammergeschichte?"

„Nein!", sagte der Baum.

„Ja, dann danken wir dafür!", erwiderten die Ratten und gingen zu den Ihrigen zurück.

Die kleinen Mäuse blieben zuletzt auch weg, und da seufzte der Baum: „Es war doch ganz hübsch, als sie um mich herum saßen, die beweglichen kleinen Mäuse, und zuhörten, wie ich erzählte! Nun ist auch das vorbei! Aber ich werde daran denken, mich zu freuen, wenn ich wieder hervorgenommen werde."

Aber wann geschah das? Ja, es war eines Morgens, da kamen Leute und wirtschafteten auf dem Boden; die Kasten wurden weggesetzt der Baum wurde hervorgezogen; sie warfen ihn freilich ziemlich hart gegen den Fußboden, aber ein Diener schleppte ihn gleich nach der Treppe hin, wo der Tag leuchtete.

„Nun beginnt das Leben wieder!", dachte der Baum; er fühlte die frische Luft, die ersten Sonnenstrahlen, und nun war er draußen im Hofe. Alles ging geschwind, der Baum vergaß völlig, sich selbst zu betrachten, da war so vieles ringsumher zu sehen. Der Hof stieß an einen Garten, und alles blüte darin; die Rosen hingen frisch und duftend über das kleine Gitter hinaus, die Lindenbäume blühten, und die Schwalben flogen umher und sagten: „Quirrevirrevit, mein Mann ist kommen!" Aber es war nicht der Tannenbaum, den sie meinten.

„Nun werde ich leben!", jubelte dieser und breitete seine Zweige weit aus; aber ach, die waren alle vertrocknet und gelb; und er lag da zwischen Unkraut und Nesseln. Der Stern von Goldpapier saß noch oben in der Spitze und glänzte im hellen Sonnenschein.

Im Hofe selbst spielten ein paar der munteren Kinder, die zur Weihnachtszeit den Baum umtanzt hatten und so froh über denselben gewesen waren. Eins der kleinsten lief hin und riss den Goldstern ab.

„Sieh, was da noch an dem hässlichen, alten Tannenbaum sitzt!", sagte es und trat auf die Zweige, so dass sie unter seinen Stiefeln knackten.

Der Baum sah auf all' die Blumenpracht und Frische im Garten, er betrachtete sich selbst und wünschte, dass er in seinem dunklen Winkel auf dem Boden geblieben wäre; er gedachte seiner frischen Jugend im Walde, des lustigen Weihnachtsabends und der kleinen Mäuse, die so munter die Geschichte von Klumpe-Dumpe angehört hatten.

„Vorbei, vorbei!", sagte der arme Baum. „Hätte ich mich doch gefreut, als ich es noch konnte! Vorbei, vorbei!"

Der Diener kam und hieb den Baum in kleine Stücke, ein ganzes Bund lag da; hell flackerte es auf unter dem großen Braukessel. Der Baum seufzte tief und jeder Seufzer war einem kleinen Schusse gleich; deshalb liefen die Kinder, die da spielten, herbei und setzten sich vor das Feuer, blickten in dasselbe hinein und riefen: „Piff, paff!" Aber bei jedem Knalle, der ein tiefer Seufzer war, dachte der Baum an einen Sommerabend im Walde oder an eine Winternacht da draußen, wenn die Sterne funkelten; er dachte an den Weihnachtsabend und an Klumpe-Dumpe, das einzige Märchen, welches er gehört hatte und zu erzählen wusste – und dann war der Baum verbrannt.

Die Knaben spielten im Garten, und der kleinste hatte den Goldstern auf der Brust, den der Baum an seinem glücklichsten Abend getragen; nun war der vorbei, und mit dem Baum war es auch vorbei und mit der Geschichte auch; vorbei, vorbei, und so geht es mit allen Geschichten!

Ole Luk-Oie (Der Sandmann)

Es gibt niemanden in der ganzen weiten Welt, der so viele Geschichten weiß, als Ole Luk-Oie. – Der kann gehörig erzählen!

So gegen Abend hin, wenn die Kinder noch so nett am Tische oder auf ihrem Schemel sitzen, kommt Ole Luk-Oie. Er kommt sachte die Treppe herauf, denn er geht auf Socken; er macht ganz leise die Türen auf, und husch! da spritzt er den Kindern süße Milch in die Augen hinein, und das so fein, so fein, aber doch immer genug, sodass sie die Augen nicht aufhalten und ihn deshalb auch nicht sehen können. Er schleicht sich gerade hinter sie, bläst ihnen sachte in den Nacken, und davon werden sie schwer im Kopf. O ja! aber es tut nicht weh, denn Ole Luk-Oie meint es gerade gut mit den Kindern; er will nur, dass sie ruhig sein sollen, und das sind sie am ersten, wenn man sie zu Bette gebracht hat; sie sollen stille sein, damit er ihnen Geschichten erzählen kann.

Wenn die Kinder dann schlafen, setzt sich Ole Luk-Oie auf ihr Bett. Er ist gut gekleidet; sein Rock ist von Seidenzeug, aber es ist unmöglich, zu sagen, von welcher Farbe, denn er glänzt grün, rot und blau, jenachdem er sich wendet. Unter jedem Arme hält er einen Regenschirm; den einen, mit Bildern darauf, spannt er über die guten Kinder aus, und dann träumen sie die ganze Nacht die herrlichsten Geschichten; aber einen andern Schirm hat er, wo durchaus nichts darauf ist; den stellt er über die unartigen Kinder, dann schlafen sie so dumm und haben am Morgen, wenn sie erwachen, nicht das Allergeringste geträumt.

Nun werden wir hören, wie Ole Luk-Oie an jedem Abend in einer ganzen Woche zu einem kleinen Knaben kam, welcher Hjalmar hieß, und was er ihm erzählte. Es sind sieben Geschichten, denn es sind sieben Tage in der Woche.

„Höre mal!", sagte Ole Luk-Oie am Abend, als er Hjalmar zu Bette gebracht hatte; „nun werde ich aufputzen!" Und da wurden alle Blumen in den Blumentöpfen zu großen Bäumen, welche ihre langen Zweige unter der Zimmerdecke und längs den Wänden ausstreckten, sodass die ganze Stube wie ein prächtiges Lusthaus aussah; und alle Zweige waren voller Blumen, und jede Blume war noch schöner, als eine Rose, duftete so lieblich, und wollte man sie essen, so war sie noch süßer, als Eingemachtes! Die Früchte glänzten wie Gold, und es waren da Kuchen, die vor lauter Rosinen platzten. Es war unvergleichlich schön! Aber zu gleicher Zeit ertönte ein schreckliches Jammern aus dem Tischkasten her, wo Hjalmar's Schulbücher lagen.

„Was ist nur das?", sagte Ole Luk-Oie und ging hin nach dem Tische und zog den Kasten auf. Es war die Schiefertafel, in der es riss und wühlte, denn es war eine falsche Zahl in das Rechenexempel gekommen, sodass es nahe daran war, auseinander zu fallen; der Griffel hüpfte und sprang an seinem Bande, gerade als ob er ein kleiner Hund wäre, der dem Rechenexempel helfen möchte; aber er konnte es nicht! – Und dann jammerte es auch in Hjalmar's Schreibebuch; o, es war ordentlich hässlich mit anzuhören! Auf jedem Blatte standen der Länge nach herunter die großen Buchstaben, ein jeder mit einem kleinen zur Seite: das war eine Vorschrift; und neben diesen standen wieder einige Buchstaben, welche eben so auszusehen glaubten, und diese hatte Hjalmar geschrieben; sie lagen aber fast gerade so, als ob sie über die Bleifederstriche gefallen wären, auf denen sie stehen sollten.

„Seht, so solltet Ihr Euch halten!", sagte die Vorschrift. „Seht, so schräg geneigt, mit einem kräftigen Schwung!"

„O, wir möchten gern", sagten Hjalmar's Buchstaben; „aber wir können nicht; wir sind so jämmerlich!"

„Dann müsst Ihr einnehmen!", sagte Ole Luk-Oie.

„O nein!", riefen sie, und da standen sie so schlank, dass es eine Lust war!

„Ja, nun können wir keine Geschichten erzählen!", sagte Ole Luk-Oie; „nun muss ich sie exerzieren! Eins, zwei! Eins, zwei!" und so exerzierte er die Buchstaben: und sie standen ganz schlank und so schön, wie nur eine Vorschrift stehen kann. Aber als Ole Luk-Oie ging und Hjalmar sie am Morgen besah, da waren sie eben so jämmerlich, wie früher.

Dienstag

Sobald Hjalmar zu Bette war, berührte Ole Luk-Oie mit seiner kleinen Zauberspritze alle Möbeln in der Stube, und sogleich fingen die an zu plaudern, und allesamt sprachen sie von sich selbst, mit Ausnahme des Spucknapfes, welcher stumm dastand und sich darüber ärgerte, dass sie so eitel sein könnten, nur von sich selbst zu reden, nur an sich selbst zu denken und durchaus keine Rücksicht auf den zu nehmen, der doch so bescheiden in der Ecke stand und sich bespucken ließ.

Über der Kommode hing ein großes Gemälde in einem vergoldeten Rahmen, das war eine Landschaft; man sah darauf große, alte Bäume, Blumen im Grase und einen breiten Fluss, welcher um den Wald herumfloss, an vielen Schlössern vorbei, und weit hinaus in das wilde Meer.

Ole Luk-Oie berührte mit seiner Zauberspritze das Gemälde, und da begannen die Vögel darauf zu singen, die Baumzweige bewegten sich und die Wolken zogen ordentlich weiter; man konnte ihren Schatten über die Landschaft hingleiten sehen.

Nun hob Ole Luk-Oie den kleinen Hjalmar zu dem Rahmen empor und stellte seine Füße in das Gemälde, gerade in das hohe Gras, und da stand er; die Sonne beschien ihn durch die Zweige der Bäume. Er lief hin zum Wasser und setzte sich in ein kleines Boot, welches dort lag; es war rot und weiß angestrichen, die Segel glänzten wie Silber, und sechs Schwäne, alle mit Goldkronen um den Hals und einem strahlenden blauen Stern auf dem Kopfe, zogen das Boot an dem grünen Walde vorbei, wo die Bäume von Räubern und Hexen und die Blumen von den niedlichen kleinen Elfen und von Dem, was die Schmetterlinge ihnen gesagt hatten, erzählten.

Die herrlichsten Fische, mit Schuppen wie Silber und Gold, schwammen dem Boote nach; mitunter machten sie einen Sprung, sodass es im Wasser plätscherte, und Vögel, rot und blau, klein und groß, flogen in zwei langen Reihen hinterher; die Mücken tanzten und die Maikäfer sagten: „Bum! Bum!" Sie wollten Hjalmar alle folgen, und sie alle hatten eine Geschichte zu erzählen.

Das war eine Lustfahrt! Bald waren die Wälder so dicht und so dunkel, bald waren sie wie der herrlichste Garten mit Sonnenschein und Blumen; und da lagen große Schlösser von Glas und von Marmor; auf den Altanen standen Prinzessinnen, und diese waren alle kleine Mädchen, die Hjalmar gut kannte; er hatte früher mit ihnen gespielt. Sie streckten jede die Hand aus und hielten das niedlichste Zuckerherz hin, welches je eine Kuchenfrau verkaufen konnte; und Hjalmar fasste die eine Seite des Zuckerherzens an, indem er vorbeifuhr, und die Prinzessin hielt recht fest, und so bekam jeder ein Stück: sie das kleinste, Hjalmar das allergrößte. Bei jedem Schlosse standen kleine Prinzen Schildwache; sie schulterten mit Goldsäbeln und ließen Rosinen und Zinnsoldaten regnen; das sah man ihnen an, dass es echte Prinzen waren!

Bald segelte Hjalmar durch Wälder, bald durch große Säle, oder mitten durch eine Stadt; er kam auch durch die, in welcher sein Kindermädchen wohnte, welches ihn getragen hatte, da er noch ein ganz kleiner Knabe war, und das ihm immer so gut gewesen; und sie nickte und winkte und sang den niedlichen kleinen Vers, den sie selbst gedichtet und Hjalmar gesandt hatte:

Ich denke Deiner so manches Mal,
Mein teurer Hjalmar, Du Lieber!
Ich gab Dir Küsse ja ohne Zahl
Auf Stirne, Mund, Augenlider.
Ich hörte Dich lallen das erste Wort,
Doch musst' ich Dir Abschied sagen.
Es segne der Herr Dich an jedem Ort,
Du Engel, den ich getragen!

Und alle Vögel sangen mit, die Blumen tanzten auf den Stielen und die alten Bäume nickten, gerade als ob Ole Luk-Oie ihnen auch Geschichten erzählte.

Nein, wie strömte der Regen draußen hernieder! Hjalmar konnte es im Schlafe hören; und da Ole Luk-Oie ein Fenster öffnete, stand das Wasser gerade herauf bis an das Fensterbrett; es war ein ganzer See da draußen, aber das prächtigste Schiff lag dicht am Hause.

„Willst Du mitsegeln, kleiner Hjalmar?", fragte Ole Luk- Oie, „so kannst Du diese Nacht nach fremden Ländern gelangen und morgen wieder hier sein!" –

Und da stand Hjalmar plötzlich in seinen Sonntagskleidern mitten auf dem prächtigen Schiffe, und sogleich wurde das Wetter schön, und sie segelten durch die Straßen, kreuzten um die Kirche, und nun war alles eine große, wilde See. Sie segelten so lange, bis kein Land mehr zu erblicken war, und sie sahen einen Flug Störche, die kamen auch aus der Heimat und wollten nach den warmen Ländern; ein Storch flog immer hinter dem andern, und sie waren schon so weit, so weit geflogen! Einer von ihnen war so ermüdet, dass seine Flügel ihn kaum noch zu tragen vermochten; es war der allerletzte in der Reihe, und bald blieb er ein großes Stück zurück; zuletzt sank er mit ausgebreiteten Flügeln tiefer und tiefer; er machte noch ein paar Schläge mit den Schwingen, aber es half nichts; nun berührte er mit seinen Füßen das Tauwerk des Schiffes, nun glitt er vom Segel herab, und bums! da stand er auf dem Verdecke.

Nun nahm der Schiffsjunge ihn und setzte ihn in das Hühnerhaus, zu den Hühnern, Enten und Truthähnen; der arme Storch stand ganz befangen mitten unter ihnen.

„Sieh den Kerl an!", sagten alle Hühner.

Und der kalekutische Hahn blies sich so dick auf, wie er konnte, und fragte, wer er wäre; und die Enten gingen rückwärts und pufften einander: „Rappel Dich! Rappel Dich!"

Und der Storch erzählte vom warmen Afrika, von den Pyramiden und vom Strauße, der einem wilden Pferde gleich die Wüste durchlaufe; aber die Enten verstanden nicht, was er sagte, und dann pufften sie einander: „Wir sind doch wohl alle derselben Meinung, nämlich, dass er dumm ist?"

17

„Ja, sicher ist er dumm!", sagte der Truthahn, und dann kollerte er. Da schwieg der Storch ganz stille und dachte an sein Afrika.

„Das sind ja herrliche dünne Beine, die Ihr habt!", sagte der Kalekute. „Was kostet die Elle davon?"

„Skrat, skrat, skrat!", grinsten alle Enten; aber der Storch tat, als ob er es gar nicht höre.

„Ihr könnt immer mitlachen", sagte der Kalekute zu ihm; „denn es war sehr witzig gesagt! Oder war es Euch vielleicht zu hoch? Ach, ach! er ist nicht vielseitig! Wir wollen interessant unter uns selbst bleiben!" Und dann kluckte er, und die Enten schnatterten: „Gik, gak! Gik, gak!" Es war erschrecklich, wie sie sich selbst belustigten.

Aber Hjalmar ging nach dem Hühnerhause, öffnete die Türe, rief den Storch, und der hüpfte zu ihm heraus auf das Verdeck. Nun hatte er ja ausgeruht, und es war gleichsam, als ob er Hjalmar zunicke, um ihm zu danken. Darauf entfaltete er seine Schwingen und flog nach den warmen Ländern; aber die Hühner kluckten, die Enten schnatterten und der kalekutische Hahn wurde ganz feuerrot im Kopfe.

„Morgen werden wir Suppe von Euch kochen!", sagte Hjalmar, und damit erwachte er und lag in seinem kleinen Bette. Es war doch eine sonderbare Reise, die Ole Luk-Oie ihn diese Nacht hatte machen lassen.

DONNERSTAG

„Weißt Du was?", sagte Ole Luk-Oie. „Werde nur nicht furchtsam! Hier wirst Du eine kleine Maus sehen!" Und dann hielt er ihm seine Hand hin, mit dem leichten, niedlichen Tiere in derselben. „Sie ist gekommen, um Dich zur Hochzeit einzuladen. Hier sind diese Nacht zwei kleine Mäuse, die in den Stand der Ehe treten wollen. Sie wohnen unter Deiner Mutter Speisekammerfußboden: das soll eine schöne Wohnung sein!"

„Aber wie kann ich durch das kleine Mäuseloch im Fußboden kommen?", fragte Hjalmar.

„Da lass mich nur sorgen!", sagte Ole Luk-Oie. „Ich werde Dich schon klein machen!" Und nun berührte er Hjalmar mit seiner Zauberspritze, worauf dieser sogleich kleiner und kleiner wurde; zuletzt war er keinen Finger lang. „Nun kannst Du Dir die Kleider des Zinnsoldaten leihen; ich denke, sie werden Dir passen, und es sieht so gut aus, Uniform anzuhaben, wenn man in Gesellschaft ist!"

„Ja freilich!", sagte Hjalmar, und da war er im Augenblick wie der niedlichste Zinnsoldat angekleidet.

„Wollen Sie nicht so gut sein und sich in Ihrer Mutter Fingerhut setzen", sagte die kleine Maus; „dann werde ich die Ehre haben, Sie zu ziehen!"

„Gott, wollen sich das Fräulein selbst bemühen!", sagte Hjalmar; und so fuhren sie zur Mäusehochzeit.

Zuerst kamen sie unter dem Fußboden in einen langen Gang, der gar nicht höher war, als dass sie gerade mit dem Fingerhut dort fahren konnten; und der ganze Gang war mit faulem Holze illuminiert.

„Riecht es hier nicht herrlich?", fragte die Maus, die ihn zog. Der ganze Gang ist mit Speckschwarten geschmiert worden! Es kann nichts Schöneres geben!"

Nun kamen sie in den Brautsaal hinein. Hier standen zur Rechten alle kleinen Mäusedamen; und die wisperten und pisperten, als ob sie einander zum Besten hätten. Zur Linken standen alle Mäuseherren und strichen sich mit der Pfote den Schnauzbart; mitten in dem Saale aber sah man das Brautpaar; die standen in einer ausgehöhlten Käserinde und küssten sich gar erschrecklich viel vor aller Augen, denn sie waren ja Verlobte und sollten nun gleich Hochzeit halten.

Es kamen immer mehr und mehr Fremde; die eine Maus war nahe daran, die andere tot zu treten, und das Brautpaar hatte sich mitten in die Türe gestellt, sodass man weder hinaus noch herein gelangen konnte. Die Stube war eben so wie der Gang mit Speckschwarten eingeschmiert; das war die ganze Bewirtung; aber zum Dessert wurde eine Erbse vorgezeigt, in die eine Maus aus der Familie den Namen des Brautpaares eingebissen hatte, das heißt: den ersten Buchstaben. Das war etwas ganz Außerordentliches!

Alle Mäuse sagten, dass es eine schöne Hochzeit sei, und dass die Unterhaltung sehr angenehm gewesen wäre.

Und dann fuhr Hjalmar wieder nach Hause; er war wahrlich in vornehmer Gesellschaft gewesen, aber er hatte auch ordentlich zusammenkriechen, sich klein machen und Zinnsoldatenuniform anziehen müssen.

„Es ist unglaublich, wie viele ältere Leute es gibt, die mich gar zu gern haben möchten!", sagte Ole Luk-Oie. „Es sind besonders die, welche etwas Böses verübt haben. ‚Guter, kleiner Ole', sagen sie zu mir; ‚wir können die Augen nicht schließen, und so liegen wir die ganze Nacht und sehen alle unsere bösen Taten, die wie hässliche kleine Kobolde auf der Bettstelle sitzen und uns mit heißem Wasser bespritzen; möchtest Du doch kommen und sie fortjagen, damit wir einen guten Schlaf bekämen'; und dann seufzen sie so tief; ‚wir möchten es wahrlich gern bezahlen; gute Nacht, Ole! das Geld liegt im Fenster!' Aber ich tue es nicht für Geld", sagte Ole Luk-Oie.

„Was wollen wir nun diese Nacht vornehmen?", fragte Hjalmar.

„Ja, ich weiß nicht, ob Du diese Nacht wieder Lust hast, zur Hochzeit zu gehen; es ist eine andere Art, als die gestrige war. Deiner Schwester große Puppe, die, welche wie ein Mann aussieht und Herrmann genannt wird, will sich mit der Puppe Bertha verheiraten. Es ist obendrein der Puppe Geburtstag, und deshalb werden sie sehr viele Geschenke bekommen!"

„Ja, das kenne ich schon", sagte Hjalmar. „Immer wenn die Puppen neue Kleider brauchen, dann lässt meine Schwester sie ihren Geburtstag feiern oder Hochzeit halten; das ist sicher schon hundert Mal geschehen!"

„Ja, aber in dieser Nacht ist es die hundert und erste Hochzeit, und wenn hundert und eins aus ist, dann ist alles vorbei! Deshalb wird auch diese so beispiellos schön. Sieh nur einmal!"

Und Hjalmar sah nach dem Tische. Da stand das kleine Papphaus mit Licht in den Fenstern, und draußen davor präsentierten alle Zinnsoldaten das Gewehr. Das Brautpaar saß ganz gedankenvoll, wozu es wohl Ursache hatte, auf dem Fußboden, und lehnte sich gegen das Tischbein. Aber Ole Luk-Oie, in der Großmutter schwarzen Rock gekleidet, traute sie. Als die Trauung vorbei war, stimmten alle Möbel

in der Stube folgenden schönen Gesang an, welcher von der Bleifeder
geschrieben war; er ging nach der Melodie des Zapfenstreiches:

Das Lied ertöne, wie der Wind;
Dem Brautpaar Hoch! das sich verbind't;
Sie prangen Beide steif und blind,
Da sie von Handschuhleder sind!
Hurrah, Hurrah! ob taub und blind,
Wir singen es in Wetter und Wind!

Und nun bekamen sie Geschenke; aber sie hatten sich alle Speisewa-
ren verbeten, denn sie hatten an ihrer Liebe genug.

„Wollen wir nun eine Sommerwohnung beziehen oder auf Reisen
gehen?", fragte der Bräutigam.

Und da wurde die Schwalbe, die so viel gereist war, und die alte
Hofhenne, welche fünf Mal Küchlein ausgebrütet hatte, zu Rate gezogen. Und die Schwalbe erzählte von den herrlichen warmen Ländern,
wo die Weintrauben so groß und schwer hingen, wo die Luft so mild
sei und die Berge Farben hätten, wie man sie hier gar nicht an denselben kenne!

„Sie haben doch nicht unsern Braunkohl!", sagte die Henne. „Ich
war einen Sommer lang mit allen meinen Küchlein auf dem Lande; da
war eine Sandgrube, in der wir umhergehen und kratzen konnten; und
dann hatten wir Zutritt zu einem Garten mit Braunkohl! O, wie war
der herrlich! Ich kann mir nichts Schöneres denken."

„Aber der eine Kohlstrunk sieht gerade so aus, als der andere", sagte
die Schwalbe; „und dann ist hier so oft schlechtes Wetter!"

„Ja, daran ist man gewöhnt!", sagte die Henne.

„Aber hier ist es kalt, und es friert!"

„Das ist gut für den Kohl!", sagte die Henne. „Übrigens können wir
es auch warm haben! Hatten wir nicht vor vier Jahren einen Sommer,
der fünf Wochen lang währte; es war hier so heiß, man konnte nicht
atmen! Und dann haben wir nicht alle die giftigen Tiere, die sie dort
haben! Und wir sind von Räubern frei! Der ist ein Bösewicht, der
nicht findet, dass unser Land das schönste ist! Er verdient wahrlich
nicht, hier zu sein!" Und dann weinte die Henne und fuhr fort: „Ich

bin auch gereist! Ich bin in einer Bütte über zwölf Meilen gefahren! Es ist durchaus kein Vergnügen beim Reisen!"

„Ja, die Henne ist eine vernünftige Frau!", sagte die Puppe Bertha. „Ich halte auch nichts davon, Berge zu bereisen, denn das geht nur hinauf und dann wieder herunter! Nein, wir wollen hinaus vors Tor in die Sandgrube ziehen und im Kohlgarten spazieren!"

Und dabei blieb es.

SONNABEND

„Bekomme ich nun Geschichten zu hören?", fragte der kleine Hjalmar, sobald Ole Luk-Oie ihn in den Schlaf gebracht hatte.

„Diesen Abend haben wir nicht Zeit dazu", sagte Ole Luk-Oie und spannte seinen schönsten Regenschirm über ihm auf. „Betrachte nun diese Chinesen!" Und der ganze Regenschirm sah aus, wie eine große chinesische Schale mit blauen Bäumen und spitzen Brücken und mit kleinen Chinesen darauf, die dastanden und mit dem Kopfe nickten. „Wir müssen die ganze Welt zu morgen schön aufgeputzt haben", sagte Ole Luk-Oie; „es ist ja dann ein Feiertag, es ist Sonntag. Ich will nach den Kirchtürmen hin, um zu sehen, ob die kleinen Kirchenkobolde die Glocken polieren, damit sie hübsch klingen; ich will hinaus auf das Feld und sehen, ob die Winde den Staub von Gras und Blättern blasen; und was die größte Arbeit ist, ich will alle Sterne herunterholen, um sie zu polieren. Ich nehme sie in meine Schürze; aber erst muss ein jeder numeriert werden, und die Löcher, worin sie da oben sitzen, müssen auch numeriert werden, damit sie wieder auf den rechten Fleck kommen können, sonst würden sie nicht festsitzen, und wir bekämen zu viele Sternschnuppen, indem der eine nach dem andern herunterpurzeln würde!"

„Hören Sie, wissen Sie was, Herr Luk-Oie!", sagte ein altes Portrait, welches an der Wand hing, wo Hjalmar schlief; „ich bin Hjalmar's Urgroßvater; ich danke Ihnen, dass Sie dem Knaben Geschichten erzählen, aber Sie müssen seine Begriffe nicht verdrehen. Die Sterne können nicht heruntergenommen und poliert werden! Die Sterne sind Weltkugeln, eben so wie unsere Erde, und das ist gerade das Gute an ihnen."

„Ich danke Dir, Du alter Urgroßvater!", sagte Ole Luk-Oie; „ich danke Dir! Du bist ja das Haupt der Familie; Du bist das Urhaupt; aber ich bin doch älter, als Du! Ich bin ein alter Heide; Römer und Griechen nannten mich den Traumgott! Ich bin in die vornehmsten Häuser gekommen und komme noch dahin! Ich weiß sowohl mit Geringen, wie mit Großen umzugehen! Nun kannst Du erzählen!" – Und da ging Ole Luk-Oie und nahm seinen Regenschirm mit.

„Nun! Nun! Man darf wohl gar seine Meinung nicht mehr sagen!", brummte das alte Portrait.

Und da erwachte Hjalmar.

SONNTAG

„Guten Abend!", sagte Ole Luk-Oie, und Hjalmar nickte und sprang dann hin und kehrte das Portrait des Urgroßvaters gegen die Wand um, damit es nicht, wie gestern, mit hineinsprechen möchte.

„Nun musst Du mir Geschichten erzählen: von den fünf grünen Erbsen, die in einer Schote wohnten, und von dem Hahnenfuß, der dem Hühnerfuße den Hof machte, und von der Stopfnadel, die so vornehm tat, dass sie sich einbildete, eine Nähnadel zu sein!"

„Man kann auch des Guten zu viel bekommen!", sagte Ole Luk-Oie. „Du weißt doch wohl, dass ich Dir am liebsten etwas zeige! Ich will Dir meinen Bruder zeigen. Er heißt auch Ole Luk-Oie, aber er kommt zu niemand öfter, als einmal, und zu wem er kommt, den nimmt er mit auf seinem Pferde und erzählt ihm Geschichten. Er kennt nur zwei; die eine ist so außerordentlich schön, dass niemand in der Welt sie sich denken kann, und die andere ist so hässlich und gräulich – es ist gar nicht zu beschreiben!" Und dann hob Ole Luk-Oie den kleinen Hjalmar zum Fenster hinauf und sagte: „Da wirst Du meinen Bruder sehen, den andern Ole Luk-Oie! Sie nennen ihn auch den Tod! Siehst Du, er sieht gar nicht so schlimm aus, wie in den Bilderbüchern, wo er nur ein Knochengerippe ist! Nein, das ist Silberstickerei, die er auf dem Kleide hat; das ist die schönste Husarenuniform; ein Mantel von schwarzem Sammet fliegt hinten über das Pferd! Sieh', wie er im Galopp reitet."

Und Hjalmar sah, wie dieser Ole Luk-Oie davonritt und sowohl junge wie alte Leute auf sein Pferd nahm; einige setzte er vorn, andere hinten auf, aber immer fragte er erst: „Wie steht es mit dem Zensurbuche?"

„Gut!", sagten sie allesamt.

„Ja, lass mich selbst sehen!", sagte er; und dann mussten sie ihm das Buch zeigen; und alle die, welche „Sehr gut" und „Ausgezeichnet gut" hatten, kamen vorne aufs Pferd und bekamen die herrliche Geschichte zu hören; die aber, welche „Ziemlich gut" und „Mittelmäßig" hatten, mussten hinten auf, und bekamen die gräuliche Geschichte; sie zitterten und weinten, sie wollten vom Pferde springen, konnten es aber nicht, denn sie waren sogleich daran fest gewachsen.

„Aber der Tod ist ja der prächtigste Ole Luk-Oie!", sagte Hjalmar. „Vor ihm bin ich nicht bange!"

„Das sollst Du auch nicht!", sagte Ole Luk-Oie. „Sieh nur zu, dass Du ein gutes Zensurbuch hast!"

„Ja, das ist lehrreich!", murmelte des Urgroßvaters Portrait. „Es hilft doch, wenn man seine Meinung sagt!" Und nun gab er sich zufrieden.

Sieh, das ist die Geschichte vom Ole Luk-Oie; nun mag er Dir selbst diesen Abend mehr erzählen!

Der Schweinehirt

Es war einmal ein armer Prinz; er hatte ein Königreich, welches ganz klein war; aber es war immer groß genug, um darauf zu heiraten, und verheiraten wollte er sich.

Nun war es freilich etwas keck von ihm, dass er zur Tochter des Kaisers zu sagen wagte: „Willst Du mich haben?" Aber er wagte es doch, denn sein Name war weit und breit berühmt; es gab Hunderte von Prinzessinnen, die gern *ja* gesagt hätten, aber ob *sie* es wohl tun würde?

Nun, wir wollen sehen.

Auf dem Grabe des Vaters des Prinzen war ein Rosenstrauch, ein gar herrlicher Rosenstrauch! Der blühte nur jedes fünfte Jahr, und auch dann trug er nur eine einzige Rose; aber was für eine Rose! Die duftete so süß, dass man alle seine Sorge und seinen Kummer vergaß, wenn man daran roch. Und dann hatte er eine Nachtigall, die konnte singen, als ob alle schönen Melodien in ihrer kleinen Kehle säßen. Diese Rose und diese Nachtigall sollte die Prinzessin haben; und deshalb wurden sie beide in große Silberbehälter gesetzt und so ihr zugesandt.

Der Kaiser ließ sie vor sich her in den großen Saal tragen, wo die Prinzessin war und „Es kommt Besuch" mit ihren Hofdamen spielte; und als sie die großen Behälter mit den Geschenken darin erblickte, klatschte sie vor Freude in die Hände.

„Wenn es doch eine kleine Mietzekatze wäre!", sagte sie. – Aber da kam der Rosenstrauch mit der herrlichen Rose hervor.

„Nein, wie ist die niedlich gemacht!", sagten alle Hofdamen.

„Sie ist mehr als niedlich", sagte der Kaiser, „sie ist charmant!"

Aber die Prinzessin befühlte sie, und da war sie nahe daran, zu weinen.

„Pfui, Papa!", sagte sie; „sie ist nicht künstlich, sie ist *natürlich*!"

„Pfui!", sagten alle Hofdamen, „sie ist natürlich!"

„Lasst uns erst sehen, was in dem andern Behälter ist, ehe wir böse werden", meinte der Kaiser; und da kam die Nachtigall heraus; die sang so schön, dass man nicht gleich etwas Böses gegen sie vorzubringen wusste.

„*Superbe! charmant!*", sagten die Hofdamen, denn sie plauderten alle französisch, eine immer ärger, als die andere.

„Wie der Vogel mich an die Spieldose der seligen Kaiserin erinnert", sagte ein alter Kavalier; „ach, das ist ganz derselbe Ton, derselbe Vortrag!"

„Ja", sagte der Kaiser, und dann weinte er wie ein kleines Kind.

„Es wird doch hoffentlich kein natürlicher sein?", sagte die Prinzessin.

„Ja, es ist ein natürlicher Vogel", sagten die, welche ihn gebracht hatten.

„So lasst den Vogel fliegen", sagte die Prinzessin, und sie wollte auf keine Weise gestatten, dass der Prinz käme.

Aber der ließ sich nicht einschüchtern: er bemalte sich das Antlitz mit Braun und Schwarz, zog die Mütze tief über den Kopf und klopfte an.

„Guten Tag, Kaiser!", sagte er; „könnte ich nicht hier auf dem Schlosse einen Dienst bekommen?"

„Ja", sagte der Kaiser, „es sind aber so sehr viele, die um Anstellung bitten; ich weiß daher nicht, ob es sich machen wird; ich werde aber an Dich denken. Doch, da fällt mir eben ein, ich brauche jemanden, der die Schweine hüten kann, denn deren haben wir viele, sehr viele."

Und der Prinz wurde angestellt als kaiserlicher Schweinehirt. Er bekam eine jämmerlich kleine Kammer unten beim Schweinekoben, und hier musste er bleiben; aber den ganzen Tag saß er und arbeitete, und als es Abend war, hatte er einen niedlichen, kleinen Topf gemacht; rings um denselben waren Schellen, und sobald der Topf kochte, klingelten sie auf's Schönste und spielten die alte Melodie:

> „*Ach, Du lieber Augustin,*
> *Alles ist hin, hin, hin!*"

Aber das Allerkünstlichste war doch, dass man, wenn man den Finger in den Dampf des Topfes hielt, sogleich riechen konnte, welche

Speisen auf jedem Feuerherd in der Stadt zubereitet wurden. Das war wahrlich etwas ganz anderes als die Rose.

Nun kam die Prinzessin mit allen ihren Hofdamen daherspaziert, und als sie die Melodie hörte, blieb sie stehen und sah ganz erfreut aus; denn sie konnte auch „Ach, Du lieber Augustin" spielen; es war die einzige Melodie, die sie konnte, aber die spielte sie mit einem Finger.

„Das ist ja das, was ich kann!", sagte sie. „Es muss ein gebildeter Schweinehirt sein! Höre, geh hinunter und frage ihn, was das Instrument kosten soll."

Und da musste eine der Hofdamen hinuntergehen; aber sie zog Holzpantoffeln an. –

„Was willst Du für den Topf haben?", fragte die Hofdame.

„Ich will zehn Küsse von der Prinzessin haben", sagte der Schweinehirt.

„Gott bewahre!", sagte die Hofdame.

„Ja, für weniger tue ich es nicht", antwortete der Schweinehirt.

„Nun, was antwortete er?", sagte die Prinzessin.

„Das kann ich gar nicht sagen", erwiderte die Hofdame.

„Ei, so kannst Du es mir ins Ohr flüstern."

„Er ist unartig!", sagte die Prinzessin, und dann ging sie. – Aber als sie ein kleines Stück gegangen war, erklangen die Schellen so lieblich:

> *„Ach, Du lieber Augustin,*
> *Alles ist hin, hin, hin!"*

„Höre", sagte die Prinzessin, „frage ihn, ob er zehn Küsse von meinen Hofdamen haben will!"

„Ich danke schön", sagte der Schweinehirt, „zehn Küsse von der Prinzessin, oder ich behalte meinen Topf."

„Das ist doch langweilig!", sagte die Prinzessin, „Aber dann müsst Ihr Euch vor mich stellen, damit es niemand sieht."

Und die Hofdamen stellten sich davor, und dann breiteten sie ihre Kleider aus, alsdann bekam der Schweinehirt zehn Küsse, und sie erhielt den Topf.

Nun, das war eine Freude! Den ganzen Abend und den ganzen Tag musste der Topf kochen; es gab nicht einen Feuerherd in der ganzen

Stadt, von dem sie nicht wussten, was darauf gekocht wurde, sowohl beim Kammerherrn, wie beim Schuhmacher. Die Hofdamen tanzten und klatschten in die Hände.

„Wir wissen, wer Suppe und Eierkuchen essen wird; wir wissen, wer Grütze und Karbonade bekommt; wie ist das doch interessant!"

„Sehr interessant!", sagte die Oberhofmeisterin.

„Ja, aber haltet reinen Mund, denn ich bin des Kaisers Tochter."

„Ja wohl; das versteht sich!", sagten alle.

Der Schweinehirt, das heißt der Prinz – aber sie wussten es ja nicht anders, als dass er ein wirklicher Schweinehirt sei – ließ keinen Tag verstreichen, ohne etwas zu tun, und so machte er eine Knarre, wenn man die herumschwang, erklangen alle die Walzer, Hopser und Polka's, die man seit Erschaffung der Welt gekannt hat.

„Aber das ist *superbe!*", sagte die Prinzessin, indem sie vorbeiging. „Ich habe nie eine schönere Komposition gehört. Höre, gehe hinunter und frage ihn, was das Instrument kosten soll; aber ich küsse ihn nicht wieder."

„Er will hundert Küsse von der Prinzessin haben", sagte die Hofdame, welche hinunter gegangen war, um zu fragen.

„Ich glaube, er ist verrückt!", sagte die Prinzessin, und dann ging sie; aber als sie ein kleines Stück gegangen war, blieb sie stehen. „Man muss zur Kunst aufmuntern", sagte sie. „Ich bin des Kaisers Tochter! Sage ihm, er solle, wie neulich, zehn Küsse haben; den Rest kann er von meinen Hofdamen bekommen."

„Ach, aber wir tun es so ungern!", sagten die Hofdamen.

„Das ist Geschwätz", sagte die Prinzessin; „und wenn ich ihn küssen kann, so könnt Ihr es auch. Bedenkt, ich gebe Euch Kost und Lohn!" Und nun mussten die Hofdamen wieder zu ihm hinunter.

„Hundert Küsse von der Prinzessin", sagte er, „oder jeder behält das Seine."

„Stellt Euch vor uns", sagte sie alsdann; und da stellten alle Hofdamen sich davor, und nun küsste er die Prinzessin.

„Was mag das wohl für ein Auflauf beim Schweinekoben sein?", fragte der Kaiser, welcher auf den Balkon hinausgetreten war. Er rieb sich die Augen und setzte die Brille auf. „Das sind ja die Hofdamen, die da ihr Wesen treiben; ich werde wohl zu ihnen hinunter müssen." –

Und so zog er seine Hausschuhe hinten herauf, denn es waren Schuhe, die er zu Pantoffeln niedergetreten hatte.

Potz Wetter, wie er sich sputete!

Sobald er in den Hof hinunter kam, ging er ganz leise, und die Hofdamen hatten so viel damit zu tun, die Küsse zu zählen, damit es ehrlich zugehe, dass sie den Kaiser gar nicht bemerkten. Er erhob sich auf den Zehen.

„Was ist das?", sagte er, als er sah, dass sie sich küssten, und dann schlug er sie mit einem seiner Pantoffeln an die Köpfe, gerade als der Schweinehirt den sechsundachtzigsten Kuss erhielt.

„Packt Euch!", sagte der Kaiser, denn er war böse. Und sowohl die Prinzessin, als der Schweinehirt wurden aus seinem Kaiserreiche hinausgestoßen.

Da stand sie nun und weinte; der Schweinehirt schalt, und der Regen strömte hernieder.

„Ach, ich elendes Geschöpf", sagte die Prinzessin; „hätte ich doch den schönen Prinzen genommen. Ach, wie unglücklich bin ich!"

Und der Schweinehirt ging hinter einen Baum, wischte das Schwarze und Braune aus seinem Gesicht, warf die schlechten Kleider von sich und trat nun in seiner Prinzentracht hervor, so schön, dass die Prinzessin sich verneigen musste.

„Ich bin nun dahin gekommen, dass ich Dich verachte", sagte er. „Du wolltest keinen ehrlichen Prinzen haben; Du verstandest Dich nicht auf die Rose und die Nachtigall; aber den Schweinehirten konntest Du für eine Spielerei küssen; das hast Du nun dafür!"

Und dann ging er in sein Königreich und machte ihr die Tür vor der Nase zu. Da konnte sie draußen stehen und singen:

„Ach, Du lieber Augustin, Alles ist hin, hin, hin!"

Des Kaisers neue Kleider

Vor vielen Jahren lebte ein Kaiser, der so ungeheuer viel auf neue Kleider hielt, dass er all sein Geld dafür ausgab, um recht geputzt zu sein. Er kümmerte sich nicht um seine Soldaten, kümmerte sich nicht um das Theater und liebte es nur, spazieren zu fahren, um seine neuen Kleider zu zeigen. Er hatte einen Rock für jede Stunde des Tages, und eben so, wie man von einem Könige sagt, er ist im Rate, sagte man hier immer: „Der Kaiser ist in der Garderobe!"

In der großen Stadt, in welcher er wohnte, ging es sehr munter zu; an jedem Tage trafen viele Fremde daselbst ein. Eines Tages kamen auch zwei Betrüger an; sie gaben sich für Weber aus und sagten, dass sie das schönste Zeug, das man sich denken könne, zu weben verstan-

30

den. Die Farben und das Muster wären nicht allein ungewöhnlich schön, sondern die Kleider, die von dem Zeuge genäht würden, besäßen die wunderbare Eigenschaft, dass sie für jeden Menschen unsichtbar wären, der nicht für sein Amt tauge oder der unverzeihlich dumm sei.

„Das wären ja prächtige Kleider", dachte der Kaiser; „wenn ich die anhätte, könnte ich ja dahinter kommen, welche Männer in meinem Reiche zu dem Amte, das sie haben, nicht taugen; ich könnte die Klugen von den Dummen unterscheiden! Ja, das Zeug muss sogleich für mich gewebt werden!" Und er gab den beiden Betrügern viel Handgeld, damit sie ihre Arbeit beginnen möchten.

Sie stellten auch zwei Webstühle auf und taten, als ob sie arbeiteten; aber sie hatten nicht das Geringste auf dem Stuhle. Frischweg verlangten sie die feinste Seide und das prächtigste Gold, das steckten sie in ihre eigenen Taschen und arbeiteten an den leeren Stühlen bis spät in die Nacht hinein.

„Ich möchte doch wohl wissen, wie weit sie mit dem Zeuge sind!", dachte der Kaiser. Aber es war ihm ordentlich beklommen zu Mute, wenn er daran dachte, dass derjenige, welcher dumm sei oder nicht zu seinem Amte tauge, es nicht sehen könne. Nun glaubte er zwar, dass er für sich selbst nichts zu fürchten habe, aber er wollte doch erst einen andern senden, um zu sehen, wie es damit stände. Alle Menschen in der ganzen Stadt wussten, welche besondere Kraft das Zeug habe, und alle waren begierig, zu sehen, wie schlecht oder dumm ihr Nachbar sei.

„Ich will meinen alten, ehrlichen Minister zu den Webern senden!", dachte der Kaiser. „Er kann am Besten beurteilen, wie das Zeug sich ausnimmt, denn er hat Verstand, und keiner versteht sein Amt besser, als er!" –

Nun ging der alte, gute Minister in den Saal hinein, wo die zwei Betrüger saßen und an den leeren Webstühlen arbeiteten. „Gott behüte uns!", dachte der alte Minister und riss die Augen auf; „ich kann ja nichts erblicken!" Aber das sagte er nicht.

Beide Betrüger baten ihn, gefälligst näher zu treten, und fragten, ob es nicht ein hübsches Muster und schöne Farben seien. Dann zeigten sie auf den leeren Webstuhl, und der arme, alte Minister fuhr fort, die Augen aufzureißen; aber er konnte nichts sehen, denn es war nichts da. „Herr Gott!", dachte er, „sollte ich dumm sein? Das habe ich nie geglaubt, und das darf kein Mensch wissen! Sollte ich nicht zu meinem Amte taugen? Nein, es geht nicht an, dass ich erzähle, ich könnte das Zeug nicht sehen!"

„Nun Sie sagen nichts dazu?", fragte der Eine, der da webte.

„O, es ist niedlich, ganz allerliebst!", antwortete der alte Minister und sah durch seine Brille. „Dieses Muster und diese Farben! – Ja, ich werde dem Kaiser sagen, dass es mir sehr gefällt."

„Nun, das freut uns!", sagten beide Weber, und darauf nannten sie die Farben mit Namen und erklärten das seltsame Muster. Der alte Minister passte gut auf, damit er dasselbe sagen könnte, wenn er zum Kaiser zurückkäme, und das tat er.

Jetzt verlangten die Betrüger mehr Geld, mehr Seide und mehr Gold, das sie zum Weben gebrauchen wollten. Sie steckten alles in ihre eigenen Taschen, auf den Webstuhl kam kein Faden, aber sie fuhren fort, wie bisher, an dem leeren Webstuhle zu arbeiten.

Der Kaiser sendete bald wieder einen andern ehrlichen Staatsmann hin, um zu sehen, wie es mit dem Weben stände und ob das Zeug bald fertig sei; es ging ihm gerade, wie dem Ersten; er sah und sah, weil aber außer dem leeren Webstuhle nichts da war, so konnte er nichts sehen.

„Ist das nicht ein hübsches Stück Zeug?", fragten die beiden Betrüger und zeigten und erklärten das prächtige Muster, welches gar nicht da war.

„Dumm bin ich nicht!", dachte der Mann; „es ist also mein gutes Amt, zu dem ich nicht tauge. Es ist komisch genug, aber das muss man sich nicht merken lassen!", und so lobte er das Zeug, welches er nicht sah, und versicherte ihnen seine Freude über die schönen Farben und das herrliche Muster. „Ja, es ist ganz allerliebst!", sagte er zum Kaiser.

Alle Menschen in der Stadt sprachen von dem prächtigen Zeuge.

Nun wollte der Kaiser es selbst sehen, während es noch auf dem Webstuhle sei. Mit einer ganzen Schaar auserwählter Männer, unter denen auch die beiden ehrlichen Staatsmänner waren, die schon früher dort gewesen, ging er zu den beiden listigen Betrügern hin, die nun aus allen Kräften webten, aber ohne Faser und Faden.

„Ist das nicht prächtig?", sagten die beiden alten Staatsmänner, die schon einmal da gewesen waren. „Sehen Ew. Majestät, welches Muster, welche Farben!" Und dann zeigten sie auf den leeren Webstuhl, denn sie glaubten, dass die andern das Zeug wohl sehen könnten.

„Was!", dachte der Kaiser, „ich sehe gar nichts! Das ist ja schrecklich! Bin ich dumm? Tauge ich nicht dazu, Kaiser zu sein? Das wäre das Schrecklichste, was mir begegnen könnte." – „O, es ist sehr hübsch!", sagte er. „Es hat meinen allerhöchsten Beifall!" Und er nickte zufrieden und betrachtete den leeren Webstuhl, denn er wollte nicht sagen, dass er nichts sehen könne. Das ganze Gefolge, das er bei sich hatte, sah und sah und bekam nicht mehr heraus, als alle die andern; aber sie sagten, wie der Kaiser: „O, das ist hübsch!" Und sie rieten ihm, diese neuen, prächtigen Kleider das erste Mal bei der großen Prozession, die bevorstand, zu tragen. „Es ist herrlich, niedlich, exzellent!", ging es von Mund zu Mund; man schien allerseits innig erfreut darüber, und der Kaiser verlieh den Betrügern den Titel: Kaiserliche Hofweber.

Die ganze Nacht vor dem Morgen, an dem die Prozession stattfinden sollte, waren die Betrüger auf und hatten über sechzehn Lichter angezündet. Die Leute konnten sehen, dass sie stark beschäftigt waren, des Kaisers neue Kleider fertig zu machen. Sie taten, als ob sie das Zeug von dem Webstuhle nähmen, sie schnitten mit großen Scheeren in die Luft, sie nähten mit Nähnadeln ohne Faden und sagten zuletzt: „Nun sind die Kleider fertig!"

Der Kaiser kam mit seinen vornehmsten Kavalieren selbst dahin, und beide Betrüger hoben den einen Arm in die Höhe, gerade als ob sie etwas hielten und sagten: „Seht, hier sind die Beinkleider! Hier ist der Rock! Hier der Mantel!" und so weiter. „Es ist so leicht wie Spinngewebe; man sollte glauben, man habe nichts auf dem Leibe; aber das ist gerade die Schönheit davon!"

„Ja!", sagten alle Kavaliere; aber sie konnten nichts sehen; denn es war nichts da.

„Belieben Ew. kaiserliche Majestät jetzt ihre Kleider allergnädigst auszuziehen", sagten die Betrüger, „so wollen wir Ihnen die neuen anziehen, hier vor dem großen Spiegel!"

Der Kaiser legte alle seine Kleider ab, und die Betrüger stellten sich, als ob sie ihm jedes Stück der neuen Kleider anzögen, welche fertig wären; und der Kaiser wendete sich und drehte sich vor dem Spiegel.

„Ei, wie gut sie kleiden! Wie herrlich sie sitzen!", sagten alle. „Welches Muster, welche Farben! Das ist eine köstliche Tracht!"

„Draußen stehen sie mit dem Thronhimmel, welcher über Ew. Majestät in der Prozession getragen werden soll", meldete der Oberzeremonienmeister.

„Seht, ich bin fertig!", sagte der Kaiser. „Sitzt es nicht gut?" Und dann wendete er sich nochmals zu dem Spiegel, denn es sollte scheinen, als ob er seinen Schmuck recht betrachte.

Die Kammerherren, welche die Schleppe tragen sollten, griffen mit den Händen nach dem Fußboden, gerade als ob sie die Schleppe aufhöben; sie gingen und taten, wie wenn sie etwas in der Luft hielten; sie wagten nicht, es sich merken zu lassen, dass sie nichts sehen konnten.

So ging der Kaiser in Prozession unter dem prächtigen Thronhimmel, und alle Menschen auf der Straße und in den Fenstern sprachen: „Gott, wie sind des Kaisers neue Kleider unvergleichlich; welche Schleppe der am Kleide hat, wie schön das sitzt!" Keiner wollte es sich merken lassen, dass er nichts sehe, denn dann hätte er ja nicht zu seinem Amte getaugt oder wäre sehr dumm gewesen. Keine Kleider des Kaisers hatten solches Glück gemacht, wie diese.

„Aber er hat ja nichts an!", sagte endlich ein kleines Kind. „Herr Gott, hört des Unschuldigen Stimme!", sagte der Vater; und der eine zischelte dem andern zu, was das Kind gesagt hatte.

„Aber er hat ja nichts an!", rief zuletzt das ganze Volk. Das ergriff den Kaiser, denn es schien ihm, als hatten sie Recht; aber er dachte bei sich: „Nun muss ich die Prozession aushalten." Und die Kammerherren gingen noch straffer und trugen die Schleppe, die gar nicht da war.

Das hässliche, junge Entlein

Es war herrlich draußen auf dem Lande; es war Sommer, das Korn stand gelb, der Hafer grün, das Heu war unten auf den grünen Wiesen in Schobern aufgesetzt, und da ging der Storch auf seinen langen roten Beinen und plapperte ägyptisch, denn diese Sprache hatte er von seiner Mutter gelernt. Rings um den Acker und die Wiese waren große Wälder und mitten in den Wäldern tiefe Seen, ja es war wirklich herrlich da draußen auf dem Lande! Mitten im Sonnenschein lag dort ein altes Rittergut, von tiefen Kanälen umgeben, und von der Mauer bis zum Wasser herunter wuchsen große Klettenblätter, die so hoch waren, dass kleine Kinder unter den höchsten aufrecht stehen konnten; es war aber so wild darin, wie im tiefsten Walde. Hier saß eine Ente auf dem Neste, welche ihre Jungen ausbrüten musste, aber es wurde ihr fast zu langweilig, ehe die Jungen kamen, dazu bekam sie selten Besuch; die andern Enten schwammen lieber in den Kanälen umher, als dass sie hinauf liefen, sich unter ein Klettenblatt zu setzen und mit ihr zu schnattern.

Endlich borst ein Ei nach dem andern. „Piep, piep!", sagte es und alle Eidotter waren lebendig geworden und die jungen Entlein steckten den Kopf heraus.

„Rapp, rapp!", sagte sie, und so rappelten sich alle, was sie konnten, und sahen nach allen Seiten unter den grünen Blättern, und die Mutter ließ sie sehen, so viel sie wollten, denn das Grüne ist gut für die Augen.

„Wie groß ist doch die Welt!", sagten alle Jungen; denn nun hatten sie freilich ganz anders Platz, als wie sie noch drinnen im Ei lagen.

„Glaubt Ihr, dass dies die ganze Welt sei?", sagte die Mutter. „Die erstreckt sich noch weit über die andere Seite des Gartens, gerade hinein in des Pfarrers Feld, aber da bin ich noch nie gewesen! Ihr seid doch alle beisammen?", fuhr sie fort, und so stand sie auf. „Nein, ich habe noch nicht alle, das größte Ei liegt noch da. Wie lange soll das noch währen? Jetzt bin ich es bald überdrüssig!" Und so setzte sie sich wieder.

„Nun, wie geht es?", sagte eine alte Ente, welche gekommen war, um ihr einen Besuch abzustatten.

„Es währt so lange mit dem einen Ei!", sagte die Ente, die da saß; es will nicht entzwei gehen; doch blicke nur auf die andern hin, sind sie nicht die niedlichsten Entlein, die man je gesehen? Sie gleichen allesammt ihrem Vater; der Bösewicht kommt nicht, mich zu besuchen."

„Lass mich das Ei sehen, welches nicht bersten will!", sagte die Alte. „Glaube mir, es ist ein Kalekutenei; ich bin auch einmal so angeführt worden, und hatte meine große Sorge und Not mit den Jungen, denn ihnen ist bange vor dem Wasser. Ich konnte sie nicht hinein bekommen, ich rappte und schnappte, aber es half nichts. Lass mich das Ei sehen. Ja, das ist ein Kalekutenei, lass Du das liegen und lehre lieber die andern Kinder schwimmen."

„Ich will doch noch ein bisschen darauf sitzen", sagte die Ente, „habe ich nun so lange gesessen, kann ich auch noch einige Zeit sitzen."

„Nach Belieben", sagte die alte Ente und ging von dannen.

Endlich borst das große Ei. „Piep, piep!", sagte das Junge und kroch heraus; es war groß und hässlich. Die Ente betrachtete es. „Das ist doch ein gewaltig großes Entlein", sagte sie; „keins von den andern sieht so aus; sollte es doch ein kalekutisches Küchlein sein? Nun, wir wollen bald dahinter kommen; in das Wasser muss es, ob ich es auch selbst hineinstoßen soll."

Am nächsten Tage war schönes, herrliches Wetter. Die Sonne schien auf all' die grünen Kletten. Die Entleinmutter ging mit ihrer ganzen Familie zu dem Kanal hinunter; platsch, da sprang sie in das Wasser. „Rapp, rapp!", sagte sie, und ein Entlein plumpste nach dem andern hinein; das Wasser schlug ihnen über dem Kopfe zusammen, aber sie kamen gleich wieder empor und schwammen so prächtig, die Beine gingen von selbst, und alle waren sie darin, selbst das hässliche, graue Junge schwamm mit.

„Nein, es ist kein Kalekut", sagte sie; „sieh, wie herrlich es die Beine gebraucht, wie gerade es sich hält, es ist mein eigenes Kind. Im Grunde ist es doch ganz hübsch, wenn man es nur recht betrachtet. Rapp, rapp! – Kommt nur mit mir, ich werde Euch in die große Welt führen, Euch im Entenhof vorstellen, aber haltet Euch immer nahe zu mir, damit niemand auf Euch trete, und nehmt Euch vor den Katzen in Acht!"

Und so kamen sie in den Entenhof hinein. Da drinnen war ein schrecklicher Lärm, denn da waren zwei Familien, die sich um einen Aalkopf bissen, und am Ende bekam ihn doch die Katze.

„Seht, so geht es in der Welt zu!", sagte die Entenmutter und wetzte ihren Schnabel, denn sie wollte auch den Aalkopf haben. „Braucht nur die Beine!", sagte sie. „Seht, dass Ihr Euch rappeln könnt, und neigt Euren Hals vor der alten Ente dort; sie ist die vornehmste von allen hier; sie ist aus spanischem Geblüt, deswegen ist sie so dick; und seht Ihr, sie hat einen roten Lappen um das Bein, das ist etwas außerordentlich Schönes und die größte Auszeichnung, welche einer Ente zu Teil werden kann; das bedeutet so viel, dass man sie nicht verlieren will und dass sie von Tier und Menschen erkannt werden soll! Rappelt Euch; setzt die Füße nicht einwärts. Ein wohlerzogenes Entlein setzt die Füße weit von einander, gerade wie Vater und Mutter; seht, so! Nun neigt Euern Hals und sagt: Rapp!"

Und das taten sie; aber die anderen Enten ringsumher betrachteten sie und sagten ganz laut: „Sieh da! Nun sollen wir noch den Anhang haben, als ob wir nicht schon genug wären, und pfui! wie das eine Entlein aussieht, das wollen wir nicht dulden!" Und sogleich flog eine Ente hin und biss es in den Nacken.

„Lass es in Ruhe!", sagte die Mutter. „Es tut ja niemand etwas."

„Ja, aber es ist so groß und ungewöhnlich", sagte die beißende Ente, „und deshalb muss es gepufft werden."

„Es sind hübsche Kinder, welche die Mutter hat", sagte die Ente mit dem Lappen um das Bein. „Alle zusammen schön, bis auf das eine, das ist nicht geglückt; ich möchte wünschen, dass sie es umarbeiten könnte."

„Das geht nicht, Ihro Gnaden", sagte die Entleinmutter; „es ist nicht hübsch, aber es hat ein gutes Gemüt und schwimmt so herrlich wie eins von den andern, ja, ich darf sagen, noch etwas besser; ich denke, es wird hübsch heranwachsen und mit der Zeit etwas kleiner werden; es hat so lange in dem Ei gelegen und deshalb nicht die rechte Gestalt bekommen!" Und so zupfte sie es im Nacken und glättete das Gefieder. „Es ist überdies ein Enterich", sagte sie, „und darum macht es nicht so viel aus. Ich denke, er wird gute Kräfte bekommen, er schlägt sich schon durch."

„Die andern Entlein sind niedlich", sagte die Alte. „Tut nun, als ob Ihr zu Hause wäret, und findet Ihr einen Aalkopf, so könnt Ihr mir ihn bringen."

Und so waren sie wie zu Hause.

Aber das arme Entlein, welches zuletzt aus dem Ei gekrochen war und so hässlich aussah, wurde gebissen, gestoßen und zum Besten gehalten, und das sowohl von den Enten wie von den Hühnern. „Es ist zu groß", sagten sie allesammt, und der talekutische Hahn, welcher mit Sporen zur Welt gekommen war und deshalb glaubte, dass er Kaiser sei, blies sich wie ein Fahrzeug mit vollen Segeln auf, ging gerade auf dasselbe los, und dann kollerte er und wurde ganz rot am Kopfe. Das arme Entlein wusste weder, wo es stehen noch gehen sollte; es war betrübt, weil es hässlich aussah und vom ganzen Entenhofe verspottet wurde.

So ging es den ersten Tag, und später wurde es schlimmer und schlimmer. Das Entlein wurde von allen gejagt, selbst seine Geschwister waren böse gegen dasselbe und sagten immer: „Wenn die Katze Dich nur fangen möchte, Du hässliches Geschöpf!" und die Mutter sagte: „Wenn Du nur weit fort wärest!" Die Enten bissen es, und die Hühner schlugen es, und das Mädchen, welches die Tiere füttern sollte, stieß mit dem Fuße darnach.

Da lief und flog es über das Gehege; die kleinen Vögel in den Büschen flogen erschrocken auf. „Das geschieht, weil ich hässlich bin!", dachte das Entlein und schloss die Augen, lief aber gleichwohl weiter; so kam es hinaus zu dem großen Moor, wo die wilden Enten wohnten. Hier lag es die ganze Nacht, es war sehr müde und kummervoll.

Am Morgen flogen die wilden Enten auf und sie betrachteten den neuen Kameraden. „Was bist Du für einer ?", fragten sie, und das Entlein wandte sich nach allen Seiten und grüßte, so gut es konnte.

„Du bist außerordentlich hässlich!", sagten die wilden Enten. „Aber das kann uns gleichgiltig sein, wenn Du Dich nur nicht in unsere Familie hinein heiratest." Das Arme dachte wahrlich nicht daran, sich zu verheiraten, wenn es nur die Erlaubnis hatte, im Schilfe zu liegen und etwas Moorwasser zu trinken.

So lag es ganze zwei Tage. Da kamen zwei wilde Gänse oder richtige wilde Gänseriche dorthin; es war noch nicht lange her, dass sie aus dem Ei gekrochen waren, und deshalb waren sie auch so keck.

„Höre, Kamerad", sagten sie, „Du bist so hässlich, dass wir Dich gut leiden mögen; willst Du mitziehen und Zugvogel sein? Hier nahebei in einem andern Moor gibt es einige liebliche, wilde Gänse, alle zusammen Fräulein, die da Rapp! sagen können. Du bist im Stande, Dein Glück zu machen, so hässlich Du auch bist!"

„Piff, paff!", ertönte es und beide wilde Gänseriche fielen tot in das Schilf nieder, und das Wasser wurde blutrot. „Piff, paff!", erscholl es wieder, und ganze Schaaren wilder Gänse flogen aus dem Schilfe auf, und dann knallte es wieder. Es war große Jagd; die Jäger lagen rings um das Rohr herum, ja einige saßen oben in den Baumzweigen, welche sich weit über das Schilf hinstreckten, der blaue Dampf zog gleich Wolken in die dunklen Bäume hinein und ging weit über das Wasser hin; zum Moor kamen die Jagdhunde: platsch! platsch! – das Schilf und Rohr neigte sich nach allen Seiten. Das war ein Schreck für das arme Entlein; es wendete den Kopf, um ihn unter den Flügel zu stecken, und im selben Augenblick stand ein fürchterlich großer Hund dicht bei dem Entlein, die Zunge hing ihm lang aus dem Halse heraus, und die Augen leuchteten greulich hässlich; er streckte seinen Rachen dem Entlein gerade entgegen, zeigte ihm die scharfen Zähne und – platsch! platsch! ging er wieder, ohne es zu packen.

„O, Gott sei Dank!", seufzte das Entlein, „ich bin so hässlich, dass mich selbst der Hund nicht beißen mag!"

So lag es ganz still, wahrend der Bleihagel durch das Schilf sauste und Schuss auf Schuss knallte.

Erst spät am Tage wurde es still, aber das arme Junge wagte noch nicht, sich zu erheben; es wartete noch mehrere Stunden, bevor es sich umsah, und dann eilte es fort aus dem Moor, so schnell es konnte; es lief über Feld und Wiese, und es war ein Sturm, dass es ihm schwer wurde, von der Stelle zu kommen.

Gegen Abend erreichte es eine kleine Bauernhütte, die war so baufällig, dass sie selbst nicht wusste, nach welcher Seite sie fallen wollte und darum blieb sie stehen. Der Sturm umsauste das Entlein so, dass es sich niedersetzen musste, um sich dagegen zu stemmen; und es wurde schlimmer und schlimmer; da bemerkte es, dass die Tür aus der einen Angel gegangen war, und so schief hing, dass es durch die Öffnung in die Stube hinein schlüpfen konnte, und das tat es.

Hier wohnte eine alte Frau mit ihrer Katze und ihrem Huhne, und die Katze, welche sie Söhnchen nannte, konnte einen Buckel machen und spinnen, sie sprühte sogar Funken, aber dann musste man sie gegen die Haare streicheln. Das Huhn hatte ganz kleine, niedrige Beine und deshalb wurde es Küchelchen-Kurzbein genannt; es legte gut Eier, und die Frau liebte es wie ihr eigenes Kind.

Am Morgen bemerkte man sogleich das fremde Entlein, und die Katze fing an zu spinnen und das Huhn zu glucken.

„Was ist das?", sagte die Frau und sah sich rings um, aber sie sah nicht gut, und so glaubte sie, dass das Entlein eine fette Ente sei, die sich verirrt habe. „Das ist ja ein seltsamer Fang!", sagte sie. „Nun kann ich Enteneier bekommen. Wenn es nur kein Entrich ist! Das müssen wir erproben."

Und so wurde das Entlein für drei Wochen auf Probe angenommen, aber da kamen keine Eier. Und die Katze war Herr im Hause und das Huhn war die Frau, und immer sagten sie: „Wir und die Welt!", denn sie glaubten, dass sie die Hälfte seien, und zwar der allerbeste Teil. Das Entlein glaubte, dass man auch eine andere Meinung haben könne, aber das litt das Huhn nicht.

„Kannst Du Eier legen?", fragte es.

„Nein!"

„So wirst Du Deinen Mund halten!"

Und die Katze fagte: „Kannst Du einen krummen Buckel machen, spinnen und Funken sprühen?"

„Nein!"

„So darfst Du auch keine Meinung haben, wenn vernünftige Leute sprechen!"

Das Entlein saß im Winkel und war bei schlechter Laune; da fiel es ihm ein, an die frische Luft und den Sonnenschein zu denken; es bekam so sonderbare Lust, auf dem Wasser zu schwimmen, dass es nicht unterlassen konnte, dies der Henne zu sagen.

„Was fehlt Dir?", fragte diese. „Du hast nichts zu tun, deshalb bekommst Du die Grillen! Lege Eier oder spinne, so gehen sie vorüber."

„Aber es ist so schön, auf dem Wasser zu schwimmen", sagte das Entlein, „so herrlich, es über dem Kopfe zusammenschlagen zu lassen und auf den Grund niederzutauchen!"

„Ja, das ist ein großes Vergnügen!", sagte die Henne. „Du bist wohl verrückt geworden! Frage die Katze darnach, sie ist die klügste, die ich kenne, ob sie es liebt, auf dem Wasser zu schwimmen oder unterzutauchen; ich will nicht von mir sprechen. Frage selbst unsere Herrschaft, die alte Frau, klüger als sie ist niemand auf der Welt! Glaubst Du, dass sie Lust hat, zu schwimmen und das Wasser über dem Kopfe zusammenschlagen zu lassen?"

„Ihr versteht mich nicht!", sagte die Ente.

„Wir verstehen Dich nicht? Wer soll Dich denn verstehen können? Du wirst doch wohl nicht klüger sein wollen als die Katze und die Frau, mich will ich nicht erwähnen! Bilde Dir nichts ein, Kind, und danke Deinem lieben Schöpfer für all' das Gute, das man Dir erwiesen! Bist Du nicht in eine warme Stube gekommen und hast einen Umgang, von dem Du etwas lernen kannst? Aber Du bist ein Schwätzer, und es ist nicht erfreulich, mit Dir umzugehen. Mir kannst Du glauben, ich meine es gut mit Dir, ich sage Dir Unannehmlichkeiten, und daran kann man seine wahren Freunde erkennen! Sieh zu, dass Du Eier legst oder spinnen und Funken sprühen lernst!"

„Ich glaube, ich gehe hinaus in die weite Welt!", sagte das Entlein.

„Ja, tue das!", sagte das Huhn.

Und so ging das Entlein; es schwamm auf dem Wasser, es tauchte unter, aber von allen Tieren wurde es wegen seiner Hässlichkeit übersehen.

Nun trat der Herbst ein, die Blätter im Walde wurden gelb und braun, der Wind riss sie ab, so dass sie umhertanzten, und oben in der Luft war es sehr kalt; die Wolken hingen schwer von Hagel und Schneeflocken, und auf dem Zaun stand ein Rabe und schrie: „Au, au!" vor lauter Kälte; ja, man konnte ordentlich frieren, wenn man daran dachte. Das arme Entlein hatte es wahrlich nicht gut. Eines Abends, als die Sonne schön unterging, kam ein ganzer Schwarm herrlicher, großer Vögel aus dem Busche; das Entlein hatte solche nie so schön gesehen. Sie waren ganz blendend weiß, mit langen, geschmeidigen Hälsen, es waren Schwäne. Sie stießen einen ganz eigentümlichen Ton aus, breiteten ihre prächtigen, langen Flügel aus und flogen von der kalten Gegend fort nach warmen Ländern, nach offenen Seen. Sie stiegen sehr hoch, und dem hässlichen, kleinen Entlein wurde es sonderbar zu Mute; es drehte sich im Wasser wie ein Rad rund herum, streckte den Hals hoch in die Luft nach ihnen aus und stieß einen so lauten und sonderbaren Schrei aus, dass es sich selbst davor fürchtete. O, es konnte die schönen, die glücklichen Vögel nicht vergessen, und sobald es sie nicht mehr erblickte, tauchte es gerade bis auf den Grund, und als es wieder heraufkam, war es gerade wie außer sich. Es wusste nicht, wie die Vögel hießen, nicht, wohin sie flogen, aber doch war es ihnen gut, wie es nie jemand gewesen. Es beneidete sie durchaus nicht; wie konnte es ihm einfallen, sich solche Lieblichkeit zu wünschen! Es wäre schon froh gewesen, wenn die Enten es unter sich geduldet hätten, das arme, hässliche Tier!

Der Winter wurde immer kälter; das Entlein musste im Wasser herumschwimmen, um das völlige Zufrieren desselben zu verhindern; aber in der Nacht wurde das Loch, worin es schwamm, kleiner und kleiner; es fror, so dass es in der Eisdecke knackte; das Entlein musste fortwährend die Beine gebrauchen, damit das Wasser sich nicht schloss; zuletzt wurde es matt, lag ganz still und fror so im Eise fest.

Des Morgens früh kam ein Landmann, der dies sah; er ging hin und schlug mit seinem Holzschuh das Eis in Stücke und trug das Entlein heim zu seiner Frau. Da wurde es wieder belebt.

Die Kinder wollten mit demselben spielen, aber das Entlein glaubte, sie wollten ihm etwas zu Leide tun, und fuhr in der Angst gerade in den Milchnapf hinein, so dass die Milch in die Stube hinausspritzte; die Frau schrie, schlug die Hände zusammen, worauf es in das Butterfass, dann hinunter in die Milchtonne und dann wieder aufflog. Wie sah es da aus! Die Frau schrie und schlug mit der Feuerzange darnach, die Kinder rannten einander über den Haufen, um das Entlein zu fangen; sie lachten und schrien! Gut war es, dass die Tür aufstand und es zwischen die Reiser in den frischgefallenen Schnee schlüpfen konnte; da lag es, ganz ermattet.

Aber all' die Not und das Elend, welches das Entlein in dem harten Winter erdulden musste, zu erzählen, würde zu trübe sein. Es lag im

Moor, zwischen dem Rohre, als die Sonne wieder warm zu scheinen begann; die Lerchen sangen, es war herrlicher Frühling.

Da konnte auf einmal das Entlein seine Flügel schwingen, sie brausten stärker als früher und trugen es kräftig davon; und ehe dasselbe es recht wusste, befand es sich in einem großen Garten, wo die Apfelbäume in Blüte standen, wo der Flieder duftete und seine langen, grünen Zweige gerade bis zu den gekrümmten Kanälen hinunterneigte. O, hier war es schön und frühlingsfrisch! Gerade vorn aus dem Dickicht kamen drei prächtige weiße Schwäne; sie brausten mit den Federn und schwammen leicht auf dem Wasser. Das Entlein kannte die prächtigen Tiere und wurde von einer eigentümlichen Traurigkeit befallen.

„Ich will zu ihnen hinfliegen, zu den königlichen Vögeln, und sie werden mich totschlagen, weil ich, da ich so hässlich bin, mich ihnen zu nähern wage; aber das ist ja gleichviel! Besser, von ihnen getötet, als von den Enten gezwackt, von den Hühnern geschlagen, von dem Mädchen, welches den Hühnerhof hütet, gestoßen zu werden und im Winter Mangel zu leiden. Es flog hinaus in das Wasser und schwamm den prächtigen Schwänen entgegen; diese erblickten es und schossen mit brausenden Federn auf dasselbe los. „Tötet mich nur!", sagte das arme Tier und neigte seinen Kopf der Wasserfläche zu und erwartete den Tod. Aber was erblickte es in dem klaren Wasser? Es sah sein eigenes Bild unter sich, das kein plumper, schwarzgrauer Vogel mehr, hässlich und garstig, sondern selbst ein Schwan war.

Es schadet nichts, in einem Entenhofe geboren zu sein, wenn man nur in einem Schwanenei gelegen hat.

Es fühlte sich ordentlich erfreut über all' die Not und die Drangsal, welche es erduldet; nun erkannte es erst sein Glück an all' der Herrlichkeit, die es begrüßte.

Die großen Schwäne umschwammen es und streichelten es mit dem Schnabel.

Im Garten kamen da einige kleine Kinder, die warfen Brod und Korn in das Wasser, und das kleinste rief: „Da ist ein neuer!" Und die anderen Kinder jubelten mit: „Ja, es ist ein neuer angekommen!" Sie klatschten mit den Händen und tanzten umher, liefen zum Vater und der Mutter, und es wurde Brot und Kuchen in das Wasser geworfen, und sie sagten alle: „Der neue ist der schönste, so jung und so prächtig!" Und die alten Schwäne neigten sich vor ihm.

Da fühlte er sich beschämt und steckte den Kopf unter seine Flügel; er wusste selbst nicht, was er beginnen sollte, er war allzu glücklich, aber durchaus nicht stolz; denn ein gutes Herz wird nie stolz! Er dachte daran, wie er verfolgt und verhöhnt worden war, und hörte nun alle sagen, dass er der schönste aller schönen Vögel sei; selbst der Flieder bog sich mit den Zweigen gerade zu ihm in das Wasser hinunter, und die Sonne schien warm und mild. Da brausten seine Federn, der schlanke Hals hob sich und aus vollem Herzen jubelte er: „So viel Glück habe ich mir nicht träumen lassen, als ich noch das hässliche Entlein war!"

Das Feuerzeug

Es kam ein Soldat auf der Landstraße dahermarschiert: Eins, zwei! Eins, zwei! Er hatte seinen Tornister auf dem Rücken und einen Säbel an der Seite, denn er war im Krieg gewesen und wollte nun nach Hause.

Da begegnete er einer alten Hexe auf der Landstraße; sie war widerlich, ihre Unterlippe hing ihr gerade bis auf die Brust hinunter. Sie sagte: „Guten Abend, Soldat! Was hast Du doch für einen schönen Säbel und großen Tornister! Du bist ein wahrer Soldat! Nun sollst Du so viel Geld haben, als Du besitzen magst!"

„Ich danke Dir, Du alte Hexe!", sagte der Soldat.

„Siehst Du den großen Baum da?", sagte die Hexe und zeigte auf einen Baum, der ihnen zur Seite stand. „Er ist inwendig ganz hohl; da musst Du den Gipfel erklettern, dann erblickst Du ein Loch, durch welches Du Dich hinabgleiten lassen und tief in den Baum gelangen kannst. Ich werde Dir einen Strick um den Leib binden, damit ich Dich wieder heraufziehen kann, wenn Du mich rufst!"

„Was soll ich denn da unten im Baume?", fragte der Soldat.

„Geld holen!", sagte die Hexe. „Wisse, wenn Du auf den Boden des Baumes hinunterkommst, so bist Du in einer großen Halle; da ist es ganz hell, denn da brennen über hundert Lampen. Dann erblickst Du drei Türen! Du kannst sie öffnen, der Schlüssel steckt daran. Gehst Du in die erste Kammer hinein, so erblickst Du mitten auf dem Fußboden eine große Kiste, auf derselben sitzt ein Hund; er hat ein paar Augen so groß wie ein paar Teetassen, doch darum brauchst Du Dich nicht zu kümmern! Ich gebe Dir meine blaue Schürze, die kannst Du auf dem Fußboden ausbreiten, geh' dann rasch hin und nimm den Hund, setze ihn auf meine Schürze, öffne die Kiste und nimm so viel Geld, als Du willst; es ist lauter Kupfer. Willst Du lieber Silber haben, so musst Du in das nächste Zimmer hineingehen; aber da sitzt ein Hund, der hat ein paar Augen so groß wie Mühlräder; doch das soll Dich nicht kümmern. Setze ihn auf meine Schürze und nimm von dem Gelde! Willst Du hingegen Gold haben, so kannst Du es auch bekommen, und zwar so viel, als Du tragen willst, wenn Du in die dritte Kammer hineingehst. Aber der Hund, welcher auf dem Geldkasten sitzt, hat zwei Augen, jedes so groß als ein Turm. Glaube mir, das ist ein ordentlicher Hund; aber daran sollst Du Dich nicht kehren. Setze ihn auf meine Schürze, so tut er Dir nichts, und nimm aus der Kiste so viel Gold, als Du willst!"

„Das ist nicht übel!", sagte der Soldat. „Aber was soll ich Dir geben, Du alte Hexe, denn etwas willst Du doch auch wohl haben?"

„Nein", sagte die Hexe, „nicht einen einzigen Groschen will ich haben! Für mich sollst Du nur ein altes Feuerzeug nehmen, welches meine Großmutter vergaß, als sie das letzte Mal da unten war!"

„Nun, so binde mir den Strick um den Leib!", sagte der Soldat.

„Hier ist er", sagte die Hexe, „und hier ist meine blaue Schürze."

„Dann kletterte der Soldat auf den Baum hinauf, ließ sich in das Loch hinuntergleiten und stand nun, wie die Hexe gesagt hatte, unten in der großen Halle, wo die vielen Lampen brannten.

Nun öffnete er die erste Türe. Uh! da saß der Hund mit den Augen, so groß wie Teetassen, und glotzte ihn an.

„Du bist ein netter Kerl!", sagte der Soldat, setzte ihn auf die Schürze der Hexe und nahm so viel Kupfergeld, als seine Tasche fassen konnte, schloss dann die Kiste, setzte den Hund wieder darauf und ging in das andere Zimmer hinein. Wahrhaftig, da saß der Hund mit den Augen so groß wie Mühlräder.

„Du solltest mich lieber nicht so ansehen", sagte der Soldat, „Du könntest Augenschmerzen bekommen!" Und dann setzte er den Hund auf die Schürze der Hexe. Aber als er das viele Silbergeld in der Kiste erblickte, warf er all' das Kupfergeld, was er hatte, fort und füllte die Taschen und den Tornister nur mit Silber. Nun ging er in die dritte Kammer. Das war hässlich! Der Hund darin hatte wirklich zwei Augen so groß wie ein Turm, und die drehten sich im Kopfe gerade wie Mühlräder.

„Guten Abend!", sagte der Soldat und berührte die Mütze, denn einen solchen Hund hatte, er früher nie gesehen; aber als er ihn etwas genauer betrachtet hatte, dachte er: „Nun ist es genug!", hob ihn auf den Fußboden herunter und machte die Kiste auf. Was war da für eine Menge Gold! Er konnte dafür die ganze Stadt und die Zuckerferkel der Küchenfrauen, alle Zinnsoldaten, Peitschen und Schaukelpferde in der ganzen Welt kaufen! Ja, das war einmal Gold! Nun warf der Soldat alles Silbergeld, womit er seine Taschen und seinen Tornister gefüllt hatte, fort und nahm dafür Gold, ja, alle Taschen, der Tornister, die Mütze und die Stiefel wurden gefüllt, so dass er kaum gehen konnte; nun hatte er Geld! Den Hund setzte er auf die Kiste, schlug die Türe zu und rief dann durch den Baum hinauf:

„Zieh mich jetzt in die Höhe, Du alte Hexe!"

„Hast Du auch das Feuerzeug?", fragte die Hexe.

„Wahrhaftig", sagte der Soldat, „das habe ich vergessen." Und er ging und holte es. Die Hexe zog ihn herauf, und da stand er wieder auf der Landstraße, die Taschen, Stiefel, Tornister und Mütze voll Gold.

„Was willst Du mit dem Feuerzeug?", fragte der Soldat.

„Das geht Dich nichts an!", sagte die Hexe. „Nun hast Du ja Geld bekommen! Gib mir nur das Feuerzeug!"

„Ach was!", sagte der Soldat. „Willst Du mir gleich sagen, was Du damit willst, oder ich ziehe meinen Säbel und schlage Dir den Kopf ab!"

„Nein!", sagte die Hexe.

Da schlug der Soldat ihr den Kopf ab. Da lag sie! Aber er band all' sein Geld in ihre Schürze, nahm es wie ein Bündel auf seinen Rücken, steckte das Feuerzeug ein und ging gerade nach der Stadt.

Das war eine prächtige Stadt und in dem prachtvollsten Wirtshause kehrte er ein, verlangte die allerbesten Zimmer und seine Lieblingsspeisen, denn nun war er ja reich, da er so viel Geld hatte.

Dem Diener, welcher seine Stiefel putzen sollte, kam es freilich vor, als seien es recht jämmerliche, alte Stiefel, die ein so reicher Herr besaß, aber er hatte sich noch keine neuen gekauft; am nächsten Tage bekam er anständige Stiefel und schöne Kleider. Nun war aus dem Soldaten ein vornehmer Herr geworden, und man erzählte ihm von all' den Herrlichkeiten, die in der Stadt waren, und von dem Könige, und was für eine niedliche Prinzessin seine Tochter sei.

„Wo kann man sie zu sehen bekommen?", fragte der Soldat.

„Sie ist gar nicht zu Gesicht zu bekommen!", antwortete man. „Sie wohnt in einem großen kupfernen Schlosse, von vielen Mauern und

Türmen umgeben. Niemand außer dem König darf bei ihr aus- und eingehen, denn es ist prophezeit, dass sie an einen ganz gemeinen Soldaten verheiratet wird, und das kann der König nicht zugeben."

„Ich möchte sie wohl sehen!", dachte der Soldat, aber dazu konnte er ja durchaus keine Erlaubnis erhalten.

Nun lebte er recht lustig, besuchte das Theater, fuhr in des Königs Garten und gab den Armen viel Geld, und das war hübsch von ihm; er wusste noch von früheren Zeiten her, wie schlimm es ist, nicht einen Groschen zu besitzen! Er war nun reich, hatte schöne Kleider und bekam viele Freunde, die alle sagten, er sei ein vortrefflicher Mensch, ein wahrer Edelmann, und das hatte der Soldat gern! Aber da er jeden Tag Geld ausgab und nie etwas einnahm, so blieben ihm zuletzt nicht mehr als zwei Groschen übrig und er musste die schönen Zimmer verlassen, wo er gewohnt hatte und oben in einer ganz kleinen Kammer wohnen, dicht unter dem Dache, seine Stiefel selbst bürsten und sie mit einer Stopfnadel zusammennähen, und keiner seiner Freunde kam zu ihm, denn es waren viele Treppen hinaufzusteigen.

Es war ein ganz dunkler Abend, er konnte sich nicht einmal ein Licht kaufen, aber da fiel es ihm ein, dass ein kleines Stückchen in dem Feuerzeuge liege, welches er aus dem hohlen Baume, in welchen die Hexe ihm hinunter geholfen, genommen hatte. Er holte das Feuerzeug und das Lichtstückchen vor; aber gerade indem er Feuer schlug und die Funken aus dem Flintenstein flogen, sprang die Tür auf und der Hund, welcher Augen so groß wie ein Paar Teetassen hatte und den er unten unter dem Baume gesehen hatte, stand vor ihm und sagte: „Was befiehlt mein Herr?"

„Was ist das?", sagte der Soldat. „Das ist ja ein lustiges Feuerzeug, wenn ich so bekommen kann, was ich haben will! Schaffe mir etwas Geld", sagte er zum Hunde, und schnell war er fort und wieder da, und hielt einen großen Beutel voll Geld in seinem Maule.

Nun wusste der Soldat, was für ein prächtiges Feuerzeug das war! Schlug er einmal, so kam der Hund, der auf der Kiste mit Kupfergeld saß, schlug er zweimal, so kam der, welcher das Silbergeld hatte, und schlug er dreimal, so kam der, welcher das Gold hatte. Nun zog der Soldat wieder in die schönen Zimmer hinunter, erschien wieder in schönen Kleidern, und da erkannten ihn sogleich alle sein Freunde und hielten sehr viel von ihm.

Da dachte er einst: „Es ist doch etwas recht Sonderbares, dass man die Prinzessin nicht zu sehen bekommen kann. Sie soll sehr schön sein; aber was kann das helfen, wenn sie immer in dem großen Kupferschlosse mit den vielen Türmen sitzen soll! Kann ich sie denn gar nicht zu sehen bekommen? Wo ist mein Feuerzeug?" Er schlug Feuer und da kam der Hund mit den Augen so groß wie Teetassen.

„Es ist freilich mitten in der Nacht", sagte der Soldat, „aber ich möchte herzlich gern die Prinzessin nur einen Augenblick sehen!"

Der Hund war gleich aus der Tür, und ehe der Soldat daran dachte, sah er ihn schon mit der Prinzessin wieder. Sie saß und schlief auf dem Rücken des Hundes und war so lieblich, dass jedermann sehen konnte, dass es eine wirkliche Prinzessin war; der Soldat konnte es durchaus nicht unterlassen, sie zu küssen, denn er war ganz und gar Soldat.

Darauf lief der Hund mit der Prinzessin zurück; doch als es Morgen wurde und der König und die Königin kamen, sagte die Prinzessin, sie habe in der vorigen Nacht einen ganz sonderbaren Traum von einem Hunde und einem Soldaten gehabt. Sie sei auf dem Hunde geritten und der Soldat habe sie geküsst.

„Das wäre wahrlich eine schöne Geschichte!", sagte die Königin.

Nun sollte in der nächsten Nacht eine der alten Hofdamen am Bette der Prinzessin wachen, um zu sehen, ob es ein Traum sei oder was sonst.

Der Soldat hatte eine außerordentliche Sehnsucht, die Prinzessin wiederzusehen, und so kam denn der Hund in der Nacht, nahm sie und lief, was er konnte; aber die alte Hofdame lief ebenso schnell hinterher. Als sie nun sah, dass jene in einem großen Hause verschwanden, dachte sie: „Nun weiß ich, wo es ist", und machte mit einem Stück Kreide ein großes Kreuz an die Tür. Dann ging sie nach Hause und legte sich nieder, und der Hund kam auch mit der Prinzessin wieder. Aber als er sah, dass ein Kreuz an der Tür, wo der Soldat wohnte, gemacht war, nahm er auch ein Stück Kreide und machte Kreuze an alle Türen in der ganzen Stadt. Das war klug getan, denn nun konnte ja die Hofdame die richtige Türe nicht finden, da Kreuze an allen waren.

Früh Morgens kamen der König und die Königin, die alte Hofdame und alle Offiziere, um zu sehen, wo die Prinzessin gewesen war.

„Da ist es!", sagte der König, als er die erste Tür mit einem Kreuze erblickte.

„Nein, dort ist es, mein lieber Mann!", sagte die Königin, als sie die zweite Tür mit einem Kreuze darauf gewahr wurde.

„Aber da ist eins und dort ist eins!", sagten alle; wohin sie blickten, waren Kreuze an den Türen. Da begriffen sie denn wohl, dass ihnen das Suchen nichts helfen würde.

Aber die Königin war eine äußerst kluge Frau, die mehr konnte, als in einer Kutsche fahren. Sie nahm ihre große, goldene Schere, schnitt ein großes Stück Seidenzeug in Stücke und nähte einen kleinen, niedlichen Beutel; den füllte sie mit feiner Buchweizengrütze, band ihn der Prinzessin auf den Rücken, und als das getan war, schnitt sie ein kleines Loch in den Beutel, so dass die Grütze den ganzen Weg bestreuen konnte, den die Prinzessin nahm.

In der Nacht kam nun der Hund wieder, nahm die Prinzessin auf den Rücken, und lief mit ihr zu dem Soldaten hin, der sie lieb hatte und gern ein Prinz hätte sein mögen, um sie zur Frau bekommen zu können.

Der Hund merkte nicht, wie die Grütze gerade vom Schlosse bis zum Fenster des Soldaten, wo er die Mauer mit der Prinzessin hinauflief, sich ausstreute. Am Morgen sahen der König und die Königin nun wohl, wo ihre Tochter gewesen war, und da nahmen sie den Soldaten und setzten ihn in's Gefängnis.

Da saß er. Hu, wie dunkel und hässlich war es da! Und dazu sagte man ihm: „Morgen wirst Du gehenkt werden." Das zu hören, war eben nicht ergötzlich, und sein Feuerzeug hatte er zu Hause im Gasthofe gelassen. Am Morgen konnte er durch das Eisengitter vor dem kleinen Fenster sehen, wie sich das Volk beeilte, aus der Stadt zu kommen, um ihn hängen zu sehen. Er hörte die Trommeln und sah die Soldaten marschieren. Alle Menschen liefen hinaus; unter ihnen war auch ein Schuhmacherjunge mit Schurzfell und Pantoffeln; er lief so im Galopp, dass einer seiner Pantoffeln abflog gerade gegen die Mauer, wo der Soldat saß und durch das Eisengitter hinaussah,

„Ei, Du Schuhmacherjunge! Du brauchst nicht solche Eile zu haben", sagte der Soldat zu ihm; „es wird nichts daraus, bevor ich komme! Willst Du aber hinsausen, wo ich gewohnt habe, und mir mein Feuerzeug holen, so sollst Du vier Groschen haben! Aber Du musst schnell machen!" Der Schuhmacherjunge wollte gern die vier Groschen haben und lief fort nach dem Feuerzeuge, brachte es dem Soldaten und – ja, nun werden wir hören!

Außerhalb der Stadt war ein großer Galgen gemauert, ringsherum standen die Soldaten und viele tausend Menschen. Der König und die Königin saßen oben auf einem prächtigen Thron, den Richtern und dem ganzen Rate gegenüber.

Der Soldat stand schon oben auf der Leiter; aber als sie ihm den Strick um den Hals legen wollten, sagte er, dass man ja immer einem armen Sünder, bevor er seine Strafe erdulde, die Erfüllung eines unschuldigen Wunsches gewähre. Er möchte eine Pfeife Tabak rauchen, es sei ja die letzte Pfeife, die er in dieser Welt bekomme.

Das wollte der König ihm denn auch nicht abschlagen, und so nahm der Soldat sein Feuerzeug und schlug Feuer, ein-, zwei-, dreimal! Da standen alle drei Hunde, der mit den Augen so groß wie Teetassen, der mit den Augen wie Mühlräder und der, welcher Augen so groß wie ein Turm hatte.

„Helft mir, dass ich nicht gehängt werde", sagte der Soldat, und da fielen die Hunde über die Richter und den ganzen Rat her, nahmen den einen bei den Beinen und den andern bei der Nase und warfen sie viele Ellen hoch in die Luft, dass sie beim Niederfallen sich in Stücke zerschlugen.

„Ich will nicht", sagte der König, aber der größte Hund nahm sowohl ihn wie die Königin und warf sie den andern nach; da erschraken die Soldaten und alles Volk rief: „Guter Soldat, Du sollst unser König sein und die schöne Prinzessin haben!"

Dann setzten sie den Soldaten in des Königs Kutsche und alle drei Hunde tanzten voran und riefen Hurrah! und die Knaben pfiffen auf den Fingern und die Soldaten präsentierten das Gewehr. Die Prinzessin kam aus dem kupfernen Schlosse und wurde Königin, und das gefiel ihr wohl! Die Hochzeit währte acht Tage lang, und die Hunde saßen mit bei Tische und machten große Augen.

Das Gänseblümchen

Nun höre einmal! –
Draußen auf dem Lande, dicht am Wege lag ein Landhaus;
Du hast es gewiss selbst einmal gesehen. Vor demselben ist ein kleiner Garten mit Blumen und einem Stackete, welches angestrichen
ist; dicht dabei am Graben, mitten in dem schönsten, grünen Grase,
wuchs eine kleine Gänseblume; die Sonne beschien sie eben so warm
und schön, wie die großen, schönen Prachtblumen im Garten, und
deshalb wuchs sie von Stunde zu Stunde. Eines Morgens stand sie,
mit ihren kleinen, blendend weißen Blättern, die wie Strahlen um
die gelbe Sonne in der Mitte ringsherum sitzen, ganz entfaltet da. Sie
dachte nicht daran, dass kein Mensch sie dort im Grase sähe, und dass
sie eine arme, verachtete Blume sei; nein, sie war sehr vergnügt, sie
wendete sich nach der warmen Sonne hin, sah zu ihr auf und horchte
auf die Lerche, die in der Luft sang.

Die kleine Gänseblume war so glücklich, als ob es ein großer Fest-
tag wäre, und es war doch nur ein Montag. Alle Kinder waren in der
Schule; während die auf ihren Bänken saßen und lernten, saß sie auf
ihrem kleinen, grünen Stengel und lernte auch von der warmen Sonne
und allem rings umher, wie gut Gott ist; und es gefiel ihr recht, dass
die kleine Lerche alles, was sie in der Stille fühlte, so deutlich und
schön sang. Und die Gänseblume blickte mit einer Art Ehrfurcht zu
dem glücklichen Vogel, der singen und fliegen konnte, empor, war
aber nicht betrübt, dass sie es selbst nicht konnte. „Ich sehe und höre
ja!", dachte sie; „die Sonne bescheint mich und der Wald küsst mich!
O, wie reich bin ich doch begabt!"

Innerhalb des Stacketes standen viele steife, vornehme Blumen; je
weniger Duft sie hatten, um so mehr prunkten sie. Die Päonien bliesen
sich auf, um größer als eine Rose zu sein; aber die Größe macht es
nicht! Die Tulpen hatten die allerschönsten Farben, und das wussten

sie wohl und hielten sich kerzengerade, damit man sie besser sehen möchte. Sie beachteten die kleine Gänseblume da draußen nicht, aber diese sah desto mehr nach ihnen und dachte: „Wie sind die reich und schön! Ja, zu ihnen fliegt sicher der prächtige Vogel hernieder und besucht sie! Gott sei dank, dass ich so nahe dabeistehe, da kann ich doch die Pracht zu sehen bekommen!" Und so wie sie das dachte: „Quivit!", da kam die Lerche geflogen; aber nicht zu den Päonien und Tulpen herunter – nein, nieder ins Gras zu der armen Gänseblume. Die erschrak vor Freude so, dass sie nicht wusste, was sie denken sollte.

Der kleine Vogel tanzte rings um sie her und sang: „Nein, wie ist doch das Gras so weich. Und sieh, welch eine liebliche, kleine Blume mit Gold im Herzen und Silber auf dem Kleide!" Der gelbe Punkt in der Gänseblume sah ja auch aus wie Gold, und die kleinen Blätter rings herum erglänzten silberweiß.

Wie glücklich die kleine Gänseblume war – nein, das kann niemand begreifen! Der Vogel küsste sie mit seinem Schnabel, sang ihr vor und flog dann wieder in die blaue Luft hinauf. Es währte sicher eine Viertelstunde, bevor das Gänseblümchen sich erholen konnte. Halb verschämt und doch innerlich erfreut, sah es nach den andern Blumen im Garten; sie hatten ja die Ehre und das Glück, das ihm widerfahren war, gesehen; sie mussten ja begreifen, welche Freude es war. Aber die Tulpen standen noch einmal so steif, wie früher; und dann waren sie spitz im Gesichte und rot, denn sie hatten sich geärgert. Die Päonien waren dickköpfig; es war gut, dass sie nicht sprechen konnten, sonst hätte die Gänseblume eine ordentliche Zurechtweisung bekommen. Die arme, kleine Blume konnte wohl sehen, dass sie nicht bei guter Laune waren, und das tat ihr recht herzlich wehe. Zur selben Zeit kam ein Mädchen mit einem großen, scharfen und glänzenden Messer in den Garten; es ging durch die Tulpen hin und schnitt eine nach der andern ab. „Uh!", seufzte die kleine Gänseblume; „das ist ja schrecklich: nun ist es mit ihnen aus!" Dann ging das Mädchen mit den Tulpen fort. Das Gänseblümchen war froh darüber, dass es draußen im Grase stand und eine kleine Blume war; es fühlte sich sehr dankbar, und als die Sonne unterging, faltete es seine Blätter, schlief ein und träumte die ganze Nacht von der Sonne und dem kleinen Vogel.

Am nächsten Morgen, als die Blume wieder glücklich alle ihre weißen Blätter wie kleine Arme gegen Luft und Licht ausstreckte, erkannte sie des Vogels Stimme: aber es klang traurig, was er sang. Ja, die arme Lerche hatte guten Grund dazu; sie war gefangen und saß nun in einem Käfige, dicht bei dem offenen Fenster. Sie besang das freie und glückliche Umherfliegen, sang von dem jungen, grünen Korn auf dem Felde und von der herrlichen Reise, die sie auf ihren Flügeln hoch in die Luft hinauf machen konnte. Die arme Lerche war nicht bei guter Laune; gefangen saß sie da im Käfige.

Die kleine Gänseblume wünschte gar sehr zu helfen. Aber wie sollte sie das anfangen? Ja, es war schwer zu erdenken. Sie vergaß völlig, wie schön alles ringsumher stand, wie warm die Sonne schien, und wie prächtig weiß ihre Blätter aussahen. Ach, sie konnte nur an den gefangenen Vogel denken, für den etwas zu tun sie durchaus nicht im Stande war.

In derselben Zeit kamen zwei kleine Knaben aus dem Garten; der eine von ihnen trug ein Messer in den Händen, groß und scharf, wie das, welches das Mädchen hatte, um die Tulpen abzuschneiden. Sie gingen auf die kleine Gänseblume zu, die nicht begreifen konnte, was sie wollten.

„Hier können wir ein herrliches Rasenstück für die Lerche ausschneiden!", sagte der eine Knabe und begann dann, um die Gänseblume herum ein Viereck zu schneiden, sodass sie mitten in dem Rasenstücke stehen blieb.

„Reiss die Blume ab!", sagte der andere Knabe, und das Gänseblümchen zitterte vor Angst, denn abgerissen zu werden, hieß ja das Leben verlieren; und nun wollte es noch gar zu gern leben, da es mit dem Rasenstücke zu der gefangenen Lerche in den Käfig sollte.

„Nein, lass sie stehen!", sagte der andere Knabe; „sie putzt so niedlich!" Und so blieb sie stehen und kam mit in das Bauer der Lerche.

Aber der arme Vogel klagte laut über seine verlorne Freiheit und schlug mit den Flügeln gegen den Eisendraht im Käfige; die kleine Gänseblume konnte nicht sprechen, kein tröstendes Wort sagen, so gern sie auch wollte. So verging der Vormittag.

„Hier ist kein Wasser", sagte die gefangene Lerche. „Sie sind alle ausgegangen und haben vergessen, mir etwas zu trinken zu geben.

Mein Hals ist trocken und brennend! Es ist Feuer und Eis in mir, und die Luft ist schwer! Ach, ich muss sterben, scheiden vom warmen Sonnenscheine, vom frischen Grün, von all der Herrlichkeit, die Gott geschaffen!" Und dann bohrte sie ihren Schnabel in das kühle Rasenstück, um sich dadurch ein Wenig zu erfrischen! Da fielen ihre Augen auf das Gänseblümchen, und der Vogel nickte ihm zu, küsste es mit dem Schnabel und sagte: „Du musst hier drinnen auch vertrocknen, Du arme, kleine Blume! Dich und den kleinen Flecken grünen Grases hat man mir für die ganze Welt gegeben, die ich draußen hatte! Jeder kleine Grashalm soll mir ein grüner Baum, jedes Deiner weißen Blätter eine duftende Blume sein! Ach, Ihr erzählt mir nur, wie viel ich verloren habe!"

„Wer ihn doch trösten könnte!", dachte die Gänseblume: über sie konnte kein Blatt bewegen; doch der Duft, der den seinen Blättern entströmte, war weit stärker, als man ihn sonst bei dieser Blume findet; das bemerkte der Vogel auch, und obgleich er vor Durst verschmachtete und in seinem Schmerze die grünen Grashalme abriss, berührte er doch nicht die Blume.

Es wurde Abend, und noch kam niemand, dem armen Vogel einen Wassertropfen zu bringen; da streckte er seine hübschen Flügel aus und schüttelte sie krampfhaft; sein Gesang war ein wehmütiges Piep-piep; das kleine Haupt neigte sich der Blume entgegen, und des Vogels Herz brach vor Mangel und Sehnsucht. Da konnte die Blume nicht, wie am vorhergehenden Abende, ihre Blätter zusammenfalten und schlafen; sie hing krank und traurig zur Erde nieder.

Erst am nächsten Morgen kamen die Knaben, und als sie den toten Vogel erblickten, weinten sie, weinten sie viele Tränen und gruben ihm ein niedliches Grab, welches mit Blumenblättern verziert wurde. Des Vogels Leiche kam in eine rote, schöne Schachtel; königlich sollte er bestattet werden, der arme Vogel! Als er lebte und sang, vergaßen sie ihn, ließen ihn im Käfige sitzen und Mangel leiden; nun bekam er Schmuck und viele Tränen.

Aber das Rasenstück mit dem Gänseblümchen wurde in den Staub der Landstraße hinausgeworfen. Keiner dachte an die, welche am Meisten für den kleinen Vogel gefühlt hatte, und die ihn so gern trösten wollte!

Das Liebespaar

Ein Kreisel und ein Bällchen lagen im Kasten beisammen unter anderem Spielzeug, und da sagte der Kreisel zum Bällchen: „Wollen wir nicht Brautleute sein, da wir doch in einem Kasten zusammenliegen?" Aber das Bällchen, welches von Saffian genäht war, und das sich eben so viel einbildete, als ein feines Fräulein, wollte auf dergleichen nicht antworten.

Am nächsten Tage kam der kleine Knabe, dem das Spielzeug gehörte: er bemalte den Kreisel rot und gelb und schlug einen Messing-Nagel mitten hinein; das sah einmal recht prächtig aus, wenn der Kreisel sich herumdrehte!

„Sehen Sie mich an!", sagte er zum Bällchen. „Was sagen Sie nun? Wollen wir nun nicht Brautleute sein? Wir passen so gut zu einander: Sie springen und ich tanze! Glücklicher, als wir beide, würde niemand werden können!"

„So? Glauben Sie das?", sagte das Bällchen. „Sie wissen wohl nicht, dass mein Vater und meine Mutter Saffianpantoffeln gewesen sind, und dass ich einen spanischen Kork im Leibe habe?"

„Ja, aber ich bin von Mahagoniholz", sagte der Kreisel; „und der Bürgermeister hat mich selbst gedrechselt. Er hat seine eigene Drechselbank und es hat ihm viel Vergnügen gemacht."

„Kann ich mich darauf verlassen?", fragte das Bällchen.

„Möge ich niemals die Peitsche bekommen, wenn ich lüge!", erwiderte der Kreisel.

„Sie wissen gut für sich zu sprechen!", sagte das Bällchen. „Aber ich kann doch nicht: ich bin mit einer Schwalbe so gut wie versprochen; jedes Mal, wenn ich in die Luft fliege, steckt sie den Kopf zum Neste heraus und fragt: „Wollen Sie?" Und nun habe ich innerlich ja gesagt, und das ist so gut, wie eine halbe Verlobung; aber ich verspreche Ihnen, Sie nie zu vergessen!"

„Ja, das wird viel helfen!", sagte der Kreisel. Und so sprachen sie nicht mehr mit einander.

Am nächsten Tage wurde das Bällchen von dem Knaben hervorgenommen. Der Kreisel sah, wie es hoch in die Luft flog, gleich einem Vogel; zuletzt konnte man es gar nicht mehr erblicken; jedes Mal kam es wieder zurück, machte aber immer einen hohen Sprung, wenn es die Erde berührte; und das geschah entweder aus Sehnsucht, oder weil es einen spanischen Kork im Leibe hatte. Das neunte Mal aber blieb das Bällchen weg und kam nicht wieder; und der Knabe suchte und suchte, aber weg war es.

„Ich weiß wohl, wo es ist!", seufzte der Kreisel. „Es ist im Schwalbenneste und hat sich mit der Schwalbe verheiratet!"

Je mehr der Kreisel daran dachte, um so mehr wurde er für das Bällchen eingenommen; gerade weil er es nicht bekommen konnte, darum nahm seine Liebe zu; dass es einen andern genommen hatte, das war das Eigentümliche dabei; und der Kreisel tanzte herum und schnurrte, dachte aber beständig an das Bällchen, welches in seinen Gedanken immer schöner und schöner wurde. So verstrich manches Jahr – – und nun war es eine alte Liebe.

Und der Kreisel war nicht mehr jung! – – Aber da wurde er eines Tages über und über vergoldet; nie hatte er so schön ausgesehen; er war nun ein Goldkreisel und sprang, dass er schnurrte. Ja, das war doch etwas! Aber auf einmal sprang er zu hoch und – weg war er!

Man suchte und suchte, selbst unten im Keller, doch er war nicht zu finden.

– – Wo war er?

Er war in den Kehrichtkasten gesprungen, wo Allerlei lag: Kohlstrünke, Kehricht und Schutt, welcher von der Dachrinne herunter gefallen war.

„Nun liege ich freilich gut! Hier wird die Vergoldung bald von mir verschwinden. Ach, unter welches Gesindel bin ich hier geraten!", und dann schielte er nach einem langen, abgeblätterten Kohlstrunk, und nach einem sonderbaren, runden Dinge, welches wie ein alter Apfel aussah; – aber es war kein Apfel, es war ein altes Bällchen, welches viele Jahre in der Dachrinne gelegen hatte und vom Wasser ganz durchnässt war.

„Gott sei Dank, da kommt doch einer Unsersgleichen, mit dem man sprechen kann!", sagte das Bällchen und betrachtete den vergoldeten Kreisel. „Ich hin eigentlich von Saffian, von Jungfrauen-Händen genäht, und habe einen spanischen Kork im Leibe; aber das wird mir wohl niemand ansehen. Ich war nahe daran, mich mit einer Schwalbe zu verheiraten, allein da fiel ich in die Dachrinne, und darin habe ich wohl fünf Jahre gelegen und bin aufgequollen! Glauben Sie mir, das ist eine lange Zeit für ein junges Bällchen!"

Aber der Kreisel sagte nichts; er dachte an seine alte Liebe, und je mehr er hörte, desto klarer wurde es ihm, dass sie es war.

Da kam das Dienstmädchen und wollte den Kasten umwenden: „Heisa, da ist der Goldkreisel!", sagte es.

Und der Kreisel kam wieder zu Ansehen und Ehre, aber vom Bällchen hörte man nichts. Und der Kreisel sprach nie mehr von seiner alten Liebe; die vergeht, wenn die Geliebte fünf Jahre lang in einer Wasserrinne gelegen hat und aufgequollen ist; ja, man erkennt sie nicht wieder, wenn man ihr im Kehrichtkasten begegnet.

Die Störche

Auf dem letzten Hause in einem kleinen Dorfe stand ein Storchnest. Die Storchmutter saß im Neste bei ihren vier kleinen Jungen, welche den Kopf mit dem kleinen, schwarzen Schnabel, denn der war noch nicht rot geworden, hervorstreckten. Ein kleines Stück davon entfernt stand auf dem Dachrücken ganz stramm und steif der Storchvater; er hatte das eine Bein unter sich aufgezogen, um doch einige Mühe zu haben, während er Schildwache stand. Fast hätte man glauben mögen, dass er aus Holz geschnitzt sei, so still stand er. „Es sieht gewiss recht vornehm aus, dass meine Frau eine Schildwache beim Neste hat!", dachte er. „Sie können ja nicht wissen, dass ich ihr Mann bin, sie glauben sicher, dass mir befohlen worden ist, hier zu stehen. Das sieht recht vornehm aus!" Und er fuhr fort, auf einem Beine zu stehen.

Unten auf der Straße spielte eine Schaar Kinder, und da sie die Störche gewahr wurden, sang einer der mutigsten Knaben und später alle zusammen den alten Vers von den Störchen:

„Storch, Storch, fliege heim,
Stehe nicht auf Einem Bein,
Deine Frau im Neste liegt,
Wo sie ihre Jungen wiegt.
Das eine wird gehängt,
Das andre wird versengt,
Das dritte man erschießt,
Wenn man das vierte spießt!"

„Höre nur, was die Kinder singen!", sagten die kleinen Storchkinder. „Sie singen, wir sollen gehängt und versengt werden!"

„Darum sollt Ihr Euch nicht kümmern!", sagte die Storchmutter. „Hört nur nicht darauf, so schadet es gar nichts!"

Aber die Knaben fuhren fort zu singen, und sie zischten den Storch mit den Fingern aus; nur ein Knabe, welcher Peter hieß, sagte, dass es Unrecht sei, die Tiere zum Besten zu haben, und wollte auch gar nicht mit dabei sein.

Die Storchmutter tröstete ihre Jungen. „Kümmert Euch nicht darum", sagte sie; „seht nur, wie ruhig Euer Vater steht, und zwar auf einem Beine!"

„Wir fürchten uns sehr!", sagten die Jungen und zogen die Köpfe tief in das Nest zurück.

Am nächsten Tage, als die Kinder wieder zum Spielen zusammenkamen und die Störche erblickten, sangen sie ihr Lied:

„Das eine wird gehängt,
Das andere wird gesengt" –

„Werden wir wohl gehängt und versengt werden?", fragten die jungen Störche.

„Nein, sicher nicht!", sagte die Mutter. „Ihr sollt fliegen lernen, ich werde Euch schon einüben; dann fliegen wir hinaus auf die Wiese und statten den Fröschen Besuch ab; die verneigen sich vor uns im Wasser, singen: ‚Koax, koax'; und dann essen wir sie auf. Das wird ein rechtes Vergnügen geben!"

„Und was dann?", fragten die Storchjungen.

„Dann versammeln sich alle Störche, die hier im ganzen Lande sind, und die Herbstübung beginnt. Da muss man gut fliegen, das ist von großer Wichtigkeit; denn wer dann nicht ordentlich fliegen kann, wird vom Obersten mit dem Schnabel totgestochen; deshalb gebt wohl Acht, etwas zu lernen, wenn das Üben anfängt!"

„So werden wir ja doch gespießt, wie die Knaben sagten, und hört nur, jetzt singen sie es wieder!"

„Hört auf mich und nicht auf sie", sagte die Storchmutter. „Nach der großen Herbstübung fliegen wir in die warmen Länder, weit, weit von hier, über Berge und Wälder. Nach Ägypten fliegen wir, wo es dreieckige Steinhäuser gibt, die in eine Spitze auslaufen, und bis über die Wolken ragen, sie werden Pyramiden genannt, und sind älter, als ein Storch sich denken kann. Da ist auch ein Fluss, welcher aus seinem Bette tritt, dann wird das ganze Land zu Schlamm. Man geht im Schlamm und isst Frösche."

„O!", sagten alle Jungen.

„Ja, da ist es herrlich! Man tut den ganzen Tag nichts anderes, als essen, und während wir es so gut haben, ist in diesem Lande nicht ein grünes Blatt auf den Bäumen; hier ist es so kalt, dass die Wolken in Stücke frieren und in kleinen weißen Lappen herunterfallen!" Das war Schnee, den sie meinte, aber sie konnte es nicht deutlicher erklären.

„Frieren denn auch die unartigen Knaben in Stücke?", fragten die jungen Störche.

„Nein, in Stücke frieren sie nicht, aber sie sind nahe daran, und müssen in der dunkeln Stube sitzen und duckmäusern; Ihr hingegen könnt in fremden Ländern umherfliegen, wo es Blumen und warmen Sonnenschein gibt!"

Nun war schon einige Zeit verstrichen und die Jungen waren so groß geworden, dass sie im Neste aufrecht stehen und weit umhersehen konnten, und der Storchvater kam jeden Tag mit schönen Fröschen, kleinen Schlangen und all' den Storchleckereien, die er finden konnte, geflogen. O, das sah lustig aus, wie er ihnen Kunststücke vormachte! Den Kopf legte er gerade herum auf den Schwanz, mit dem Schnabel klapperte er, als wäre er eine kleine Knarre, und dann erzählte er ihnen Geschichten, alle zusammen vom Sumpfe.

„Hört, nun müsst Ihr fliegen lernen!", sagte eines Tages die Storchmutter, und nun mussten alle vier Jungen hinaus auf den Dachrücken. O, wie sie schwankten, wie sie mit den Flügeln sich im Gleichgewicht hielten, und doch nahe daran waren, hinunter zu fallen!

„Seht nun auf mich!", sagte die Mutter. „So müsst Ihr den Kopf halten, so müsst Ihr die Füße stellen! Eins, zwei! Eins, zwei! Das ist es, was Euch in der Welt forthelfen soll!" Dann flog sie ein kleines Stück, und die Jungen machten einen kleinen, unbeholfenen Sprung. Bums! da lagen sie, denn ihr Körper war zu schwerfällig.

„Ich will nicht fliegen!", sagte das eine Junge und kroch wieder in das Nest hinauf. „Mir ist nichts daran gelegen, nach den warmen Ländern zu kommen!"

„Willst Du denn hier erfrieren, wenn es Winter wird? Sollen die Knaben kommen, Dich zu hängen, zu sengen und zu braten! Nun, ich werde sie rufen!"

„O nein!", sagte der junge Storch und hüpfte wieder auf das Dach wie die andern. Den dritten Tag konnten sie schon ordentlich ein bischen fliegen, und da glaubten sie, dass sie auch schweben und auf der Luft ruhen könnten; das wollten sie, aber bums! da purzelten sie, darum mussten sie schnell die Flügel wieder rühren. Nun kamen die Knaben unten auf der Straße und sangen ihr Lied:

„Storch, Storch, fliege heim!"

„Wollen wir nicht hinunterfliegen und ihnen die Augen aushakken?", sagten die Jungen.

„Nein, lasst das!", sagte die Mutter. „Hört nur auf mich, das ist weit wichtiger! Eins, zwei, drei! Nun fliegen wir rechts herum. Eins, zwei, drei! Nun links um den Schornstein! Seht, das war sehr gut; der letzte Schlag mit den Flügeln war so niedlich und richtig, dass Ihr die Erlaubnis erhalten sollt, morgen mit mir in den Sumpf zu fliegen. Da werden mehrere hübsche Storchfamilien mit ihren Kindern sein; zeigt mir nun, dass die meinen die niedlichsten sind, und dass ihr recht einherstolziert; das sieht gut aus und verschafft Ansehen!

„Aber sollen wir denn uns nicht an den unartigen Buben rächen?", fragten die jungen Störche.

„Lasst sie schreien, so viel sie wollen! Ihr fliegt doch zu den Wolken auf und kommt nach dem Lande der Pyramiden, wenn sie frie-

ren müssen und kein grünes Blatt und keinen süßen Apfel haben!"
„Ja, Rache wollen wir nehmen!", zischelten sie einander zu, und dann
wurde wieder geübt.

Von allen Knaben auf der Straße war keiner ärger, das Spottlied zu
singen, als gerade der, welcher damit angefangen hatte, und das war
ein ganz kleiner, er war wohl nicht mehr als sechs Jahre alt. Die jungen
Störche glaubten freilich, dass er hundert Jahre zähle, denn er war ja
viel größer als ihre Mutter und ihr Vater, und was wussten sie davon,
wie alt Kinder und große Menschen sein können! Ihre ganze Rache
sollte diesen Knaben treffen, er hatte ja zuerst begonnen, und er blieb
auch immer dabei; die jungen Störche waren sehr aufgebracht, und
wie sie größer wurden, wollten sie es noch weniger dulden; die Mutter
musste ihnen zuletzt versprechen, dass sie schon gerächt werden sollten, aber nicht eher, als am letzten Tage, wo sie dort im Lande seien.

„Wir müssen ja erst sehen, wie Ihr Euch bei der großen Übung
benehmen werdet; besteht Ihr schlecht, so dass der Oberst Euch den
Schnabel durch die Brust rennt, dann haben ja die Knaben Recht,
wenigstens in einer Hinsicht. Nun lasst uns sehen!"

„Ja, das sollst Du!", sagten die Jungen, und so gaben sie sich alle
Mühe; sie übten sich jeden Tag und flogen so niedlich und leicht, dass
es eine Lust war, zuzusehen.

Nun kam der Herbst; alle Störche begannen sich zu sammeln, um
fort nach den warmen Ländern zu ziehen, während wir Winter haben.
Das war ein Leben! Über Wälder und Dörfer mussten sie, nur um zu
sehen, wie sie fliegen könnten, denn es war ja eine große Reise, die
ihnen bevorstand. Die jungen Störche machten ihre Sache so brav,
dass sie „Ausgezeichnet gut mit Frosch und Schlange" erhielten. Das
war das allerbeste Zeugnis und den Frosch und die Schlange konnten
sie essen; das taten sie auch.

„Nun wollen wir Rache nehmen!", sagten sie.

„Ja gewiss!", sagte die Storchmutter. „Was ich mir ausgedacht, ist
gerade das Richtige! Ich weiß, wo der Teich ist, in welchem alle die
kleinen Menschenkinder liegen, bis der Storch kommt und sie den
Eltern bringt. Die niedlichsten kleinen Kinder schlafen und träumen
so lieblich, wie sie später nie mehr träumen. Alle Eltern wollen gern
solch ein kleines Kind haben, und alle Kinder wollen eine Schwester

oder einen Bruder haben. Nun wollen wir nach dem Teiche hinfliegen, eins für jedes der Kinder zu holen, welche nicht das böse Lied gesungen und die Störche zum Besten gehabt!"

„Aber der, welcher zu singen angefangen, der schlimme, hässliche Knabe", schrien die jungen Störche, „was machen wir mit ihm?"

„Da liegt im Teiche ein kleines, totes Kind, das hat sich tot geträumt; das wollen wir für ihn nehmen, dann muss er weinen, weil wir ihm einen toten, kleinen Bruder gebracht haben; aber dem guten Knaben – ihn habt Ihr doch nicht vergessen, ihn, der da sagte, es sei Sünde, die Tiere zum Besten zu haben? – ihm wollen wir sowohl einen Bruder, als eine Schwester bringen, und da der Knabe Peter hieß, so sollt Ihr allesammt Peter heißen!"

Und es geschah, wie sie sagte, und so hießen alle Störche Peter, und so werden sie noch genannt.

Das alte Haus

Dort unten in der Straße stand ein altes, altes Haus. Es war fast dreihundert Jahre alt; so stand es auf dem Balken zu lesen, auf welchem in und mit Tulpen und Hopfenranken die Jahreszahl angebracht war. Da las man ganze Verse, in der Schreibart der alten Zeit, und über jedem Fenster war ein Gesicht in dem Balken ausgeschnitzt, das allerlei Grimassen machte. Die eine Etage ragte ein ganzes Stück über der andern hervor, und dicht unter dem Dach war eine bleierne Rinne mit einem Drachenkopf. Das Regenwasser sollte aus dem Rachen herauslaufen, es lief aber aus dem Bauche, denn die Rinne hatte ein Loch.

Alle andern Häuser in der Straße waren noch neu und hübsch, mit großen Fensterscheiben und glatten Wänden. Man sah es ihnen deutlich an, dass sie nichts mit dem alten Hause zu tun haben wollten. Sie mochten wohl denken: „Wie lange soll das Gerumpel noch zum allgemeinen Skandal in der Straße stehen? Das Gesimse steht so weit vor, dass niemand aus unsern Fenstern sehen kann, was auf jener Seite dort vorgeht! Die Treppe ist so breit, wie eine Schlosstreppe, und so hoch, als führe sie auf einen Kirchturm. Das eiserne Geländer sieht ja aus, wie die Tür zu einem Erbbegräbnisse, und messingene Knöpfe sind darauf – es ist wirklich zu albern!"

Gegenüber standen auch neue und nette Häuser, und die dachten wie die andern; aber am Fenster saß hier ein kleiner Knabe mit frischen, roten Wangen; mit klaren, strahlenden Augen, und dem gefiel das alte Haus besonders gut, und zwar sowohl im Sonnen- wie im Mondscheine. Und wenn er nach der Mauer hinüberblickte, wo der Kalk abgefallen war: dann konnte er die wunderbarsten Bilder herausfinden, gerade wie die Straße früher ausgesehen hatte, mit Freitreppen, Gesimsen und spitzen Giebeln; er konnte Soldaten sehen mit Hellebarden, und Dachrinnen, die wie Drachen und Lindwürmer umher liefen. – Das war so recht ein Haus zum Anschauen, und da drüben wohnte ein

alter Mann, der in ledernen Kniehosen ging und einen Rock mit großen Messingknöpfen und eine Perücke trug, der man es ansah, dass sie
eine wirkliche Perücke war. Jeden Morgen kam ein alter Mann zu ihm,
der bei ihm rein machte und Gänge für ihn besorgte. Übrigens war der
Alte in den Kniehosen ganz allein in dem alten Hause. Zuweilen kam
er an die Fensterscheiben und sah hinaus, und der kleine Knabe nickte
ihm zu, und der alte Mann nickte wieder und so wurden sie bekannt,
und so wurden sie Freunde, obgleich sie niemals mit einander gesprochen hatten. Aber das war ja auch gar nicht nötig.

Der kleine Knabe hörte seine Eltern sagen: „Der alte Mann da drüben hat es sehr gut; aber er ist allein!"

Am nächsten Sonntage wickelte der kleine Knabe etwas in ein
Stück Papier, ging damit vor die Haustür und sagte zu dem, welcher
die Gänge für den Alten besorgte: „Höre! Willst Du dem alten Mann
da drüben dieses von mir bringen? Ich habe zwei Zinnsoldaten; dieses
ist der eine, er soll ihn haben, denn ich weiß, dass er ganz allein ist!"

Und der alte Aufwärter sah vergnügt aus, nickte und trug den Zinnsoldaten in das alte Haus. Nachher wurde herübergeschickt, ob der
kleine Knabe nicht Lust habe, selbst zu kommen und seinen Besuch
zu machen. Und dazu gaben ihm seine Eltern Erlaubnis: und so kam
er nach dem alten Hause.

Und die Messingknopfe auf dem Treppengelänter glänzten weit
stärker als sonst: man hätte glauben sollen, dass sie wegen des Besuches
poliert worden wären. Und es war ganz so, als ob die ausgeschnitzten
Trompeter – denn auf der Türe waren Trompeter ausgeschnitzt, die in
Tulpen standen – aus Leibeskräften bliesen; ihre Backen sahen weit
dicker aus, als früher. Ja, sie bliesen: „Schnetterengdeng. Der kleine
Knabe kommt! Schnetterengdeng!" – Und dann ging die Tür auf. Der
ganze Hausflur war mit alten Portraits behangen, mit Rittern in Harni-
schen und Frauen in seidenen Kleidern: und die Harnische rasselten
und die seidenen Kleider rauschten! – Und dann kam eine Treppe, die
ging ein großes Stück hinauf und ein kleines Stück herunter, und dann
war man auf einem Altan, der freilich sehr gebrechlich war, mit großen Löchern und langen Spalten; aus ihnen allen wuchs Gras heraus,
denn der ganze Altan, der Hof und die Mauer war mit so vielem Grün
bewachsen, dass es aussah, wie ein Garten; aber es war nur ein Altan.

Hier standen alte Blumentöpfe, die Gesichter und Eselsohren hatten; die Blumen wuchsen aber so, wie es ihnen beliebte. In dem einen Topf wuchsen nach allen Seiten Nelken über, das heißt: das Grüne davon, Schößling auf Schößling; und die sprachen ganz deutlich: „Die Luft hat mich gestreichelt, die Sonne hat mich geküsst und mir auf den Sonntag eine kleine Blume versprochen, eine kleine Blume auf den Sonntag!"

Und dann kamen sie in ein Zimmer, wo die Wände mit Schweinsleder überzogen waren, und auf dem Schweinsleder waren Goldblumen eingepresst.

> *„Vergoldung vergeht,*
> *Schweinsleder besteht!"*

sagten die Wände.

Und da standen Stühle mit hohen Rücklehnen, mit Schnitzwerk und mit Armen an beiden Seiten! „Setzen Sie sich!", sagten sie. „Uh! wie es in mir knackt! Nun werde ich gewiss auch Gicht bekommen, wie der alte Schrank! Gicht im Rücken! Uh!"

Und dann kam der kleine Knabe in die Stube, wo der alte Mann saß. „Dank für den Zinnsoldaten, mein kleiner Freund!", sagte der alte Mann. „Und Dank dafür, dass Du zu mir herüber gekommen bist!"

„Dank! Dank!" oder „Knick! Knack!", sagten alle Möbel. Es waren ihrer so viele, dass sie sich beinahe einander im Wege standen, um den kleinen Knaben zu sehen.

Und mitten an der Wand hing ein Gemälde, eine schöne Dame, jugendlich und fröhlich aussehend, aber so gekleidet, wie in alten Tagen! Mit Puder im Haar und mit Kleidern, die steif standen. Die sagte weder „Dank" und „Knack", sah aber mit ihren milden Augen auf den kleinen Knaben herab, der sogleich den alten Mann fragte: „Wo hast Du die her?"

„Da drüben vom Trödler", sagte der alte Mann. „Dort hängen immer viele Bilder; niemand kannte sie oder bekümmerte sich um sie, denn sie sind alle begraben. Aber vor vielen Jahren habe ich diese gekannt, und nun ist sie tot und fort seit einem halben Jahrhundert!"

Und unter dem Bilde hing, hinter Glas, ein Strauß verwelkter Blumen; die waren gewiss auch ein halbes Jahrhundert alt, so sahen sie wenigstens aus. Und das Perpendikel der großen Uhr ging hin und her, und die Zeiger drehten sich, und alles in der Stube wurde noch älter; aber niemand bemerkte es.

„Sie sagen zu Hause", sagte der kleine Knabe, „dass Du immer allein bist!"

„O", sagte er, „die alten Gedanken mit alle dem, was sie mit sich führen können, kommen und besuchen mich; und nun kommst Du ja auch! – Es geht mir sehr gut!"

Und dann nahm er von dem Wandbrett ein Buch mit Bildern herunter; darin waren lange Aufzüge, die wunderbarsten Kutschen, wie man sie heutzutage nicht mehr sieht; Soldaten, wie Trefflebube, und Bürger mit wehenden Fahnen. Die Schneider hatten eine Fahne mit einer Scheere, von zwei Löwen gehalten, und die Schuhmacher eine Fahne ohne Stiefel, aber mit einem Adler, der zwei Köpfe hatte; denn bei den Schuhmachern muss Alles so sein, damit sie sagen können: „Das ist ein Paar!" – Ja, das war ein Bilderbuch!

Der alte Mann ging in die andere Stube, um Eingemachtes, Äpfel und Nüsse zu holen. Es war wirklich herrlich in dem alten Hause.

„Ich kann es nicht aushalten!", sagte der Zinnsoldat, der auf der Lade stand. „Hier ist es gar zu einsam und traurig! Nein, wenn man das Familienleben kennen gelernt hat, kann man sich an das hier nicht gewöhnen! Ich kann es nicht aushalten! Der Tag währt einem schon lang; der Abend aber noch länger; hier ist es gar nicht so, wie drüben bei Dir, wo Dein Vater und Deine Mutter stets vergnügt sprachen, und wo Du und Ihr süßen Kinder einen prächtigen Lärm machtet. Nein, wie einsam es bei dem alten Manne ist! Glaubst Du, dass er Küsse bekommt? Glaubst Du, dass er freundliche Blicke oder einen Weihnachtsbaum bekommt? – Er bekommt nichts, als ein Grab! – Ich kann es nicht aushalten."

„Du musst es nicht so von der traurigen Seite nehmen!", sagte der kleine Knabe. „Mir kommt dies alles außerordentlich schön vor, und alle die alten Gedanken mit dem, was sie mit sich führen können, kommen hier ja auf Besuch!"

„Ja, aber die sehe ich nicht und kenne ich nicht!", sagte der Zinnsoldat. „Ich kann es nicht aushalten!"

„Das musst Du!", sagte der kleine Knabe.

Der alte Mann kam mit dem vergnügtesten Gesichte und mit den schönsten eingemachten Früchten und Äpfeln und Nüssen; da dachte der Kleine nicht mehr an den Zinnsoldaten.

Glücklich und vergnügt kam der kleine Knabe nach Hause; und es vergingen Tage und Wochen; es wurde nach dem alten Hause hin und von dem alten Hanse her genickt; dann kam der kleine Knabe wieder hinüber.

Die ausgeschnitzten Trompeter bliesen: „Schnetterengdeng! Da ist der kleine Knabe! Schnetterengdeng!" Die Schwerter und Rüstungen auf den alten Ritterbildern rasselten, und die seidenen Kleider rauschten; das Schweinsleder erzählte, und die alten Stühle hatten Gicht im Rücken: „Au!" Das war eben so, wie das erste Mal, denn da drüben war der eine Tag und die eine Stunde ganz so, wie die andere.

„Ich kann es nicht aushalten!", sagte der Zinnsoldat. „Ich habe Zinn geweint! Hier ist es zu traurig! Lass mich lieber in den Krieg ziehen und Arme und Beine verlieren! Das ist doch eine Veränderung –. Ich kann es nicht aushalten! – Nun weiß ich, was es heißt, Besuch von seinen alten Gedanken und allem, was sie mit sich führen können, zu bekommen. Ich habe Besuch von den Meinigen gehabt, und Du kannst glauben, das ist auf die Länge hin kein Vergnügen. Ich war zuletzt nahe daran, von der Lade herunterzuspringen. Euch alle da drüben im Hause sah ich so deutlich, als ob Ihr wirklich hier wäret. Es war wieder Sonntag Morgen, wo Ihr Kinder alle vor dem Tische standet und den Psalm absangt, den Ihr jeden Morgen singt. Ihr standet andächtig mit gefalteten Händen, und Vater und Mutter waren ebenso feierlich gestimmt; da ging die Türe auf, und die kleine Schwester Maria, die noch nicht zwei Jahre alt ist, und immer tanzt, wenn sie Musik oder Gesang hört, welcher Art dieser auch sein mag, wurde hereingesetzt. – Sie sollte zwar nicht, aber sie fing an zu tanzen, konnte jedoch nicht recht in den Takt kommen, denn die Töne waren zu lang gezogen, und deshalb stand sie erst auf dem einen Beine und hielt den Kopf vorn über; aber es reichte nicht aus. Ihr standet alle sehr ernsthaft, obgleich das etwas schwer fiel; aber ich lachte innerlich, und deswegen fiel ich vom Tische herunter und bekam eine Beule, mit der ich noch umhergehe; denn es war nicht recht von mir, dass ich lachte. Aber dies alles, und alles was ich sonst erlebt habe, geht mir jetzt wieder in meinem

Innern vorüber, und das sind wohl die alten Gedanken, mit allem, was sie mit sich führen! Sage mir, ob Ihr noch des Sonntags singt? Erzähle mir etwas von der kleinen *Maria*! Und wie geht es meinem Kameraden, dem andern Zinnsoldaten? Ja, der ist freilich recht glücklich! – Ich kann es nicht aushalten!"

„Du bist weggeschenkt", sagte der Knabe; „Du musst bleiben. Kannst Du das nicht einsehen?"

Und der alte Mann kam mit einem Kasten, in dem manches zu sehen war: Schminkdöschen und Balsambüchsen, alte Karten, so groß und so vergoldet, wie man sie jetzt nicht mehr zu sehen bekommt. Es wurden mehrere Kästchen geöffnet; auch das Klavier; in dieses waren inwendig auf den Deckel Landschaften gemalt; aber es war heiser, als der alte Mann darauf spielte; dann nickte er dem Bilde zu, das er bei dem Trödler gekauft hatte, und des alten Mannes Augen leuchteten dabei gar klar.

„Ich will in den Krieg! Ich will in den Krieg!", rief der Zinnsoldat so laut, wie er nur konnte, und stürzte sich auf den Fußboden hinab.

Ja, aber wo blieb er? Der alte Mann suchte, der kleine Knabe suchte: fort war er und fort blieb er. „Ich werde ihn schon finden", sagte der alte Mann; aber er fand ihn nie; der Fußboden war zu offen und durchlöchert. Der Zinnsoldat war durch eine Spalte gefallen, da lag er nun, wie in einem offenen Grabe.

Der Tag verging, und der kleine Knabe kam nach Hause; und es vergingen mehrere Wochen. Die Fenster waren ganz zugefroren, und der kleine Knabe musste auf die Scheiben hauchen, um ein Guckloch nach dem alten Hause zu machen, da war Schnee in alle Schnörkel und Inschriften geweht und bedeckte die ganze Treppe, als wenn niemand im Hause sei. Und es war auch niemand im Hause; der alte Mann war gestorben!

Am Abend hielt ein Wagen vor der Türe und auf denselben setzte man ihn in seinem Sarge: er sollte draußen auf dem Lande in seiner Familiengruft ruhen. Da wurde er nun hingefahren; aber niemand gab ihm das Geleit; alle seine Freunde waren tot. Der kleine Knabe warf dem Sarge, als dieser vorübergefahren wurde, Kusshändchen nach.

Einige Tage nachher wurde Auktion in dem alten Hause gehalten, und der kleine Knabe sah aus seinem Fenster, wie man die alten Ritter und die alten Damen, die Blumentöpfe mit den langen Ohren, die Stühle und die alten Schränke wegtrug. Eins kam hier hin, ein anderes dorthin; *ihr* Portrait, das vom Trödler gekauft war, kam wieder zum Trödler, und da blieb es hängen; denn niemand bekümmerte sich um das alte Bild.

Im Frühjahre riss man das Haus selbst ein, es sei ein Gerumpel, sagten die Leute. Man konnte von der Straße gerade in die Stube zu dem schweinsledernen Überzuge sehen, der zerfetzt und abgerissen wurde, und das Grün des Altans hing verwildert um die Einsturz drohenden Balken herum, – Und nun wurde hier aufgeräumt.

„Das half!", sagten die Nachbarhäuser.

Es wurde ein herrliches Haus aufgebaut mit großen Fenstern und weißen, glatten Mauern; aber vor dem Platze, wo das alte Haus gestanden hatte, wurde ein kleiner Garten angelegt, und an der Mauer des Nachbars wuchsen wilde Weinranken empor; vor den Garten kam ein großes eisernes Gitter mit eiserner Türe; das sah stattlich aus. Die Leute blieben davor stehen und guckten hindurch. Und die Sperlinge setzten sich zu Dutzenden auf die Weinranken und schwatzten durcheinander, so laut sie konnten; aber nicht von dem alten Hause, denn dessen konnten sie sich nicht erinnern; es waren ja viele Jahre vergangen – so viele, dass der kleine Knabe zu einem Manne, ja zu einem tüchtigen Manne herangewachsen war, an dem seine Eltern Freude hatten. Er hatte eben geheiratet und war mit seiner Frau in das Haus gezogen, vor dem sich der Garten befand; und hier stand er neben ihr, während sie eine Feldblume einsetzte, die sie sehr hübsch fand; sie pflanzte sie mit ihrer kleinen Hand und drückte die Erde mit ihren Fingern fest an. – „Au! Was war das?" – Sie stach sich. Aus der weichen Erde ragte etwas Spitzes hervor. Das war – ja, denkt einmal! – das war der Zinnsoldat, derselbe, der oben bei dem alten Manne verloren gegangen war, der zwischen Zimmerholz und Schutt sich lange umhergetrieben und nun schon viele Jahre in der Erde gelegen hatte.

Die junge Frau trocknete den Soldaten erst mit einem grünen Blatte ab, und dann mit ihrem seinen Taschentuche – das duftete wunderschön! Und es war dem Zinnsoldaten gerade so zu Mute, als ob er aus einer Ohnmacht erwache.

73

„Lass mich ihn sehen!", sagte der junge Mann, lächelte und schüttelte dann mit dem Kopfe: „Ja, der kann es nun freilich wohl nicht sein; aber er erinnert mich an eine Geschichte mit einem Zinnsoldaten, den ich hatte, als ich ein kleiner Knabe war." Und dann erzählte er seiner Frau von dem alten Hause und dem alten Manne, und von dem Zinnsoldaten, den er ihm hinüber geschickt hatte, weil er allein war, so dass der jungen Frau die Tränen in die Augen traten über das alte Haus und den alten Mann.

„Es ist doch möglich, dass dies derselbe Zinnsoldat ist!", sagte sie; „ich will ihn aufbewahren und will dessen gedenken, was Du mir erzählt hast; aber das Grab des alten Mannes musst Du mir zeigen."

„Ja, ich weiß nicht, wo das ist", antwortete er, „und das weiß niemand. Alle seine Freunde waren tot; keiner pflegte dasselbe, und ich war ja ein kleiner Knabe!"

„Ach, wie der wohl allein gewesen sein mag!", sagte sie.

„Ja, allein!", sagte der Zinnsoldat; „aber herrlich ist es, nicht vergessen zu werden!"

„Herrlich!", rief eine Stimme ganz nahe bei; aber niemand, außer dem Zinnsoldaten, sah, dass diese von einem Fetzen der schweinsledernen Tapete herkam, der nun ohne alle Vergoldung war. Er sah aus, wie nasse Erde; aber eine Ansicht hatte er doch, und die sprach er aus:

„Vergoldung vergeht,
aber Schweinsleder besteht!"

Allein der Zinnsoldat glaubte das nicht.

Fliedermütterchen

Es war einmal ein kleiner Knabe, der hatte sich erkältet; er war ausgegangen und hatte nasse Füße bekommen; niemand konnte begreifen, wie er sie erhalten hatte, denn es war ganz trockenes Wetter. Nun entkleidete ihn seine Mutter, brachte ihn zu Bette und ließ die Teemaschine hereinbringen, um ihm eine gute Tasse Fliedertee zu bereiten, denn der erwärmt! Zu gleicher Zeit kam auch der alte freundliche Mann zur Tür herein, der oben im Hause allein wohnte und sehr vereinsamt lebte. Er hatte weder Frau noch Kinder, hielt aber viel auf alle Kinder und wusste gar viele Märchen und Geschichten zu erzählen, dass es eine Lust war.

„Nun trinkst Du Deinen Tee!", sagte die Mutter; „vielleicht bekommst Du dann auch ein Märchen zu hören."

„Ja, wenn man nur ein neues wüsste!", sagte der alte Mann und nickte freundlich. „Wo aber hat der Kleine die nassen Füße bekommen?", fragte er.

„Ja, wie das geschehen ist", sagte die Mutter, „kann niemand begreifen."

„Erhalte ich ein Märchen?", fragte der Knabe.

„Ja, kannst Du mir einigermaßen genau sagen – denn das muss ich zuerst wissen – wie tief der Rinnstein in der kleinen Straße ist, wo Du in die Schule gehst?"

„Gerade bis mitten auf die Schäfte", sagte der Knabe; „aber dann muss ich in das tiefe Loch gehen!"

„Sieh, davon haben wir die nassen Füße", sagte der Alte. „Nun sollte ich freilich ein Märchen erzählen, aber weiß keins mehr!"

„Sie können gleich eins machen", sagte der kleine Knabe. „Mutter sagt, dass alles, was Sie betrachten, zu einem Märchen werden kann, und von allem, was Sie berühren, können Sie eine Geschichte machen."

„Ja, aber die Märchen und Geschichten taugen nichts! Nein, die rechten kommen von selbst, die klopfen mir an die Stirn und sagen: Hier bin ich!"

„Klopft es nicht bald?", fragte der kleine Knabe; und die Mutter lachte, tat Fliedertee in die Kanne und goss kochendes Wasser darauf.

„Erzähle, erzähle!"

„Ja, wenn ein Märchen von selbst käme; aber so eins ist vornehm; es kommt nur, wenn es selbst Lust hat." – „Warte!", sagte er auf einmal. „Da haben wir es! Gib Acht, nun ist eins in der Teekanne!"

Und der kleine Knabe sah nach der Teekanne hin: der Deckel hob sich mehr und mehr, und die Fliederblumen kamen frisch und weiß daraus hervor; sie schossen große, lange Zweige; selbst aus der Tülle verbreiteten sie sich nach allen Seiten und wurden größer und größer; es war der herrlichste Fliederbusch, ein großer Baum; er ragte in das Bett hinein und schob die Gardinen zur Seite; nein, wie das blühte und duftete! Und mitten im Baume saß eine alte, freundliche Frau mit einem sonderbaren Kleide; es war ganz grün, gleich den Blättern des Fliederbaumes, und mit großen, weißen Fliederblumen besetzt; man konnte nicht gleich erkennen, ob es Zeug oder lebendiges Grün und Blumen waren.

„Wie heißt die Frau?", fragte der kleine Knabe.

„Ja, die Römer und Griechen", sagte der alte Mann, „nannten sie eine Dryade, aber das verstehen wir nicht; draußen in der Vorstadt der Matrosen haben wir einen besseren Namen für dieselbe; dort wird sie Fliedermütterchen genannt, und sie ist es, auf die Du Acht geben musst; horch' nur, und betrachte den herrlichen Fliederbaum."

„Gerade ein solcher großer, blühender Baum steht da draußen; er wuchs dort in einem Winkel eines kleinen, ärmlichen Hofes; unter diesem Baume saßen eines Nachmittags im schönsten Sonnenschein zwei alte Leute. Es war ein alter, alter Seemann und seine alte, alte Frau; sie waren Urgroßeltern und sollten bald ihre goldene Hochzeit feiern, aber sie konnten sich des Datums nicht recht entsinnen; und die Fliedermutter saß im Baume und sah so vergnügt aus, gerade wie hier. ‚Ich weiß wohl, wann die goldene Hochzeit ist!', sagte sie; aber sie hörten es nicht, sie sprachen von alten Zeiten. ‚Ja, entsinnst Du Dich?', sagte der alte Seemann, ‚damals, als wir noch ganz klein waren und herumliefen und spielten; es war gerade in demselben Hofe, in dem wir jetzt sitzen; wir pflanzten kleine Zweige in den Hof und machten einen Garten!'

‚Ja‘, sagte die alte Frau; ‚dessen erinnere ich mich recht gut; und wir begossen die Zweige, und einer derselben war ein Fliederzweig, der schlug Wurzeln, schoss grüne Zweige und ist ein großer Baum geworden, unter dem wir alten Leute eben sitzen.'

‚Ja sicher!‘, sagte er; ‚und dort in der Ecke stand ein Wasserkübel; dort schwamm mein Fahrzeug; ich hatte es selbst ausgeschnitten. Wie das segeln konnte; aber ich kam freilich bald anderswohin zu segeln.'

‚Ja, aber zuerst gingen wir in die Schule und lernten etwas‘, sagte sie; ‚und dann wurden wir eingesegnet; wir weinten beide; aber des Nachmittags gingen wir Hand in Hand auf den runden Turm und sahen in die weite Welt hinaus über Kopenhagen und das Wasser; dann gingen wir nach Friedrichsburg, wo der König und die Königin in ihrem prächtigen Boote auf den Kanälen umherfuhren.'

‚Aber ich musste wahrlich anderswo umherfahren, und das viele Jahre, weit weg, auf langen Reisen!'

‚Ja, ich weinte oft Deinetwegen‘, sagte sie; ‚ich glaubte, Du seiest tot und fort und längst dort unten im tiefen Wasser, von den Wellen geschaukelt. Manche Nacht stand ich auf und sah, ob die Wetterfahne sich drehte; ja, sie drehte sich wohl, aber Du kamst nicht! Ich erinnere mich so deutlich, wie eines Tages der Regen vom Himmel strömte; der Kärrner, der den Kehricht holte, kam dorthin, wo ich diente; ich ging mit dem Kehrichtfasse hinunter und blieb in der Türe stehen; – was war das für ein abscheuliches Wetter! Und gerade als ich dastand, war der Briefträger mir zur Seite und gab mir einen Brief! Der war von Dir! Ja, wie der herumgereist war! Ich riss ihn auf und las; ich lachte und weinte, ich war so froh! Da stand, dass Du in den warmen Ländern wärest, wo die Kaffeebohnen wachsen. Was muss das für ein herrliches Land sein! Du erzähltest so viel, und ich las das alles, während der Regen herniederströmte und ich mit dem Kehrichtfasse dastand. Da kam einer und fasste mich um den Leib – –'

‚– Ja, aber Du gabst ihm einen tüchtigen Schlag auf den Backen, dass es klatschte.'

,Ich wusste ja nicht, dass Du es warst; Du warst eben so geschwinde wie Dein Brief gekommen. Und Du warst so schön; das bist Du noch; Du hattest ein langes, gelbes, seidenes Tuch in der Tasche und einen glänzenden Hut auf. Du warst so fein; Gott, was das doch für ein Wetter war, und wie die Straße aussah!'

,Dann heirateten wir uns', sagte er, ,entsinnst Du Dich? Und dann, als wir den ersten kleinen Knaben und dann Marie und Niels und Peter und Hans und Christian bekamen?'

,Ja, und wie alle herangewachsen und zu ordentlichen Menschen geworden sind, die jeder leiden mag!'

,Und ihre Kinder haben wieder Kleine bekommen', sagte der alte Matrose. ,Ja, das sind Kindeskinder! Da ist Kern drin. – Es war, wenn ich nicht irre, in der Jahreszeit, als wir Hochzeitstag hielten.'

,Ja, eben heute ist der goldene Hochzeitstag', sagte Fliedermütterchen und streckte den Kopf gerade zwischen die beiden Alten hinunter; und die glaubten, es sei die Nachbarin, die da nickte; sie sahen einander an und fassten sich bei den Händen. Bald darauf kamen die Kinder und Kindeskinder: die wussten wohl, dass es der goldene Hochzeitstag sei; sie hatten schon am Morgen gratuliert, aber die Alten hatten es wieder vergessen, während sie sich so gut an alles das erinnerten, was vor vielen Jahren schon geschehen war. Und der Fliederbaum duftete so stark, und die Sonne, die im Untergehen begriffen war, schien den beiden Alten gerade ins Gesicht; sie sahen beide so rotwangig aus; und das kleinste der Kindeskinder tanzte um sie herum und rief ganz glücklich, dass diesen Abend Pracht herrschen werde; sie sollten warme Kartoffeln haben; und die Fliedermutter nickte im Baume und rief mit allen andern: ,Hurrah!'"

„Aber das war ja kein Märchen!", sagte der kleine Knabe, der es erzählen hörte.

„Ja, das wirst Du verstehen!", sagte der Alte, der erzählte. „Aber lass uns Fliedermütterchen darnach fragen!"

„Das war kein Märchen", sagte Fliedermütterchen; „aber nun kommt es! Aus der Wirklichkeit wächst gerade das sonderbarste Märchen heraus; sonst könnte ja mein schöner Fliederbusch nicht aus der Teekanne hervorgesprosst sein." Und dann nahm sie den kleinen Knaben aus dem Bette und legte ihn an ihre Brust; und die Fliederzweige voll Blüten schlugen um sie zusammen; sie saßen wie in der dichtesten Laube, und diese flog, mit ihnen durch die Luft; es war unaussprechlich schön. Fliedermütterchen war auf einmal ein junges, niedliches Mädchen geworden, aber das Kleid war noch von demselben grünen, weißgeblümten Zeuge, wie es Fliedermütterchen getragen hatte; am Busen hatte sie eine wirkliche Fliederblume, und um ihr gelbes, gelocktes Haar einen Kranz von Fliederblumen; ihre Augen waren so groß, so blau; o, wie waren sie herrlich anzuschauen: Sie und der Knabe küssten sich und dann waren sie im gleichen Alter und fühlten gleiche Freuden.

Sie gingen Hand in Hand aus der Laube und standen nun in der Heimat schönem Blumengarten, bei dem frischen Grasplätze war des Vaters Stock an einem Pflocke angebunden; für die Kleinen war Leben im Stocke; sobald sie sich quer über denselben setzten, verwandelte sich der blanke Knopf in einen Prächtig wiehernden Pferdekopf, die lange schwarze Mähne flatterte, vier schlanke, starke Beine schossen hervor; das Tier war stark und mutig; im Galopp fuhren sie um den Grasplatz herum: hussa! – „Nun reiten wir viele Meilen weit fort!", sagte der Knabe; „wir reiten nach dem Rittergute, wo wir im vorigen Jahre waren!" Und sie ritten um den Rasenplatz herum, und immer rief das kleine Mädchen, die, wie wir wissen, keine andere als das Fliedermütterchen war: „Nun sind wir auf dem Lande! Siehst Du das Bauernhaus mit dem großen Backofen, der wie ein riesengroßes Ei aus der Mauer nach dem Wege heraussteht? Der Fliederbaum breitet seine Zweige über sie hin, und der Hahn geht und kratzt für die Hühner; sieh, wie er sich brüstet! – Nun sind wir bei der Kirche; die liegt hoch auf dem Hügel unter den großen Eichbäumen, von denen der eine halb abgestorben ist! – Nun sind wir bei der Schmiede, wo das Feuer brennt, und die halbnackten Männer mit den Hämmern schlagen, dass die Funken weit umher sprühen. Fort, fort nach dem prächtigen Rittergute!" Und alles, was das kleine Mädchen sagte, die hinten auf dem Stocke saß, das flog auch vorbei; der Knabe sah es, doch kamen sie nur um den Grasplatz herum. Dann spielten sie im Seitengange und ritzten in die Erde einen kleinen Garten; und sie nahm Fliederblumen aus ihrem Haar und pflanzte sie; diese wuchsen gerade wie die bei den Alten damals, als diese noch klein waren, wie früher erzählt worden ist. Sie gingen

Hand in Hand, gerade wie die alten Leute es als Kinder gemacht hatten; aber nicht auf den runden Turm hinauf, oder nach dem Friedrichsburger Garten – nein, das kleine Mädchen fasste den Knaben um den Leib und dann flogen sie weit umher im ganzen Lande. Es war Frühling, und es wurde Sommer; es war Herbst und es wurde Winter, und Tausende von Bildern spiegelten sich in des Knaben Augen und Herz ab, und immer sang das kleine Mädchen ihm vor: „Das wirst Du nie vergessen!" Und auf dem ganzen Fluge duftete der Fliederbaum so süß, so herrlich; er bemerkte wohl die Rosen und die frischen Buchen; aber der Fliederbaum duftete noch stärker, denn seine Blumen hingen an des Mädchens Herzen, und daran lehnte er oft im Fluge den Kopf.

„Hier ist es schön im Frühlinge!", sagte das kleine Mädchen; und sie standen in dem aufs Neue grünenden Buchenwalde, wo der Waldmeister zu ihren Füßen duftete; und in dem Grünen sahen die blassroten Anemonen so lieblich aus. „O, wäre es immer Frühling in dem duftenden Buchenwalde!"

„Hier ist es herrlich im Sommer!", sagte sie; und sie fuhren an alten Schlössern aus der Ritterzeit vorbei, wo sich die hohen Mauern und gezackten Giebel in den Kanälen spiegelten, wo die Schwäne schwammen und in die alten kühlen Alleen hinein sahen. Auf dem Felde wogte das Korn gleich einem See; in den Gräben standen rote und gelbe Blumen und in den Gehegen wilder Hopfen und blühende Winden; abends stieg der Mond groß und rund empor; die Heuhaufen auf den Wiesen dufteten süß. „Das vergisst sich nicht!"

„Hier ist es herrlich im Herbste!", sagte das kleine Mädchen; und die Luft war doppelt so hoch und blau; der Wald bekam die schönsten Farben von Rot, Gelb und Grün. Die Jagdhunde jagten davon; ganze Schaaren Vogelwild flogen schreiend über die Hünengräber hin, auf denen sich Brombeerranken um die alten Steine schlangen. Das Meer war schwarzblau, mit Schiffen voll weißer Segel bedeckt; und auf der Tenne saßen alte Frauen, Mädchen und Kinder und pflückten Hopfen in ein großes Gefäß; die Jungen sangen Lieder, aber die Alten erzählten Märchen von Kobolden und Zauberern, besser konnte es nirgends sein.

„Hier ist es schön im Winter!", sagte das kleine Mädchen, und alle Bäume waren mit Reif bedeckt, so dass sie wie weiße Korallen aussahen! Der Schnee knarrte unter den Füßen als hätte man immer neue Stiefeln an; vom Himmel fiel eine Sternschnuppe nach der andern. Im Zimmer wurde der Weihnachtsbaum angezündet, da gab es Gesang und Fröhlichkeit! Auf dem Lande ertönte in der Bauernstube die Violine; es wurde um Äpfelschnitzeln gespielt; selbst das ärmste Kind sagte: „Es ist doch schön im Winter!"

Ja, es war schön! Und das kleine Mädchen zeigte dem Knaben alles; immer duftete der Blütenbaum, immer wehte die rote Flagge mit dem weißen Kreuze, die Flagge, unter welcher der alte Seemann gesegelt war. Der Knabe wurde zum Jüngling, er sollte in die weite Welt hinaus, weit fort nach den warmen Ländern, wo der Kaffee wächst. Aber beim Abschiede nahm das kleine Mädchen eine Fliederblume von ihrer Brust, gab sie ihm zum Aufbewahren; sie wurde in das Gesangbuch gelegt und im fremden Lande, wenn er das Buch öffnete, geschah es immer an der Stelle, wo die Erinnerungsblume lag; und je mehr er dieselbe betrachtete, desto frischer wurde sie, so dass er gleichsam den heimatlichen Waldesduft einatmete; deutlich erblickte er dann das kleine Mädchen, wie es mit ihren klaren, blauen Augen zwischen den Blumenblättern hervorsah; und es flüsterte dann: „Hier ist es schön im Frühlinge, im Sommer, im Herbste und im Winter!" und Hunderte von Bildern glitten durch seine Gedanken.

So verstrichen viele Jahre und er war nun ein alter Mann und saß mit seiner alten Frau unter einem blühenden Fliederbaume; sie hielten sich einander bei den Händen, gerade wie der Urgroßvater und die Urgroßmutter es draußen getan hatten; und sie sprachen ebenso, wie diese, von alten Zeiten und von der goldenen Hochzeit. Das kleine Mädchen mit den blauen Augen und mit den Fliederblumen im Haare saß oben im Baume, nickte beiden zu und sagte: „Heute ist der goldene Hochzeitstag!" Und dann nahm es zwei Blumen aus seinem Kranze und küsste sie; diese glänzten zuerst wie Silber, dann wie Gold, und als sie die auf die Häupter der Alten legte, wurde jede Blume zu einer Goldkrone. Da saßen sie beide, einem Könige und einer Königin gleich, unter dem duftenden Baume, der ganz und gar wie ein Fliederbaum aussah; und er erzählte seiner Frau die Geschichte von dem Fliedermütterchen, wie sie ihm erzählt worden, als er noch ein kleiner Knabe war; und sie meinten beide, dass die Geschichte gar Vieles enthielte, was ihrer eigenen glich; und das, was ähnlich war, gefiel ihnen am Besten.

„Ja, so ist es!", sagte das kleine Mädchen im Baume. „Einige nennen mich Fliedermütterchen, andere Dryade, aber ich heiße Erinnerung; ich bin es, die im Baume sitzt, welcher wächst und wächst; ich kann zurückdenken, ich kann erzählen! Lass sehen, ob Du Deine Blume noch hast."

Und der alte Mann öffnete sein Gesangbuch, da lag die Fliederblume, so frisch, als wäre sie erst kürzlich hineingelegt; und die Erinnerung nickte, und die beiden Alten mit den Goldkronen auf dem Kopfe saßen in der roten Abendsonne; sie schlossen die Augen und – und –? Ja, da war das Märchen aus!

Der kleine Knabe lag in seinem Bette, er wusste nicht, ob er geträumt, oder ob er es habe erzählen hören; die Teekanne stand auf dem Tische, aber es wuchs kein Fliederbaum daraus hervor; und der alte Mann, der es erzählt hatte, war im Begriff, zur Türe hinauszugehen, und das tat er auch.

„Wie schön war das!", sagte der kleine Knabe. „Mutter, ich bin in den warmen Ländern gewesen!"

„Ja, das glaube ich wohl!", sagte die Mutter; „wenn man zwei Tassen warmen Fliedertee zu sich nimmt, dann kommt man wohl nach den warmen Ländern!" – Und sie deckte ihn gut zu, damit er sich nicht erkälten sollte. „Du hast gut geschlafen, während ich mich mit ihm darüber stritt, ob es eine Geschichte oder ein Märchen sei!"

„Und wo ist das Fliedermütterchen?", fragte der Knabe.

„Das ist in der Teekanne", sagte die Mutter, „und da mag sie bleiben."

Die Schneekönigin

(In sieben Geschichten)

*Erste Geschichte, welche von dem Spiegel und den
Scherben handelt*

Seht, nun fangen wir an. Wenn wir am Ende der Geschichte sind, wissen wir mehr als jetzt, denn es war ein böser Zauberer, einer der aller-
ärgsten, es war der Teufel! Eines Tages war er recht bei Laune, denn
er hatte einen Spiegel gemacht, welcher die Eigenschaft besaß, dass
alles Gute und Schöne, was sich darin spiegelte, fast zu Nichts zusam-
menschwand, aber das, was nichts taugte und sich schlecht ausnahm,
das trat hervor und wurde noch ärger. Die herrlichsten Landschaften
sahen wie gekochter Spinat darin aus und die besten Menschen wurden darin widerlich oder standen auf dem Kopfe ohne Rumpf, ihre
Gesichter wurden so verdreht, dass sie nicht zu erkennen waren, und
hatte man einen Sonnenfleck, so konnte man versichert sein, dass er
sich über Mund und Nase ausbreitete. Das sei äußerst belustigend,
sagte der Teufel. Fuhr nun ein guter, frommer Gedanke durch einen
Menschen, dann zeigte sich ein Grinsen im Spiegel, so dass der Zau-
berteufel über seine künstliche Erfindung lachen musste. Alle, die
seine Zauberschule besuchten, denn er hielt Zauberschule, erzählten
rings umher, dass ein Wunder geschehen sei; nun könne man erst
sehen, meinten sie, wie die Welt und die Menschen wirklich aussehen.
Sie liefen mit dem Spiegel umher, und zuletzt gab es kein Land oder
keinen Menschen, welcher nicht verdreht darin gewesen wäre. Nun
wollten sie auch zum Himmel selbst auffliegen, um sich über die Engel
und den lieben Gott lustig zu machen. Je höher sie mit dem Spiegel flogen, um so mehr grinste er, sie konnten ihn kaum festhalten; sie flogen

höher und höher, Gott und den Engeln näher; da erzitterte der Spiegel so fürchterlich in seinem Grinsen, dass er ihren Händen entflog und zur Erde stürzte, wo er in hundert Millionen Stücke zersprang. Da gerade verursachte er weit größeres Unglück als zuvor, denn einige Stücke waren so groß als ein Sandkorn, und diese flogen rings herum in der weiten Welt, und wo sie Leute in das Auge bekamen, da blieben sie sitzen, und da sahen die Menschen alles verkehrt, oder hatten nur Augen für das Verkehrte bei einer Sache, denn jede kleine Spiegelscherbe hatte dieselben Kräfte behalten, welche der ganze Spiegel besaß. Einige Menschen bekamen sogar eine kleine Spiegelscheibe in das Herz, und dann war es ganz gräulich; das Herz wurde einem Klumpen Eise gleich. Einige Spiegelscherben waren so groß, dass sie zu Fensterscheiben gebraucht wurden, aber durch diese Scheiben taugte es nichts, seine Freunde zu betrachten. Andere Stücke kamen in Brillen, und dann ging es schlecht, wenn die Leute diese Brillen aufsetzten, um recht zu sehen und gerecht zu sein. Der Böse lachte, dass ihm beinahe der Bauch platzte, und das kitzelte ihn angenehm. Aber draußen flogen noch kleine Glasscherben in der Luft umher. Nun werden wir's hören.

ZWEITE GESCHICHTE. EIN KLEINER KNABE UND EIN
KLEINES MÄDCHEN

Drinnen in der großen Stadt, wo so viele Menschen und Häuser sind, so dass dort nicht Platz genug ist, dass alle Leute einen kleinen Garten besitzen können, und wo sich deshalb die Meisten mit Blumen in Blumentöpfen begnügen müssen, da waren doch zwei arme Kinder, die einen etwas größeren Garten als einen Blumentopf besaßen. Sie waren nicht Bruder und Schwester, aber sie waren sich so gut, als wenn sie es gewesen wären. Die Eltern wohnten einander gerade gegenüber; sie wohnten in zwei Dachkammern, da, wo das Dach des einen Nachbarhauses gegen das andere stieß und die Wasserrinne zwischen den Dächern entlang lief. Hier war in jedem Hause ein kleines Fenster; man brauchte nur über die Rinne zu schreiten, so konnte man von dem einen Fenster zum andern gelangen.

84

Die Eltern hatten draußen jedes einen großen Holzkasten, darin wuchsen Küchenkräuter, die sie brauchten, und ein kleiner Rosenstock, es stand einer in jedem Kasten, und sie wuchsen herrlich. Nun fiel es den Eltern ein, die Kasten quer über die Rinne zu stellen, so dass sie fast von dem einen bis zum andern Fenster reichen und zwei Blumenwällen ganz ähnlich sahen. Erbsenranken hingen über die Kasten hinunter und die Rosenstöcke schossen lange Zweige, die sich um die Fenster rankten und sich einander entgegenbogen, es war fast einer Ehrenpforte von Blättern und Blumen gleich. Da die Kasten sehr hoch waren und die Kinder wussten, dass sie nicht hinaufkriechen durften, so erhielten sie oft die Erlaubnis, zu einander hinauszusteigen, auf ihren kleinen Schemeln unter den Rosen zu sitzen, und da spielten sie dann prächtig.

Im Winter hatte dies Vergnügen ein Ende. Die Fenster waren oft ganz zugefroren. Aber dann wärmten die Kinder Kupferdreier auf dem Ofen, legten den warmen Dreier gegen die gefrorne Scheibe und dann entstand da ein rundes, schönes Guckloch; dahinter blitzte ein lieblich mildes Auge, eins von jedem Fenster; das war der kleine Knabe und das kleine Mädchen. Er hieß Karl und sie hieß Gretchen. Im Sommer konnten sie mit einem Sprunge zu einander gelangen, im Winter mussten sie erst die vielen Treppen hinunter- und die andern Treppen hinaufsteigen; draußen trieb der Schnee.

„Das sind die weißen Bienen, die schwärmen!", sagte die alte Großmutter.

„Haben sie auch eine Bienenkönigin?", fragte der kleine Knabe, denn er wusste, dass unter den wirklichen Bienen eine solche ist.

„Die haben sie!", sagte die Großmutter. „Sie fliegt dort, wo sie am dichtesten schwärmen, sie ist die größte von allen, und nie ist sie stille auf Erden, sie fliegt wieder in die schwarze Wolke hinauf. Manche Winternacht fliegt sie durch die Straßen der Stadt und blickt zu den Fenstern hinein, und dann gefrieren diese sonderbar, gleich wie mit Blumen.

„Ja, das habe ich gesehen!", sagten beide Kinder und nun wussten sie, dass es wahr sei.

„Kann die Schneekönigin hier hereinkommen?", fragte das kleine Mädchen.

„Lass sie nur kommen", sagte der Knabe, „dann setze ich sie auf den warmen Ofen, und dann schmilzt sie."

Aber die Großmutter glättete sein Haar und erzählte andere Geschichten.

Am Abend, als der kleine Karl zu Hause und halb entkleidet war, kletterte er auf den Stuhl am Fenster und guckte aus dem kleinen Loche. Ein paar Schneeflocken fielen draußen und eine derselben, die allergrößte, blieb auf dem Rande des einen Blumenkasten liegen; sie wuchs mehr und mehr und wurde zuletzt ein ganzes Frauenzimmer, in den feinsten, weißen Flor gekleidet, der wie von Millionen sternartiger Flocken zusammengesetzt war. Sie war schön und fein, aber von Eis, dem blendenden, blinkenden Eise, und doch war sie lebend; die Augen blitzten wie zwei klare Sterne, aber es war keine Ruhe noch Rast in ihnen. Sie nickte dem Fenster zu und winkte mit der Hand. Der kleine Knabe erschrak und sprang vom Stuhle hernieder, da war es, als ob draußen vor dem Fenster ein großer Vogel vorbei flöge.

Am nächsten Tage wurde es klarer Frost, – und dann kam das Frühjahr, die Sonne schien, das Grün keimte hervor, die Schwalben bauten Nester, die Fenster wurden geöffnet, und die kleinen Kinder saßen wieder in ihrem kleinen Garten hoch oben in der Dachrinne über allen Stockwerken.

Die Rosen blühten diesmal prachtvoll. Das kleine Mädchen hatte in diesem Sommer ein Lied gelernt, in welchem auch von Rosen die Rede war, und bei den Rosen dachte sie an ihre eigenen, und sie sang es dem kleinen Knaben vor, und er sang mit:

„Die Rosen, sie blühen und verwehen,
Wir werden das Christkind wieder sehen!"

Und die Kleinen hielten einander bei den Händen, küssten die Rosen und blickten in Gottes klaren Sonnenschein hinein und sprachen zu demselben, als ob das Jesuskind da wäre. Was waren das für herrliche Sommertage, wie schön war es draußen, bei den frischen Rosenstöcken, welche mit dem Blühen nie aufhören zu wollen schienen!

Karl und Gretchen saßen und blickten in das Bilderbuch mit Tieren und Vögeln, da war es – die Uhr schlug gerade fünf auf dem großen Kirchturme – dass Karl sagte: „Au, es stach mir in das Herz! Und nun flog mir etwas in das Auge!"

Das kleine Mädchen nahm ihn um den Hals, er plinzelte mit den Augen, aber es war gar nichts zu sehen.

„Ich glaube, es ist fort!", sagte er; aber weg war es nicht. Es war eins von den Glaskörnern, welches vom Spiegel gesprungen war, dem Zauberspiegel, wir entsinnen uns seiner wohl, das hässliche Glas, welches alles Große und Gute, was sich darin abspiegelte, klein und hässlich machte, aber das Böse und Schlechte trat ordentlich hervor, und jeder Fehler an einer Sache war gleich zu bemerken. Der arme Karl hatte auch ein Korn gerade in das Herz hinein bekommen. Das wird nun bald wie ein Eisklumpen werden. Nun tat es nicht mehr wehe, aber es war da.

„Weshalb weinst Du?", fragte er. „So siehst Du hässlich aus! Mir fehlt ja nichts! Pfui!", rief er auf einmal, „Die Rose dort hat einen Wurmstich! Und sieh, diese da ist ja ganz schief! Im Grunde sind es hässliche Rosen! Sie gleichen dem Kasten, in welchem sie stehen!", und dann stieß er mit dem Fuße gegen den Kasten und riss die beiden Rosen ab. „Karl, was machst Du?", rief das kleine Mädchen; und als er ihren Schreck gewahr wurde, riss er noch eine Rose ab und lief dann in sein Fenster hinein von dem kleinen, lieblichen Gretchen fort.

Wenn sie später mit dem Bilderbuche kam, dann sagte er, dass das für Säuglinge sei, und erzählte die Großmutter Geschichten, so kam er immer mit einem Aber; ja, konnte er dazu gelangen, dann ging er hinter ihr her, setzte eine Brille auf und sprach eben so wie sie; das machte er ganz treffend, und dann lachten die Leute über ihn. Bald konnte er allen Menschen in der ganzen Straße nachsprechen und nachgehen. Alles, was ihnen eigen und unschön war, das wusste Karl nachzumachen, und dann sagten die Leute: „Das ist sicher ein ausgezeichneter Kopf, den der Knabe hat!" Aber das war das Glas, was ihm in das Auge gekommen, das Glas, welches ihm in dem Herzen saß; daher kam es, dass er selbst das kleine Gretchen neckte, die ihm von ganzem Herzen gut war.

Seine Spiele wurden nun ganz anders als früher, sie wurden ganz verständig! An einem Wintertage, als es schneite, kam er mit einem großen Brennglase, hielt seinen blauen Rockzipfel hinaus und ließ die Schneeflocken darauf fallen.

„Sieh nun in das Glas, Gretchen!", sagte er, und jede Schneeflocke wurde viel größer und sah aus wie eine prächtige Blume oder ein zehneckiger Stern; es war schön anzusehen. „Siehst Du, wie künstlich!", sagte Karl. „Das ist weit hübscher als die wirklichen Blumen, und es ist kein einziger Fehler daran, sie sind ganz regelmäßig, wenn sie nur nicht schmelzen würden!"

Bald darauf kam Karl mit großen Handschuhen und seinem Schlitten auf dem Rücken und rief Gretchen in die Ohren: „Ich habe Erlaubnis erhalten, auf den großen Platz zu fahren, wo die andern Knaben spielen!" und weg war er.

Dort auf dem Platze banden oft die kecksten Knaben ihre Schlitten an die Wagen der Landleute fest und dann fuhren sie ein gutes Stück Weges mit. Das ging prächtig. Als sie im besten Spielen waren, da kam ein großer Schlitten, der war ganz weiß angestrichen, und darin saß jemand in einen rauen, weißen Pelz gehüllt und mit einer weißen, rauen Mütze. Der Schlitten fuhr zweimal herum um den Platz, und Karl band seinen kleinen Schlitten schnell daran fest und nun fuhr er mit. Es ging rascher und rascher, gerade hinein in die nächste Straße; der, welcher fuhr, wendete das Haupt und nickte freundlich zu, es war gerade, als ob sie einander kannten. Jedesmal, wenn Karl seinen kleinen Schlitten ablösen wollte, nickte die Person wieder, und dann blieb Karl sitzen. Sie fuhren endlich zum Stadttor hinaus, da begann der Schnee so stark hernieder zu fallen, dass der kleine Knabe keine Hand vor sich erblicken konnte, aber er fuhr davon. Da ließ er schnell die Schnur fallen, um von dem großen Schlitten loszukommen, aber das half nichts, sein kleines Fahrzeug hing fest, und es ging mit Windeseile. Da rief er ganz laut, aber niemand hörte ihn, der Schnee trieb und der Schlitten flog von dannen; mitunter gab es einen Sprung, es war, als führe er über Gräben und Hecken. Er war ganz erschrocken, er wollte sein Vaterunser beten, aber er konnte sich nur des großen Einmaleins entsinnen.

Die Schneeflocken wurden größer und größer, zuletzt sahen sie aus wie große, weiße Hühner; auf einmal sprangen sie zur Seite, der große Schlitten hielt, und die Person, die ihn fuhr, erhob sich. Pelz und Mütze waren ganz und gar von Schnee, es war eine Dame, hoch und schlank, glänzend weiß, es war die Schneekönigin.

„Wir sind gut gefahren!", fügte sie, „aber wer wird frieren! Krieche in meinen Bärenpelz!", und sie setzte ihn neben sich in den Schlitten, schlug den Pelz um ihn und es war, als versinke er in einem Schneetreiben.

„Friert Dich noch?", fragte sie, und dann küsste sie ihn auf die Stirn. O! das war kälter als Eis, das ging ihm gerade hinein bis an sein Herz, welches ja doch zur Hälfte ein Eisklumpen war. Es war, als sollte er sterben, aber nur einen Augenblick, dann tat es ihm gerade recht wohl; er spürte nichts mehr von der Kälte ringsumher.

„Meinen Schlitten! vergiss nicht meinen Schlitten!", daran dachte er zuerst, und der wurde an eines der weißen Hühner festgebunden, und dieses flog hinterher mit dem Schlitten auf dem Rücken. Die Schneekönigin küsste Karl nochmals und dann hatte er das kleine Gretchen, die Großmutter und alle daheim vergessen.

„Nun bekommst Du keine Küsse mehr", sagte sie, „denn sonst küsse ich Dich tot!"

Karl sah sie an, sie war sehr schön, ein klügeres, lieblicheres Antlitz konnte er sich nicht denken. Sie erschien ihm nun nicht von Eis, wie damals, als sie draußen vor dem Fenster saß und ihm winkte; in seinen Augen war sie vollkommen, er fühlte gar keine Furcht; er erzählte ihr, dass er im Kopfe rechnen könnte, und zwar mit Brüchen, er wisse die Größe des Landes und die Einwohnerzahl, und sie lächelte immer. Das kam ihm vor, als wäre es noch nicht genug, was er wisse, und er blickte hinauf in den großen, großen Luftraum und sie flog mit ihm, flog hoch hinauf in die schwarze Wolke, und der Sturm sauste und brauste, es war, als sänge er alte Lieder. Sie flogen über Wälder und Seen, über Meere und Länder; unter ihnen sauste der kalte Wind, die Wölfe heulten, der Schnee funkelte, über demselben flogen die schwarzen, schreienden Krähen dahin, aber hoch oben schien der Mond groß und klar, und den betrachtete Karl die lange, lange Winternacht; am Tage schlief er zu den Füßen der Schneekönigin.

DRITTE GESCHICHTE. DER BLUMENGARTEN BEI DER FRAU,
WELCHE ZAUBERN KONNTE

Aber wie erging es dem kleinen Gretchen, als Karl nicht zurückkehrte? Wo war er doch geblieben? – Niemand wusste es, niemand konnte Bescheid geben. Die Knaben erzählten nur, dass sie ihn seinen Schlitten an einen prächtig großen haben binden sehen, der in die Straße hinein und aus dem Stadttore gefahren sei, niemand wusste, wo er war, viele Tränen flössen, das kleine Gretchen weinte viel und lange; dann sagten sie, er sei tot, er sei im Flusse versunken, der nahe bei der Stadt vorbei floss. O, das waren recht lange, finstere Wintertage.

Nun kam der Frühling mit warmem Sonnenschein.

„Karl ist tot!", sagte das kleine Gretchen.

„Das glaube ich nicht!", sagte der Sonnenschein.

„Er ist tot!", sagte sie zu den Schwalben.

„Das glauben wir nicht!", erwiderten diese, und am Ende glaubte das kleine Gretchen es auch nicht.

„Ich will meine neuen, roten Schuhe anziehen", sagte sie eines Morgens, „die, welche Karl noch nie gesehen hat, und dann will ich zum Flusse hinunter gehen und diesen nach ihm fragen!"

Es war noch ganz früh, sie küsste die alte Großmutter, welche noch schlief, zog die roten Schuhe an und ging ganz allein aus dem Stadttore nach dem Flusse.

„Ist es wahr, dass Du meinen kleinen Spielkameraden genommen hast? Ich will Dir meine roten Schuhe geben, wenn Du mir ihn wiedergeben willst!"

Und es war, als nickten die Wogen sonderbar; da nahm sie ihre roten Schuhe, das, was sie am liebsten hatte, und warf sie beide in den Fluss hinaus, aber sie fielen dicht an das Ufer, und die kleinen Wellen trugen sie ihr wieder an das Land. Es war, als wollte der Fluss das Liebste, was sie hatte, nicht nehmen, weil er den kleinen Karl ja nicht hatte. Gretchen aber glaubte nun, dass sie die Schuhe nicht weit genug hinausgeworfen habe, und so kroch sie in ein Boot, welches im Schilfe lag, ging ganz an das Ende desselben und warf die Schuhe von da aus in das Wasser. Aber das Boot war nicht festgebunden, und bei der Bewegung, welche sie verursachte, glitt es vom Lande ab; sie bemerkte es und beeilte sich fortzukommen, aber ehe sie zurückkam, war das Boot über eine Elle vom Lande, und nun trieb es schneller von dannen.

Da wurde das kleine Gretchen ganz erschrocken und fing an zu weinen; aber niemand außer den Sperlingen hörte sie, und die konnten sie nicht an das Land tragen, aber sie flogen längs dem Ufer und sangen gleichsam, um sie zu trösten: „Hier sind wir, hier sind wir!" Das

Boot trieb mit dem Strome; das kleine Gretchen saß ganz still in den bloßen Strümpfen; ihre kleinen, roten Schuhe trieben hinterher, aber sie konnten das Boot nicht erreichen, das hatte stärkere Fahrt.

Hübsch war es an beiden Ufern, schöne Blumen, alte Bäume und Abhänge mit Schafen und Kühen, aber nicht ein Mensch war zu erblicken.

„Vielleicht trägt mich der Fluss zu dem kleinen Karl hin!", dachte Gretchen und da wurde sie heiter, erhob sich und betrachtete viele Stunden die schönen, grünen Ufer; dann gelangte sie zu einem gro-ßen Kirschengarten, worin ein kleines Haus mit sonderbar roten und blauen Fenstern war, übrigens hatte es ein Strohdach und draußen standen zwei hölzerne Soldaten, die vor den Vorbeisegelnden das Gewehr schulterten.

Gretchen rief nach ihnen; sie glaubte, dass sie lebend seien, aber sie antworteten natürlich nicht; sie kam ihnen ganz nahe, der Fluss trieb das Boot gerade auf das Land zu.

Gretchen rief noch lauter, und da kam eine alte, alte Frau aus dem Hause, die sich auf einen Krückenstock stützte; sie hatte einen großen Sonnenhut auf, und der war mit den schönsten Blumen bemalt.

„Du kleines, armes Kind!", sagte die alte Frau. „Wie bist Du doch auf den großen, reißenden Strom gekommen und weit in die Welt hin-aus getrieben?", und dann ging die alte Frau an das Wasser, erfasste mit ihrem Krückstock das Boot, zog es an das Land und hob das kleine Gretchen heraus.

Diese war froh, wieder auf das Trockene zu gelangen, obgleich sie sich vor der alten Frau ein wenig fürchtete.

„Komm' doch und erzähle mir, wer Du bist, und wie Du hierher kommst!", sagte sie.

Gretchen erzählte ihr alles; und die Alte schüttelte mit dem Kopfe und sagte: „Hm! hm!" und als ihr Gretchen alles gesagt und gefragt hatte, ob sie nicht den kleinen Karl gesehen habe, sagte die Frau, dass er nicht vorbeigekommen sei, aber er komme wohl noch, sie solle nur nicht betrübt sein, sondern die Kirschen kosten, ihre Blumen betrach-ten, die seien schöner als irgend ein Bilderbuch, eine jede könne eine Geschichte erzählen. Da nahm sie Gretchen bei der Hand, sie gingen in das kleine Haus hinein, und die alte Frau schloss die Türe zu.

Die Fenster lagen sehr hoch und die Scheiben waren rot, blau und gelb, und das Tageslicht schien ganz sonderbar herein; aber auf dem Tische standen die schönsten Kirschen, und Gretchen aß davon so viel sie wollte, denn das war ihr erlaubt. Während sie speiste, kämmte die alte Frau ihr Haar mit einem goldenen Kamme, und das Haar ringelte sich und glänzte herrlich gelb rings um das kleine, freundliche Antlitz, welches rund war und wie eine Rose aussah.

„Nach einem so lieben kleinen Mädchen habe ich mich schon lange gesehnt!", sagte die Alte. „Nun wirst Nu sehen, wie gut wir mit einander leben werden!" Und so wie sie dem kleinen Gretchen das Haar kämmte, vergaß diese mehr und mehr ihren Kameraden Karl, denn die alte Frau konnte zaubern, aber eine böse Zauberin war sie nicht. Sie zauberte nur ein bischen zu ihrem eigenen Vergnügen, und wollte gern das kleine Gretchen behalten. Deshalb ging sie hinaus in den Garten, streckte ihren Krückstock gegen alle Rosensträuche aus, und wie schön sie auch blühten, so sanken sie alle in die schwarze Erde hinunter, und man konnte nicht sehen, wo sie gestanden hatten. Die Alte fürchtete, dass Gretchen, wenn sie die Rosen erblickte, an ihre eignen denken, sich dann des kleinen Karl erinnern und davonlaufen würde.

Nun führte sie Gretchen in den Blumengarten. Was war da für ein Duft und eine Herrlichkeit! Alle nur denkbaren Blumen, für jede Jahreszeit, standen hier in der prächtigsten Blüte; kein Bilderbuch konnte hübscher und bunter sein. Gretchen sprang vor Freude, und spielte, bis die Sonne hinter den hohen Kirschbäumen unterging, dann bekam sie ein schönes Bett mit roten Seidenkissen, die mit Veilchen gestopft waren, und sie schlief und träumte da so herrlich, wie nur eine Königin an ihrem Hochzeitstage.

Am nächsten Tage konnte sie wieder mit den Blumen im warmen Sonnenschein spielen. So verflossen viele Tage. Gretchen kannte jede Blume, aber wie viele es auch waren, so war es ihr doch, als ob eine fehlte, aber welche, das wusste sie nicht. Da sitzt sie eines Tages und betrachtet den Sonnenhut der alten Frau mit den gemalten Blumen, und gerade die schönste darunter war eine Rose. Die Alte hatte vergessen, diese vom Hute wegzuwischen, als sie die anderen in die Erde verbannte. Aber so ist es, wenn man die Gedanken nicht immer gesammelt hat! „Was!", sagte Gretchen, „sind hier keine Rosen?", und sprang zwischen die Beete, suchte und suchte, aber da waren keine zu finden. Da setzte sie sich hin und weinte; aber ihre Tränen fielen gerade auf eine Stelle, wo ein Rosenstrauch versunken war, und als die warmen Tränen die Erde benetzten, schoss der Strauch auf einmal empor, so blühend, als er versunken war, und Gretchen umarmte ihn, küsste die Rosen und gedachte der herrlichen Rosen daheim und mit ihnen auch des kleinen Karl.

„O, wie bin ich aufgehalten worden!", sagte das kleine Mädchen. „Ich wollte ja den kleinen Karl suchen! – Wisst Ihr nicht, wo er ist?", fragte sie die Rosen. „Glaubt Ihr, er sei tot?"

„Tot ist er nicht", sagten die Rosen. „Wir sind ja in der Erde gewesen, dort sind ja alle die Toten, aber Karl war nicht da!"

„Ich danke Euch!", sagte das kleine Gretchen, und sie ging zu den andern Blumen hin, sah in deren Kelch hinein und fragte: „Wisst Ihr nicht, wo der kleine Karl ist?"

Aber jede Blume stand in der Sonne und träumte ihr eigenes Märchen oder Geschichtchen, davon hörte Gretchen viele, viele, aber keine wusste etwas von Karl.

Und was sagte denn die Feuerlilie?

„Hörst Du die Trommel? Bum! Bum! Es sind nur zwei Töne, immer bum! bum! Höre der Frauen Trauergesang! Höre den Ruf der Priester! – In ihrem langen, roten Mantel steht das Hinduweib auf dem Scheiterhaufen, die Flammen lodern um sie und ihren toten Mann empor. Aber das Hinduweib denkt an den Lebenden hier im Kreise, an ihn, dessen Augen heißer als die Flammen brennen, an ihn, dessen Augenfeuer ihr Herz stärker berührt, als die Flammen, welche bald ihren Körper zu Asche verbrennen. Kann die Flamme des Herzens in der Flamme des Scheiterhaufens ersterben?

„Das verstehe ich durchaus nicht!", sagte das kleine Gretchen.

„Das ist mein Märchen!", sagte die Feuerlilie.

Was sagt die Winde?

„Über den schmalen Feldweg hinaus hängt eine alte Ritterburg; dichtes Immergrün wächst um die alten, roten Mauern empor, Blatt an Blatt, um den Altan herum, und da steht ein schönes Mädchen; sie beugt sich über das Geländer hinaus und sieht den Weg hinunter. Keine Rose hängt frischer an den Zweigen als sie, keine Apfelblüte, wenn der Wind sie dem Baume entführt, ist schwebender als sie; wie rauscht das prächtige Seidengewand! ,Kommt *er* noch nicht?'"

„Ist es Karl, den Du meinst?", fragte das kleine Gretchen.

„Ich spreche nur von meinem Märchen, meinem Traume!", erwiderte die Winde.

Was sagt die kleine Schneeblume?

„Zwischen Bäumen hängt an Seilen das lange Brett, das ist eine Schaukel. Zwei niedliche, kleine Mädchen – die Kleider sind weiß wie der Schnee, lange, grüne Seidenbänder flattern von den Hüten – sitzen und schaukeln sich; der Bruder, welcher größer ist, als sie, steht in der Schaukel, er hat den Arm um das Seil geschlagen, um sich zu halten, denn in der einen Hand hält er eine kleine Schale, in der andern eine Tonpfeife, er bläst Seifenblasen. Die Schaukel geht und die Blasen fliegen mit schönen, wechselnden Farben; die letzte hängt noch am Pfeifenstiele, und biegt sich im Winde; die Schaukel geht. Der kleine, schwarze Hund, leicht wie die Blasen, erhebt sich auf den Hinterfüßen, und will mit in die Schaukel; sie fliegt; der Hund fällt, bellt und ist böse; er wird geneckt, die Blasen bersten. – Ein schaukelndes Brett, ein zerspringendes Schaumbild ist mein Gesang!"

„Es ist wohl möglich, dass es hübsch ist, was Du erzählst, aber Du sagst es so traurig und erwähnst des kleinen Karl gar nicht."

Was sagen die Hyazinthen?

„Es waren drei schöne Schwestern, durchsichtig und fein. Das Kleid der einen war rot, das der endern blau, das der Dritten ganz weiß. Hand in Hand tanzten sie beim stillen See im klaren Mondscheine. Es waren keine Elfen, es waren Menschenkinder. Dort duftete es süß, und die Mädchen verschwanden im Walde; der Duft wurde stärker; drei Särge, darin lagen die schönen Mädchen, glitten von des Waldes Dickicht über den See dahin; die Johanniswürmchen flogen leuchtend rings umher als kleine, schwebende Lichter. Schlafen die tanzenden Mädchen oder sind sie tot? – Der Blumenduft sagt, sie sind Leichen; die Abendglocke läutet den Grabgesang."

„Du machst mich ganz betrübt!", sagte das kleine Gretchen. „Du duftest so stark; ich muss an die toten Mädchen denken! Ach, ist denn der kleine Karl wirklich tot? Die Rosen sind unten in der Erde gewesen, und sie sagten: nein!"

„Kling, klang!", läuteten die Hyazinthenglocken. „Wir läuten nicht für den kleinen Karl, wir kennen ihn nicht! Wir singen nur unser Lied, das einzige, welches wir können!"

Und Gretchen ging zur Butterblume, die aus den glänzenden, grünen Blättern hervorschien.

„Du bist eine kleine, klare Sonne!", sagte Gretchen. „Sage mir, ob Du weißt, wo ich meinen Gespielen finden kann?"

Und die Butterblume glänzte so schön und sah wieder auf Gretchen. Welches Lied konnte die Butterblume wohl singen? Es handelte auch nicht von Karl.

„In einem kleinen Hofe schien die liebe Gottessonne am ersten Frühlingstage schön warm, ihre Strahlen glitten an des Nachbarhauses weißen Wänden hinab, dicht dabei wuchs die erste gelbe Blume und glänzte golden in den warmen Sonnenstrahlen. Die alte Großmutter saß draußen in ihrem Stuhl, die Enkelin, ein armes, schönes Dienstmädchen, kehrte von einem kurzen Besuche heim; sie küsste die Großmutter. Es war Gold, Herzensgold in dem gesegneten Kusse. Gold im Munde, Gold im Grunde, Gold dort in der Morgenstunde! Sieh, das ist meine kleine Geschichte!", sagte die Butterblume.

„Meine arme, alte Großmutter!", seufzte Gretchen. „Ja, sie sehnt sich gewiss nach mir, ist betrübt über mich, ebenso, wie sie es über den kleinen Karl war. Aber ich komme bald wieder nach Hause, und dann bringe ich ihn mit. – Es nützt zu nichts, dass ich die Blumen frage, die wissen nur ihr eigenes Lied, sie geben mir keinen Bescheid!" Und dann band sie ihr kleines Kleid auf, damit sie rascher gehen könne; aber die Pfingstlilie schlug ihr über das Bein, indem sie darüber hinsprang. Da blieb sie stehen, betrachtete die lange, gelbe Blume und fragte: „Weißt Du vielleicht etwas?" und sie bog sich ganz zur Pfingstlilie herab; und was sagte die?

„Ich kann mich selbst erblicken, ich kann mich selbst sehen", sagte die Pfingstlilie. „O, o, wie ich dufte! – Oben in dem kleinen Erkerzimmer steht, halb bekleidet, eine kleine Tänzerin, sie steht bald auf einem Beine, bald auf beiden, sie tritt die ganze Welt mit Füßen, sie ist nichts als Augenverblendung. Sie gießt Wasser aus dem Teetopf auf ein Stück Zeug aus, welches sie hält, es ist der Schnürleib – Reinlichkeit ist eine schöne Sache! Das weiße Kleid hängt am Haken, das ist auch im Teetopf gewaschen und auf dem Dache getrocknet; sie zieht es an, nimmt das safrangelbe Tuch um den Hals, so scheint das Kleid weißer. Das Bein ausgestreckt! Sieh, wie sie auf einem Stiele prangt! Ich kann mich selbst erblicken! Ich kann mich selbst sehen!"

„Darum kümmere ich mich gar nicht!", sagte Gretchen. „Das brauchst Du mir nicht zu erzählen!" Und dann lief sie nach dem Ende des Gartens.

Die Tür war verschlossen, aber sie drückte auf die verrostete Klinke, so dass diese los ging; die Tür sprang auf, und da lief das kleine Gretchen mit bloßen Füßen in die weite Welt hinaus. Sie blickte dreimal zurück, aber da war niemand, der sie verfolgte; zuletzt konnte sie nicht mehr gehen und setzte sich auf einen großen Stein, und als sie ringsum sah, war der Sommer vorbei, es war Spätherbst, das konnte man in dem schönen Garten gar nicht bemerken, wo immer Sonnenschein und Blumen aller Jahreszeiten waren.

„Gott, wie habe ich mich verspätet!", sagte das kleine Gretchen. „Es ist ja Herbst geworden, da darf ich nicht ruhen!", und sie erhob sich, um weiter zu gehen.

O, wie waren die kleinen Füße wund und müde! Rings umher sah es kalt und rau aus; die langen Weidenblatter waren ganz gelb und der Tau tröpfelte als Wasser herab, ein Blatt fiel nach dem andern ab, nur der Schlehendorn trug noch Früchte, die waren herbe und zogen den Mund zusammen. O, wie war es grau und schwer in der weiten Welt!

VIERTE GESCHICHTE. PRINZ UND PRINZESSIN

Gretchen musste wieder ausruhen. Da hüpfte dort auf dem Schnee, der Stelle, wo sie saß, gerade gegenüber, eine große Krähe, die hatte lange gesessen, sie betrachtet und mit dem Kopfe gewackelt; nun sagte sie: „Kra! kra! – gut' Tag! gut'Tag!" Besser konnte sie es nicht herausbringen, aber sie meinte es gut mit dem kleinen Mädchen und fragte, wohin sie allein in die weite Welt hinausgehe. Das Wort „allein" verstand Gretchen sehr wohl und fühlte recht, wie viel darin lag, und dann erzählte sie der Krähe ihr ganzes Leben und Geschick, und fragte, ob sie Karl nicht gesehen habe.

Die Krähe nickte ganz bedächtig und sagte: „Das könnte, sein!"

„Wie? Glaubst Du?", rief das kleine Mädchen, und hätte fast die Krähe tot gedrückt, so küsste sie diese.

„Vernünftig, vernünftig!", sagte die Krähe. „Ich glaube, ich weiß, – ich glaube, es kann der kleine Karl sein! Aber nun hat er Dich sicher über der Prinzessin vergessen!"

„Wohnt er bei einer Prinzessin?", fragte Gretchen.

„Ja, höre!", sagte die Krähe. „Aber es fällt mir schwer, Deine Sprache zu reden. Verstehst Du die Krähensprache, dann will ich besser erzählen!"

„Nein, diese habe ich nicht gelernt!", sagte Gretchen, „aber die Großmutter konnte sie, und auch die P-Sprache konnte sie sprechen.[1] Hätte ich es nur gelernt!"

„Schadet gar nichts!", sagte die Krähe. „Ich werde erzählen, so gut ich kann, aber schlecht wird es immer!" Dann erzählte sie, was sie wusste.

„In diesem Königreich, in welchem wir jetzt sitzen, wohnt eine Prinzessin, die ist ganz außerordentlich klug, aber sie hat auch alle Zeitungen, die es in der Welt gibt, gelesen und wieder vergessen, so klug ist sie. Vor Kurzem sitzt sie auf dem Throne und das ist doch nicht angenehm, sagt man, da fängt sie an ein Lied zu singen: ‚Weshalb sollte ich mich nicht verheiraten?' ‚Höre, da ist etwas daran', sagte sie, und so wollte sie sich verheiraten, aber sie wollte einen Mann haben, der zu antworten verstand, wenn man mit ihm sprach, einen, der nicht nur stand und vornehm aussah, denn das ist zu langweilig. Nun ließ sie alle Hofdamen zusammentrommeln, und als diese hörten, was sie wollte, wurden sie sehr vergnügt. ‚Das mag ich leiden!', sagten sie, ‚daran dachte ich neulich auch!' – Du kannst glauben, dass jedes Wort, was ich sage, wahr ist!", sagte die Krähe. „Ich habe eine zahme Geliebte, die geht frei im Schlosse umher, und die hat mir alles erzählt!"

Die Geliebte war natürlicherweise auch eine Krähe. Denn eine Krähe sucht die andere, und das bleibt immer eine Krähe.

„Die Zeitungen kamen sogleich mit einem Rande von Herzen und der Prinzessin Namenszug heraus. Man konnte darin lesen, dass

---

[1] Ein Kauderwelsch der Kinder.

es jedem jungen Mann, der gut aussah, frei stehe, auf das Schloss zu kommen und mit der Prinzessin zu sprechen, und derjenige, welcher rede, dass man hören könne, er sei dort zu Hause, und der am besten spreche, den wolle die Prinzessin zum Mann nehmen! – „Ja, ja!", sagte die Krähe, „Du kannst es mir glauben, es ist so gewiss wahr, als ich hier sitze. Die Leute strömten herzu, da war ein Gedränge und ein Laufen, aber es glückte nicht, weder den ersten noch den zweiten Tag. Sie konnten alle gut sprechen, wenn sie draußen auf der Straße waren, aber wenn sie in das Schlosstor traten und sahen die Wachen in Silber und die Treppen hinauf die Diener in Gold, und die großen, erleuchteten Säle, dann wurden sie verwirrt; und standen sie vor dem Throne, wo die Prinzessin saß, dann wussten sie nichts zu sagen, als das letzte Wort, was sie gesprochen hatte, und sie kümmerte sich nicht darum, das noch einmal zu hören. Es war gerade, als ob die Leute dadrinnen Schnupftabak auf den Magen bekommen hätten und in den Schlaf gefallen wären, bis sie wieder auf die Straße kamen; dann konnten sie wieder sprechen. Da stand eine ganze Reihe vom Stadttor an bis zum Schloss. „Ich war selbst drinnen, um es zu sehen!", sagte die Krähe. „Sie wurden sowohl hungrig wie durstig! Aber auf dem Schloss erhielten sie nicht einmal ein Glas Wasser. Zwar hatten einige der Klügsten Butterbrot mitgenommen, aber sie teilten nicht mit ihrem Nachbar, sie dachten: Lass ihn nur hungrig aussehen, dann nimmt die Prinzessin ihn nicht!"

„Aber Karl, der kleine Karl?", fragte Gretchen. „Wann kam der? War er unter der Menge?"

„Warte, warte, nun sind wir gerade bei ihm! Es war am dritten Tag, da kam eine kleine Person, ohne Pferd oder Wagen, ganz fröhlich gerade auf das Schloss marschiert; seine Augen glänzten wie Deine, er hatte schöne, lange Haare, aber sonst ärmliche Kleider."

„Das war Karl!", jubelte Gretchen. „O, dann habe ich ihn gefunden!", und dann klatschte sie in die Hände.

„Er hatte ein kleines Ränzel auf dem Rücken!", sagte die Krähe.

„Nein, das war sicher sein Schlitten", sagte Gretchen, „denn mit dem Schlitten ging er fort!"

„Das kann wohl sein", sagte die Krähe, „ich sah nicht so genau darnach; aber das weiß ich von meiner zahmen Geliebten, dass, wie er in das Schlosstor kam und die Leibwache in Silber und die Treppe hinauf die Diener in Gold sah, er nicht im mindesten verlegen wurde, nickte und zu ihnen sagte: ‚Das muss langweilig sein, auf der Treppe zustehen, ich gehe lieber hinein!' Da glänzten die Säle von Lichtern; Geheimräte und Staatsräte gingen auf bloßen Füßen und trugen Goldgefäße; man konnte wohl bedenklich werden; seine Stiefel knarrten gewaltig laut, aber ihm wurde doch nicht bange!"

„Das ist ganz gewiss Karl!", sagte Gretchen. „Ich weiß, er hatte neue Stiefel, ich habe sie in der Großmutter Stube knarren hören!"

„Ja, sie knarrten", sagte die Krähe, „und fröhlich ging er gerade zur Prinzessin hinein, die auf einer großen Perle saß, welche so groß wie ein Spinnrad war. Alle Hofdamen mit ihren Jungfern und den Jungfern der Jungfern, und alle Ritter mit ihren Dienern und den Dienern der Diener, die wieder einen Burschen hielten, standen ringsherum aufgestellt; und je näher sie der Tür standen, desto stolzer sahen sie aus. Des Dieners Dieners Burschen, der immer in Pantoffeln geht, darf man kaum anzusehen wagen, so stolz steht er in der Tür."

„Das muss gräulich sein!", sagte das kleine Greichen. „Und Karl hat doch die Prinzessin erhalten?"

„Wäre ich nicht Krähe gewesen, so hätte ich sie genommen, und das ungeachtet ich verlobt bin. Er soll ebenso gut gesprochen haben, wie ich spreche, wenn ich die Krähensprache rede, das habe ich von meiner zahmen Geliebten gehört. Er war fröhlich und niedlich; er war gar nicht gekommen zum Freien, sondern nur, um der Prinzessin Klugheit zu hören, und die fand er gut, und sie fand ihn wieder gut."

„Ja, sicher, das war Karl!", sagte Gretchen. „Er war so klug, er konnte die Kopfrechnung mit Brüchen! – O, willst Du mich nicht auf dem Schlosse einführen?"

„Ja, das ist leicht gesagt!", sagte die Krähe. „Aber wie machen wir das? Ich werde darüber mit meiner zahmen Geliebten sprechen; sie kann uns wohl Rat erteilen; denn das muss ich Dir sagen, so ein kleines Mädchen, wie Du bist, bekommt nie Erlaubnis, hineinzukommen!"

„Ja, die erhalte ich!", sagte Gretchen. „Wenn Karl hört, dass ich da bin, kommt er sogleich heraus und holt mich!"

„Erwarte mich dort am Gitter!", sagte die Krähe, wackelte mit dem Kopf und flog davon.

Erst als es spät Abend war, kehrte die Krähe zurück. „Rar! Rar!", sagte sie. „Ich soll Dich vielmal von ihr grüßen, und hier ist ein kleines Brot für Dich, das nahm sie aus der Küche, da ist Brot genug und Du bist sicher hungrig! – Es ist nicht möglich, dass Du in das Schloss hineinkommst. Du hast ja bloße Füße. Die Wachen in Silber und die Diener in Gold würden es nicht erlauben. Aber weine nicht, Du sollst schon hinaufkommen. Meine Geliebte kennt eine kleine Hintertreppe, die zum Schlafgemach führt, und sie weiß, wo sie den Schlüssel erhalten kann."

Sie gingen in den Garten hinein, in die große Allee, wo das eine Blatt nach dem andern abfiel, und als auf dem Schlosse die Lichter ausgelöscht wurden, das eine nach dem andern, führte die Krähe das kleine Gretchen zu einer Hintertür, die angelehnt stand.

O, wie Gretchens Herz vor Angst und Sehnsucht pochte! Es war ihr, als ob sie etwas Böses tun wollte, und sie wollte ja doch nur wissen, ob der kleine Karl da sei. Ja, er musste hier sein; sie gedachte ganz deutlich seiner klaren Augen, seines langen Haares; sie konnte ihn lächeln sehen, wie damals, als sie daheim unter den Rosen saßen. Er würde sicher froh sein, sie zu erblicken, zu hören, welchen langen Weg, sie um seinetwillen zurückgelegt, zu wissen, wie betrübt sie alle daheim gewesen, als er nicht wiedergekommen. O, das war eine Furcht und eine Freude!

Nun waren sie auf der Treppe. Da brannte eine kleine Lampe auf einem Schranke, und mitten auf dem Fußboden stand die zahme Krähe und wendete den Kopf nach allen Seiten und betrachtete Gretchen, die sich verneigte, wie die Großmutter sie gelehrt hatte.

„Mein Verlobter hat mir sehr viel Gutes von Ihnen gesagt, mein kleines Fräulein", sagte die zahme Krähe, „Ihr Lebenslauf ist auch sehr rührend! – Wollen Sie die Lampe nehmen, dann werde ich vorangehen. Wir gehen hier den geraden Weg, denn da begegnen wir niemand!"

„Es ist mir, als käme gerade jemand hinter uns!", sagte Gretchen, und es sauste an ihr vorbei; es war wie Schatten an der Wand entlang, Pferde mit fliegenden Mähnen und dünnen Beinen, Jägerburschen, Herren und Damen zu Pferde.

„Das sind nur Träume!", sagte die Krähe, „die kommen und holen der hohen Herrschaft Gedanken zur Jagd ab. Das ist recht gut, dann können Sie sie besser im Bette betrachten. Aber ich hoffe, wenn Sie zu Ehren und Würden gelangen, dass Sie dann ein dankbares Herz zeigen werden."

„Darüber bedarf es keiner Worte!", sagte die Krähe vom Wald.

Nun kamen sie in den ersten Saal, der war von rosenrotem Atlas mit künstlichen Blumen an den Wänden hinauf. Hier sausten die Träume schon an ihnen vorüber, aber sie fuhren so schnell, dass Gretchen nicht die hohen Herrschaften zu sehen bekam. Ein Saal war immer prächtiger als der andere, ja man konnte wohl betäubt werden, und nun waren sie im Schlafgemach. Die Decke hier glich einer großen Palme mit Blättern von Glas, kostbarem Glas, und mitten auf dem Fußboden hingen an einem dicken Stengel von Gold zwei Betten, von denen jedes wie eine Lilie aussah. Das eine Bett war weiß, in diesem lag die Prinzessin; das andere war rot und in diesem sollte Gretchen den kleinen Karl suchen. Sie bog eines der roten Blätter zur Seite, und da sah sie einen braunen Nacken. – O, das war Karl! – Sie rief ganz laut seinen Namen, hielt die Lampe gegen ihn hin – die Träume sausten zu Pferde wieder in die Stube herein – er erwachte, wendete das Haupt und – es war nicht der kleine Karl.

Der Prinz glich ihm nur im Nacken, aber jung und hübsch war er. Und aus dem weißen Lilienblatt blinzelte die Prinzessin hervor, und fragte, was das sei. Da weinte das kleine Gretchen und erzählte ihre ganze Geschichte und alles, was die Krähen für sie getan hatten.

„Du armes Kind!", sagten der Prinz und die Prinzessin, belobten die Krähen und sagten, dass sie gar nicht böse auf sie seien, aber sie sollten es doch nicht wieder tun. Übrigens sollten sie eine Belohnung erhalten.

„Wollt Ihr frei fliegen?", fragte die Prinzessin. „Oder wollt Ihr feste Anstellung als Hofkrähen haben mit allem, was da in der Küche abfällt?"

Beide Krähen verneigten sich und baten um feste Anstellung, denn sie gedachten des Alters und sagten, es fei schön, etwas für das Alter zu haben.

Der Prinz stand aus seinem Bette auf und ließ Gretchen darin schlafen, mehr konnte er wirklich nicht tun. Sie faltete ihre kleinen Hände und dachte: ‚Wie gut sind die Menschen und Tiere!‘ und dann schloss sie ihre Augen und schlief sanft. Alle Träume kamen wieder hereingeflogen und da sahen sie wie Gottes Engel aus, und sie zogen einen kleinen Schlitten, auf welchem Karl saß und nickte. Aber das Ganze war nur Traum, und deshalb war es auch wieder fort, als sie erwachte.

Am nächsten Tage wurde sie vom Kopf bis zu Fuß in Seide und Sammet gekleidet; es wurde ihr angeboten, auf dem Schloss zu bleiben und gute Tage zu genießen, aber sie bat nur um einen kleinen Wagen mit einem Pferd davor, und um ein Paar Schuhe, dann wollte sie wieder in die weite Welt hinausfahren und Karl suchen.

Sie erhielt sowohl Schuhe und Muff, sie wurde niedlich gekleidet, und als sie fort wollte, hielt vor der Tür eine neue Kutsche von reinem Gold; des Prinzen und der Prinzessin Wappen glänzte an derselben wie ein Stern. Kutscher, Diener und Vorreiter, denn da waren auch Vorreiter, saßen mit Goldkronen auf dem Kopfe. Der Prinz und die Prinzessin halfen ihr selbst in den Wagen und wünschten ihr alles Glück. Die Waldkrähe, welche nun verheiratet war, begleitete sie die ersten drei Meilen: sie saß ihr zur Seite, denn sie konnte nicht ertragen, rückwärts zu fahren. Die andere Krähe stand in der Tür und schlug mit den Flügeln, sie kam nicht mit, denn sie litt an Kopfschmerzen, seitdem sie feste Anstellung und zu viel zu essen erhalten hatte. Inwendig war die Kutsche mit Zuckerbrezeln gefüttert, und im Sitze waren Früchte und Pfeffernüsse.

„Lebe wohl! Lebe wohl!", riefen der Prinz und die Prinzessin, das kleine Gretchen weinte und die Krähe weinte auch. – So ging es die ersten Meilen, da sagte auch die Krähe Lebewohl, und das war der schwerste Abschied. Sie flog in einen Baum hinauf und schlug mit ihren schwarzen Flügeln, so lange sie den Wagen, welcher wie der klare Sonnenschein glänzte, erblicken konnte.

FÜNFTE GESCHICHTE. DAS KLEINE RÄUBERMÄDCHEN

Sie fuhren durch den dunkeln Wald, aber die Kutsche leuchtete gleich einer Fackel. Das stach den Räubern in die Augen, das konnten sie nicht ertragen.

„Das ist Gold! das ist Gold!", riefen sie, stürzten hervor, ergriffen die Pferde, schlugen die kleinen Vorreiter, den Kutscher und die Diener tot, und zogen nun das kleine Gretchen aus dem Wagen.

„Sie ist fett, sie ist niedlich, sie ist mit Nusskernen gefüttert!", sagte das alte Räuberweib, die einen struppigen Bart und Augenbrauen hatte, die ihr über die Augen herabhingen. „Das ist so gut wie ein kleines, fettes Lamm! Na, wie soll die schmecken!", und dann zog sie ihr blankes Messer heraus und das glänzte, dass es gräulich war.

„Au!", sagte das Weib zu gleicher Zeit, denn sie wurde von ihrer eigenen Tochter, die auf ihrem Rücken hing, so wild und unartig, dass es eine Lust war, in das Ohr gebissen. „Du hässlicher Balg!", sagte die Mutter, und kam nicht dazu, Gretchen zu schlachten.

„Sie soll mit mir spielen!", sagte das kleine Räubermädchen.

„Sie soll mir ihren Muff, ihr hübsches Kleid geben, bei mir in meinem Bett schlafen!", und dabei biss sie wieder, dass das Räuberweib in die Höhe sprang und sich rings herumdrehte, und alle Räuber lachten und sagten: „Sieh, wie sie mit ihrem Jungen tanzt!"

„Ich will in den Wagen hinein!", und sie musste und wollte ihren Willen haben, denn sie war verzogen und hartnäckig. Sie und Gretchen saßen darinnen und so fuhren sie über Stock und Stein tiefer in den Wald hinein. Das kleine Räubermädchen war so groß wie Gretchen, aber stärker, breitschultriger und von dunkler Haut. Die Augen waren ganz schwarz, sie sahen fast traurig aus. Sie nahm das kleine Gretchen um den Leib und sagte: „Sie sollen Dich nicht schlachten, so lange ich Dir nicht böse werde! Du bist wohl eine Prinzessin?"

„Nein!", sagte Gretchen, und erzählte ihr alles, was sie erlebt hatte, und wie viel sie vom kleinen Karl hielt.

Das Räubermädchen betrachtete sie ganz ernsthaft, nickte ein wenig mit dem Kopfe und sagte: „Sie sollen Dich nicht schlachten, selbst wenn ich Dir böse werde, dann werde ich es schon selbst tun!" und dann trocknete sie Gretchens Augen und steckte ihre beiden Hände in den schönen Muff, der weich und warm war.

Nun hielt die Kutsche still; sie waren mitten auf dem Hofe eines Räuberschlosses, das von oben bis unten auseinander geborsten war. Raben und Krähen flogen aus den offenen Löchern, und die großen Bullenbeißer, von denen ein jeder aussah, als könne er einen Menschen verschlingen, sprangen hoch empor, aber sie bellten nicht, denn das war verboten.

In dem großen, alten, verräucherten Saale brannte mitten auf dem steinernen Fußboden ein großes Feuer; der Rauch zog unter der Decke hin und musste sich selbst den Ausweg suchen; ein großer Braukessel mit Suppe kochte, und sowohl Hasen als Kaninchen wurden an Spießen gebraten.

„Du sollst diese Nacht mit mir bei allen meinen kleinen Tieren schlafen!", sagte das Räubermädchen. Sie bekamen zu essen und zu trinken und gingen dann nach einer Ecke, wo Stroh und Teppiche lagen. Oben darüber saßen auf Latten und Stäben mehr als hundert Tauben, die alle zu schlafen schienen, sich aber doch ein wenig drehten, als die beiden kleinen Mädchen kamen.

„Die gehören mir alle!", sagte das kleine Räubermädchen, und ergriff eine der nächsten, hielt sie bei den Füßen und schüttelte sie, dass sie mit den Flügeln schlug. „Küsse sie!", rief sie, und schlug sie ihr in's Gesicht. „Da sitzen die Waldtauben!", fuhr sie fort, und zeigte hinter eine Anzahl Stäbe, die vor einem Loche oben in die Mauer eingeschlagen waren. „Das sind Waldtauben, die beiden, die fliegen gleich fort, wenn man sie nicht ordentlich eingeschlossen hält; und hier steht mein alter, liebster Bä!", und damit zog sie ein Renntier am Horn, welches einen kupfernen Ring um den Hals trug und gebunden war. „Den müssen wir auch in der Klemme halten, sonst springt er von uns fort. An jedem Abend kitzele ich ihn mit meinem scharfen Messer, davor fürchtet er sich!" Und das kleine Mädchen zog ein langes Messer aus einer Spalte in der Mauer und ließ es über des Renntiers Hals hingleiten. Das arme Tier schlug mit den Beinen aus, aber das kleine Räubermädchen lachte und zog dann Gretchen mit in das Bett hinein.

„Willst Du das Messer behalten, wenn Du schläfst?", fragte Gretchen und blickte etwas furchtsam nach demselben.

„Ich schlafe immer mit dem Messer!", sagte das kleine Räubermädchen. „Man weiß nie, was vorfallen kann. Aber erzähle mir nun wieder, was Du mir vorhin von dem kleinen Karl erzähltest, und weshalb Du in die weite Welt hinausgegangen bist." Gretchen erzählte wieder von vorn an, und die Waldtauben kurrten oben im Käfig und die andern Tauben schliefen. Das kleine Räubermädchen legte ihren Arm um Gretchens Hals, hielt das Messer in der andern Hand und schlief, dass

man es hören konnte, aber Gretchen konnte ihre Augen nicht schließen, sie wusste nicht, ob sie leben oder sterben würde. Die Räuber
saßen rings um das Feuer, sangen und tranken, und das Räuberweib
schoss Purzelbäume. O, es war ganz gräulich für das kleine Mädchen
mit anzusehen.

Da sagten die Waldtauben: „Kurre, kurre! wir haben den kleinen
Karl gesehen. Ein weißes Huhn trug seinen Schlitten, er saß im Wagen
der Schneekönigin, welche dicht über den Wald hinfuhr, als wir im
Neste lagen; sie blies auf uns Junge, und außer uns beiden starben alle;
kurre! kurre!"

„Was sagt Ihr dort oben?", rief Gretchen. „Wohin reiste die Schneekönigin? Wisst Ihr etwas davon?"

„Sie reiste wahrscheinlich nach Lappland, denn dort ist immer
Schnee und Eis! Frage das Renntier, welches am Strick angebunden
steht."

„Dort ist Eis und Schnee, dort ist es herrlich und gut!", sagte das
Renntier; „dort springt man frei umher in den großen glänzenden
Tälern; dort hat die Schneekönigin ihr Sommerzelt, aber ihr festes
Schloss hat sie droben gegen den Nordpol, auf der Insel, die Spitzber-
gen genannt wird!"

„O, Karl, kleiner Karl!", seufzte Gretchen. ,

„Nun musst Du still liegen", sagte das Räubermädchen, „sonst stoße
ich Dir das Messer in den Leib!"

Am andern Morgen erzählte Gretchen ihr alles, was die Waldtauben gesagt hatten, und das Räubermädchen sah ganz ernsthaft aus,
nickte aber mit dem Kopf und sagte: „Das ist einerlei, das ist einerlei! – Weißt Du, wo Lappland ist?", fragte sie das Renntier.

„Wer könnte es wohl besser wissen, als ich!", sagte das Tier, und die
Augen funkelten ihm im Kopfe. „Dort bin ich geboren und erzogen,
dort bin ich auf den Schneefeldern herumgesprungen."

„Höre!", sagte das Räubermädchen zu Gretchen, „Du siehst alle
unsere Mannsleute sind fort, jedoch die Mutter ist noch hier und sie
bleibt zu Hause. Gegen Mittag aber trinkt sie aus der großen Flasche
und schlummert dann ein wenig darauf; – dann werde ich etwas für
Dich tun!" Nun sprang sie aus dem Bett, fuhr der Mutter um den Hals,
zog sie am Knebelbart und sagte: „Mein einzig lieber Ziegenbock,

guten Morgen!" Die Mutter gab ihr Nasenstüber, dass die Nase rot und blau wurde, aber alles aus lauter Liebe.

Als die Mutter dann aus der Flasche getrunken hatte und darauf einschlief, ging das Räubermädchen zum Renntier hin und sagte: „Ich könnte große Freude davon haben, Dich noch manchesmal mit dem scharfen Messer zu kitzeln, denn dann bist Du so possierlich; aber das ist einerlei, ich will Deine Schnur losen und Dir hinaushelfen, damit Du nach Lappland laufen kannst. Du musst aber tüchtig springen und dieses kleine Mädchen zum Schloss der Schneekönigin bringen, wo ihr Spielkamerad ist. Du hast wohl gehört, was sie erzählte, denn sie sprach laut genug und Du lauschtest."

Das Renntier sprang vor Freude hoch empor. Das Räubermädchen hob das kleine Gretchen hinauf und hatte die Vorsicht, sie fest zu binden, ja sogar ihr ein kleines Kissen zum Sitzen zu geben. „Das ist einerlei", sagte sie, „da hast Du Deine Pelzschuhe, denn es wird kalt, aber den Muff behalte ich, der ist gar zu niedlich! Darum sollst Du doch nicht frieren. Hier hast Du meiner Mutter große Fausthandschuhe, die reichen Dir gerade bis zum Ellbogen hinauf; ziehe sie an! – Nun siehst Du an den Händen gerade wie meine hässliche Mutter aus!"

Gretchen weinte vor Freude.

„Ich kann nicht leiden, dass Du weinst!", sagte das kleine Räubermädchen. „Nun musst Du gerade recht froh aussehen; und da hast Du zwei Brote und einen Schinken, dann wirst Du nicht hungern." Beides wurde hinten auf das Renntier gebunden; das kleine Räubermädchen öffnete die Tür, lockte alle großen Hunde herein, durchschnitt dann den Strick mit ihrem scharfen Messer und sagte zum Renntier: „Laufe, aber gib recht auf das kleine Mädchen Acht!"

Gretchen streckte die beiden Hände mit den großen Fausthandschuhen gegen das Räubermädchen aus und sagte Lebewohl, und dann flog das Renntier über Stock und Stein davon, durch den großen Wald, über Sümpfe und Steppen, soviel es nur konnte. Die Wölfe heulten und die Raben schrien. Es war gerade, als sprühte der Himmel Feuer.

„Das sind meine alten Nordlichter!", sagte das Renntier. „sieh, wie sie leuchten!" Und dann lief es noch schneller davon; Nacht und Tag. Die Brote wurden verzehrt, der Schinken auch, und dann waren sie in Lappland.

Vor einem kleinen Hause hielten sie an, es war sehr ärmlich; das Dach ging bis zur Erde hinunter, und die Tür war so niedrig, dass die Familie auf dem Bauch kriechen musste, wenn sie heraus oder hinein kommen wollte. Hier war außer einer alten Lappin, welche bei einer Tranlampe Fische kochte, niemand zu Hause. Das Renntier erzählte Gretchens ganze Geschichte, aber zuerst seine eigene, denn diese erschien ihm weit wichtiger, und Gretchen war von der Kälte so mitgenommen, dass sie nicht sprechen konnte.

„Ach, Ihr Armen", sagte die Lappin, „da habt Ihr noch weit zu laufen! Ihr müsst über hundert Meilen weit nach Finnmarken hinein, denn dort wohnt die Schneekönigin auf dem Lande und brennt jeden Abend bengalische Flammen. Ich werde ein paar Worte auf einen trockenen Klippfisch schreiben, Papier habe ich nicht, den werde ich Euch für die Finnin dort oben mitgeben; die kann Euch besser Bescheid erteilen als ich."

Und als Gretchen nun erwärmt worden war und zu essen und zu trinken erhalten hatte, schrieb die Lappin ein paar Worte auf einen trockenen Klippfisch, bat Gretchen, wohl darauf zu achten, band sie wieder auf das Renntier fest, und dieses sprang davon. Die ganze Nacht brannten die schönsten, blauen Nordlichter; – und dann kamen sie nach Finnland und klopften an den Schornstein der Finnin, denn sie hatte nicht einmal eine Tür.

Da war eine Hitze drinnen, so dass die Finnin selbst fast ganz nackt ging; sie war klein und dabei ganz schmutzig. Sie löste gleich die Kleider des kleinen Gretchen auf, zog ihr die Fausthandschuhe und Stiefel aus, denn sonst wäre es ihr zu heiß geworden, legte dem Renntier ein Stück Eis auf den Kopf und las dann, was auf dem Klippfisch geschrieben stand. Sie las es dreimal, und dann wusste sie es auswendig und steckte den Fisch in den Suppenkessel, denn der konnte ja gut gegessen werden, und sie verschwendete nie etwas.

Nun erzählte das Renntier zuerst seine Geschichte, dann die des kleinen Gretchen, und die Finnin blinzelte mit den klugen Augen, sagte aber gar nichts.

„Du bist klug!", sagte das Renntier. „Ich weiß, Du kannst alle Winde der Welt in einen Zwirnsfaden zusammenbinden; wenn der Schiffer den einen Knoten löst, so erhält er guten Wind, löst er den andern, dann weht es scharf, und löst er den dritten und vierten, dann stürmt es, dass die Wälder umfallen. Willst Du nicht dem kleinen Mädchen einen Trank geben, dass sie Zwölf-Männer-Kraft erhält und die Schneekönigin überwindet?"

„Zwölf-Männer-Kraft", sagte die Finnin, „ja, das würde viel helfen!" Und dann ging sie nach einem Brette, nahm ein großes zusammengerolltes Fell hervor und rollte es auf. Da waren wunderbare Buchstaben darauf geschrieben, und die Finnin las, dass ihr das Wasser von der Stirn herunterlief.

Aber das Renntier bat so sehr für das kleine Gretchen und Gretchen blickte die Finnin mit so bittenden Augen voller Tränen an, dass diese wieder mit den ihrigen zu blinzeln anfing und das Renntier in einen Winkel zog, wo sie ihm zuflüsterte, während es wieder frisches Eis auf den Kopf bekam: „Der kleine Karl ist noch bei der Schneekönigin und findet dort alles nach seinem Geschmack und Gefallen, und glaubt, es sei der beste Ort in der Welt. Das kommt aber davon, weil er einen Glassplitter in das Herz und ein kleines Glaskörnchen in das Auge bekommen hat; die müssen zuerst heraus, sonst wird er nie ein Mensch, und die Schneekönigin wird die Gewalt über ihn behalten!"

„Aber kannst Du nicht dem kleinen Gretchen etwas eingeben, so dass sie Gewalt über das Ganze erhält?"

„Ich kann ihr keine größere Gewalt geben, als sie schon besitzt! Siehst Du nicht, wie groß diese ist? Siehst Du nicht, wie Menschen und Tiere ihr dienen müssen, wie sie auf bloßen Füßen so gut in der Welt fortgekommen ist? Sie kann ihre Macht nicht von uns erhalten, diese sitzt in ihrem Herzen und besteht darin, dass sie ein liebes, unschuldiges Kind ist. Kann sie nicht selbst zur Schneekönigin hineingelangen und das Glas aus dem kleinen Karl bringen, dann können wir nicht helfen! Zwei Meilen von hier beginnt der Garten der Schneekönigin, dahin kannst Du das kleine Mädchen tragen; setze sie beim großen Busche ab, welcher mit roten Beeren im Schnee steht, verliere aber nicht viele Worte und spute Dich, hierher zurückzukommen." Damit hob die Finnin das kleine Gretchen auf das Renntier, welches lief, was es konnte.

„O, ich bekam meine Schuhe nicht! Ich bekam meine Fausthandschuhe nicht!", rief das kleine Gretchen, in der schneidenden Kälte, aber das Renntier wagte nicht anzuhalten, es lief, bis es zu dem Busche mit den roten Beeren gelangte. Da setzte es Gretchen ab, küsste sie auf den Mund und es liefen einige große Tränen über des Tieres Backen, und dann lief es, was es nur konnte, wieder zurück. Da stand das arme Gretchen ohne Schuhe, ohne Handschuhe, mitten in dem fürchterlich eiskalten Finnmarken.

Sie lief vorwärts, so schnell sie konnte; da kam ein ganzes Heer Schneeflocken, aber sie fielen nicht vom Himmel herunter, der war ganz klar und glänzte von Nordlichtern. Die Schneeflocken liefen gerade auf der Erde hin, und je näher sie kamen, desto größer wurden sie. Gretchen erinnerte sich noch, wie groß und künstlich sie damals ausgesehen hatten, als sie die Schneeflocken durch ein Brennglas betrachtet hatte, aber hier waren sie wahrlich noch viel größer und fürchterlicher, sie waren lebend, sie waren der Schneekönigin Vorposten. Sie hatten die sonderbarsten Gestalten; einige sahen aus wie hässliche, große Stachelschweine, andere wie ganze Knoten, gebildet von Schlangen, welche die Köpfe hervorstreckten, und andere wie kleine, dicke Bären, auf welchen die Haare sich sträubten, alle glänzten weiß, alle waren lebendige Schneeflocken.

Da betete das kleine Gretchen ihr Vaterunser, und die Kälte war so groß, dass sie ihren eigenen Atem sehen konnte, der stand ihr ganz wie Rauch aus dem Munde; der Atem wurde immer dichter und dichter und gestaltete sich zu kleinen, klaren Engeln, die mehr und mehr wuchsen, wenn sie die Erde berührten, und alle Helme auf dem Kopf und Spieß und Schild in den Händen hatten. Ihre Anzahl wurde größer und größer, und als Gretchen ihr Vaterunser geendet hatte, da war ein ganzes Heer um sie; sie stachen mit ihren Spießen gegen die gräulichen Schneeflocken, so dass diese in hundert Stücke zersprangen, und das kleine Gretchen ging ganz sicher und froh vorwärts. Die Engel liebkosten ihre Hände und Füße, da fühlte sie weniger, wie kalt es war, und ging rasch gegen der Schneekönigin Schloss vor. Aber nun wollen wir erst sehen, wie es Karl geht. Er dachte freilich nicht an das kleine Gretchen, und am wenigsten, dass sie draußen vor dem Schloss stand.

Des Schlosses Wände waren gebildet von dem treibenden Schnee und Fenster und Türen von den schneidenden Winden; da waren über hundert Säle, alle wie der Schnee sie zusammentrieb, der größte erstreckte sich mehrere Meilen lang, alle beleuchtet von dem starken Nordlicht, und sie waren leer, eisig, kalt und glänzend. Nie gab es hier Lustbarkeit, nicht einmal einen kleinen Bärenball, wozu der Sturm aufspielen und die Eisbären auf den Hinterfüßen gehen und dabei ihre Gebärden hätten zeigen können; nie eine kleine Spielgesellschaft mit Maulklapp und Tatzenschlag; nie ein klein bisschen Kaffeeklatsch von den weißen Fuchsfräuleins; leer, groß und kalt war es in den Sälen der Schneekönigin. Die Nordlichter flammten so genau, dass man sie zählen konnte, wenn sie am höchsten und wenn sie am niedrigsten standen. Mitten in diesem leeren unendlichen Schneesaale war ein zugefrorener See, der war in tausend Stücke gesprungen, aber jedes Stück war dem andern so gleich, dass es ein wahres Kunstwerk war. Mitten auf diesem saß die Schneekönigin, wenn sie zu Hause war, und dann sagte sie, dass sie im Spiegel des Verstandes sitze, und dass dieser der einzige und der beste in der Welt sei.

Der kleine Karl war ganz blau vor Kälte, ja fast schwarz, aber er merkte es nicht, denn sie hatte ihm den Frostschauer abgeküsst, und sein Herz glich einem Eisklumpen. Er ging und schleppte einige scharfe, flache Eisstücke, die er auf alle mögliche Weise an einander passte, gleich wie wenn wir kleine Holztafeln haben und diese in Figuren zusammenlegen, was man das chinesische Spiel nennt. Karl ging auch und legte Figuren, die allerkünstlichsten; das war das Eisspiel des Verstandes. In seinen Augen waren die Figuren ganz ausgezeichnet und von der höchsten Wichtigkeit; das machte das Glaskörnchen, welches ihm im Auge saß! Er legte ganze Figuren, die ein geschriebenes Wort waren, aber nie konnte er es herausbringen, das Wort zu legen, was er gerade haben wollte, das Wort ‚Ewigkeit‘, und die Schneekönigin hatte gesagt: „Kannst Du die Figur ausfindig machen, dann sollst Du Dein eigener Herr sein und ich schenke Dir die ganze Welt und ein Paar neue Schlittschuhe." Aber er konnte es nicht.

„Nun sause ich fort nach den warmen Ländern!", sagte die Schneekönigin. „Ich will hinfahren und in die schwarzen Töpfe hineinsehen!" – Das waren die feuerspeienden Berge Ätna und Vesuv, wie man sie nennt. „Ich werde sie ein wenig weiß machen, das gehört dazu, das tut den Zitronen und Weintrauben gut!" Damit flog die Schneekönigin davon, und Karl saß ganz allein in dem viele Meilen weiten, großen, leeren Eissaal, betrachtete die Eisstücke und dachte und dachte, so dass es in ihm knackte, ganz stille und steif saß er, man hätte glauben können, er sei erfroren.

Da war es, dass das kleine Gretchen durch das Tor in das Schloss trat. Hier herrschten schneidende Winde; aber sie betete ein Abendgebet, und da legten sich die Winde, als ob sie schlafen wollten, und sie trat in die großen, leeren, kalten Säle hinein – da erblickte sie Karl, sie erkannte ihn, sie flog ihm um den Hals, hielt ihn dann fest und rief: „Karl! lieber kleiner Karl! da habe ich Dich endlich gefunden!"

Aber er saß ganz still, steif und kalt; da weinte das kleine Gretchen heiße Tränen, die fielen auf seine Brust, sie drangen in sein Herz, sie tauten den Eisklumpen auf und verzehrten das kleine Spiegelstück darin; er betrachtete sie, und sie sang:

„Rosen, die blühen und verwehen,
Wir werden das Christkindlein sehen!"

Da brach Karl in Tränen aus; er weinte, dass das Spiegelkörnchen aus dem Auge schwamm, er erkannte sie und jubelte: „Gretchen! liebes, kleines Gretchen! – Wo bist Du doch so lange gewesen? Und wo bin ich gewesen?" Und er blickte rings um sich her. „Wie kalt ist es hier!", „Wie es hier weit und leer ist!" Und er klammerte sich an Gretchen an, und sie lachte und weinte vor Freude. Das war so herrlich, dass selbst die Eisstücke vor Freude ringsumher tanzten, und als sie müde waren und sich niederlegten, lagen sie gerade in den Buchstaben, von denen die Schneekönigin gesagt hatte, dass er sie ausfindig machen sollte, dann sei er sein eigener Herr und sie wollte ihm die ganze Welt und ein Paar neue Schlittschuhe geben.

Gretchen küsste seine Wangen, und sie wurden blühend; sie küsste seine Augen, und sie leuchteten gleich den ihren; sie küsste seine Hände und Füße, und er war gesund und munter. Die Schneekönigin mochte nun nach Hause kommen, sein Freibrief stand da mit glänzenden Eisstücken geschrieben.

Sie fassten einander an den Händen und wanderten aus dem großen Schloss hinaus; sie sprachen von der Großmutter und von den Rosen auf dem Dache; und wo sie gingen, ruhten die Winde und die Sonne brach hervor. Als sie den Busch mit den roten Beeren erreichten, stand das Renntier da und wartete; es hatte ein anderes junges Renntier mit sich, dessen Euter voll war, und dieses gab dem Kleinen seine warme Milch und küsste sie auf den Mund. Dann trugen sie Karl und Gretchen erst zur Finnin, wo sie sich in der heißen Stube auswärmten und über die Heimreise Bescheid erhielten, dann zur Lappin, welche ihnen neue Kleider genäht und ihren Schlitten in Stand gesetzt hatte.

Das Renntier und das Junge sprangen zur Seite und folgten mit, bis zur Grenze des Landes; dort sprosste das erste Grün hervor, da nahmen sie Abschied vom Renntier und von der Lappin. „Lebt wohl!", sagten alle. Und die ersten kleinen Vögel begannen zu zwitschern, der Wald hatte grüne Knospen, und aus ihm kam auf einem prächtigen Pferde, welches Gretchen kannte (es war vor die goldene Kutsche gespannt gewesen), ein junges Mädchen geritten, mit einer glänzenden, roten Mütze auf dem Kopfe und Pistolen im Halfter. Das war das kleine Räubermädchen, welches es satt hatte, zu Hause zu sein, und nun erst gegen Norden und später, wenn ihr dies zusagte, nach einer anderen Weltgegend hin wollte. Sie erkannte Gretchen sogleich, und Gretchen erkannte sie, das war eine Freude.

„Du bist ein wahrer Künstler im Herumstreifen!", sagte sie zum kleinen Karl. „Ich möchte wissen, ob Du verdienst, dass man Deinethalben bis an der Welt Ende läuft!"

Aber Gretchen klopfte ihr die Wangen, und fragte nach dem Prinzen und der Prinzessin.

„Die sind nach fremden Ländern gereist!", sagte das Räubermädchen.

„Aber die Krähe?", fragte Gretchen.

„Ja, die Krähe ist tot!", erwiderte sie. „Die zahme Geliebte ist Wittwe geworden und geht mit einem Stückchen schwarzen, wollenen Garn um das Bein; sie klagt ganz jämmerlich, und Geschwätz ist das Ganze! – Aber erzähle mir nun, wie es Dir ergangen ist und wie Du ihn erwischt hast."

Gretchen und Karl erzählten.

Das Räubermädchen nahm beide bei den Händen und versprach, dass, wenn sie je durch ihre Stadt kommen sollte, so wolle sie hinaufkommen, sie zu besuchen, und dann ritt sie in die weite Welt hinaus. Aber Karl und Gretchen gingen Hand in Hand, und wie sie gingen, war es herrlicher Frühling mit Blumen und mit Grün; die Kirchenglocken läuteten, und sie erkannten die hohen Türme, die große Stadt, es war die, in der sie wohnten, und sie gingen in dieselbe hinein und hin zu der Tür der Großmutter, die Treppe hinauf, in die Stube hinein, wo alles wie früher auf derselben Stelle stand. Die Uhr sagte: „Tick! tack!" und die Zeiger drehten sich; aber indem sie durch die Tür gingen, bemerkten sie, dass sie erwachsene Menschen geworden waren. Die Rosen aus der Dachrinne blühten zum offenen Fenster herein, und da standen noch die kleinen Kinderstühle. Karl und Gretchen setzten sich ein jeder auf den seinigen und hielten einander bei den Händen; die kalte, leere Herrlichkeit bei der Schneekönigin hatten sie gleich einem schweren Traum vergessen. Die Großmutter saß in Gottes hellem Sonnenschein und las laut aus der Bibel: „Werdet Ihr nicht wie die Kinder, so werdet Ihr das Reich Gottes nicht erben!"

Karl und Gretchen sahen einander in die Augen, und sie verstanden auf einmal den alten Gesang:

„Rosen, die blühen und verwehen,
Wir werden das Christkindlein sehen."

Da saßen sie beide, erwachsen und doch Kinder, Kinder im Herzen; und es war Sommer, warmer, wohltuender Sommer.

Der standhafte Zinnsoldat

Es waren einmal fünfundzwanzig Zinnsoldaten alle Brüder, denn sie waren von einem alten zinnernen Löffel geboren. Das Gewehr hielten sie im Arme und das Gesicht gerade aus; rot und blau war ihre Uniform. Das Erste, was sie in dieser Welt hörten, als der Deckel von der Schachtel genommen wurde, in der sie lagen, war das Wort: „Zinnsoldaten!" Das rief ein kleiner Knabe und klatschte in die Hände; er hatte sie bekommen, denn es war sein Geburtstag, und stellte sie nun auf dem Tische auf. Der eine Soldat glich dem andern leibhaftig, nur ein einziger war zuletzt gegossen und da hatte das Zinn nicht ausgereicht; doch stand er eben so fest auf seinem einen Beine, als die andern auf ihren zweien, und grade er ist es, der merkwürdig wurde.

Auf dem Tische, auf welchem sie aufgestellt wurden, stand viel anderes Spielzeug; aber das, was am meisten in die Augen fiel, war ein niedliches Schloss von Papier. Durch die kleinen Fenster konnte man in die Säle hineinsehen. Vor dem Schlosse standen kleine Bäume rings um einen kleinen Spiegel, der wie ein klarer See aussah. Schwäne von

Wachs schwammen darauf und spiegelten sich. Das war alles niedlich, aber das Niedlichste war doch eine kleine Dame, die mitten in der offenen Schlosstüre stand; sie war auch aus Papier geschnitten, aber sie hatte einen Rock vom klarsten Linnen an und ein kleines, schmales, blaues Band über die Schultern, ähnlich einem Gewande; mitten in diesem saß eine glänzende Flitterrose, so groß wie ihr ganzes Gesicht. Die kleine Dame streckte ihre beiden Arme aus, denn sie war Tänzerin; und dann hob sie das eine Bein so hoch empor, dass der Zinnsoldat es durchaus nicht finden konnte und glaubte, dass sie, wie er, nur ein Bein habe.

„Das wäre eine Frau für mich!", dachte er; „aber sie ist sehr vornehm; sie wohnt in einem Schlosse; ich habe nur eine Schachtel, und da sind wir fünfundzwanzig drin; das ist kein Ort für sie! Doch ich muss mit ihr Bekanntschaft machen!", dann legte er sich, so lang er war, hinter eine Schnupftabaksdose, welche auf dem Tische stand; da konnte er die kleine, feine Dame recht betrachten, die fortfuhr, auf einem Beine zu stehen, ohne aus dem Gleichgewichte zu kommen.

Als es Abend wurde, kamen alle die andern Zinnsoldaten in ihre Schachtel, und die Leute im Hause gingen zu Bette. Nun fing das Spielzeug an zu spielen, sowohl „Es kommt Besuch", als auch „Krieg führen und Ball geben". Die Zinnsoldaten rasselten in der Schachtel, denn sie wollten mit dabei sein, aber sie konnten den Deckel nicht abheben. Der Nussknacker machte Purzelbäume, und der Griffel belustigte sich auf der Tafel; es war ein Lärm, dass der Kanarienvogel davon erwachte und anfing mitzusprechen, und zwar in Versen. Die beiden Einzigen, die sich nicht von der Stelle bewegten, waren der Zinnsoldat und die Tänzerin; sie hielt sich gerade auf einer Fußzehenspitze und hatte beide Arme ausgestreckt; er war eben so standhaft auf seinem einen Beine; seine Augen wandte er keinen Augenblick von ihr.

Jetzt schlug die Uhr Zwölf und klatsch! da sprang der Deckel von der Schnupftabaksdose; aber es war kein Tabak drin, sondern ein kleiner schwarzer Kobold; das war ein Kunststück.

„Zinnsoldat!", sagte der Kobold; „sieh doch nicht nach dem, was Dich nichts angeht!"

Aber der Zinnsoldat tat, als ob er es nicht hörte. „Ja, warte nur bis morgen!", sagte der Kobold.

Als es nun Morgen wurde und die Kinder aufstanden, wurde der Zinnsoldat in das Fenster gestellt und, war es nun der Kobold oder der Zugwind, auf einmal flog das Fenster auf und der Soldat fiel Hals über Kopf aus dem dritten Stockwerke hinunter. Das war eine schreckliche Fahrt! Er streckte das Bein gerade in die Höhe und blieb auf dem Tschako mit dem Bayonnet zwischen den Pflastersteinen stecken.

Das Dienstmädchen und der kleine Knabe kamen sogleich herunter, ihn zu suchen; obgleich sie nun nahe daran waren, auf ihn zu treten, sahen sie ihn doch nicht. Hätte der Zinnsoldat gerufen: Hier bin ich! so hätten sie ihn wohl gefunden; aber er fand es nicht für passend, laut zu schreien, weil er in Uniform war.

Nun fing es an zu regnen; bald fielen die Tropfen dichter; endlich wurde es ein Platzregen. Als er vorüber war, kamen zwei Straßenbuben.

„Sieh einmal!", sagte der eine, „da liegt ein Zinnsoldat! Der muss hinaus und auf dem Kahne fahren!"

Da machten sie einen Kahn von einer Zeitung, setzten den Soldaten mitten in denselben, und nun segelte er den Rinnstein hinunter; beide Knaben liefen nebenher und klatschten in die Hände. Gott bewahre uns! was für Wellen schlugen in dem Rinnsteine, und welch' ein Strom war da; ja der Regen hatte aber auch geflutet! Das Papierboot schaukelte auf und nieder, und mitunter drehte es sich so geschwind, dass der Zinnsoldat bebte; aber er blieb standhaft, verzog keine Miene, sah gerade aus und hielt das Gewehr im Arme. Mit einem Male trieb der Kahn unter eine lange Rinnsteinbrücke, da wurde es so dunkel, als wäre er in seiner Schachtel.

„Wohin mag ich nun kommen?", dachte er. „Ja, ja, daran ist der Kobold schuld! Ach säße doch die kleine Dame hier im Kahne, da möchte es hier meinetwegen noch einmal so dunkel sein!"

Da kam plötzlich eine große Wasserratte, welche unter der Rinnsteinbrücke wohnte.

„Hast Du einen Pass?", fragte die Ratte. „Her mit dem Passe!"

Aber der Zinnsoldat schwieg und hielt das Gewehr noch fester.

Der Kahn fuhr fort und die Ratte hinterher. Hu! wie fletschte sie die Zähne, und rief den Holzspänen und dem Stroh zu: „Haltet ihn! Haltet ihn! Er hat keinen Zoll bezahlt! Er hat den Pass nicht gezeigt!" Aber die Strömung wurde stärker und stärker; der Zinnsoldat konnte schon da, wo die Brücke aufhörte, den hellen Tag erblicken; allein er hörte auch einen brausenden Ton, der wohl einen tapfern Mann erschrecken konnte. Man denke nur: die Gosse mündete da, wo die Brücke endete, in einen großen Kanal ein: das wäre für ihn eben so gefährlich gewesen, als für uns, einen großen Wasserfall hinunterzufahren.

Nun war er schon so nahe daran, dass er nicht mehr anhalten konnte. Der Kahn fuhr hinaus, der arme Zinnsoldat hielt sich so steif, wie er konnte; niemand sollte ihm nachsagen, dass er mit den Augen blinke. Der Kahn schnurrte drei, vier Mal herum, und war bis zum Rande mit Wasser gefüllt: er musste sinken! Der Zinnsoldat stand bis an den Hals im Wasser, und tiefer und tiefer sank der Kahn, mehr und mehr löste das Papier sich auf; nun ging das Wasser über des Soldaten Kopf. – Da dachte er an die kleine, niedliche Tänzerin, die er nie mehr zu Gesicht bekommen sollte; und es klang vor seinen Ohren:

> *„Fahre hin, o Kriegesmann!*
> *Den Tod musst Du erleiden!"*

Nun ging das Papier entzwei, und der Zinnsoldat stürzte hinab – wurde aber augenblicklich von einem großen Fische verschlungen.

O, wie dunkel war es im Fischleibe! Da war es noch finsterer, als unter der Rinnsteinbrücke; und dann war es da sehr enge. Aber der Zinnsoldat blieb standhaft und lag, so lang er war, mit dem Gewehr im Arme. –

Der Fisch schwamm hin und her; er machte die schrecklichsten Bewegungen; endlich wurde er ganz still; es durchfuhr ihn wie ein Blitzstrahl; das Licht schien klar, und eine Stimme rief laut: „Der Zinnsoldat!" Der Fisch war gefangen, auf den Markt gebracht, verkauft und in die Küche hinaufgekommen, wo die Köchin ihn mit einem großen Messer aufschnitt. Sie fasste mit ihren beiden Fingern den Soldaten mitten um den Leib und trug ihn in die Stube hinein, wo alle einen solchen merkwürdigen Mann sehen wollten, der im Magen eines Fisches herumgereist war; aber der Zinnsoldat war nicht stolz. Sie stellten ihn auf den Tisch, und da – nein, wie sonderbar kann es doch in der Welt zugehen! Der Zinnsoldat war in derselben Stube, in der er früher gewesen war; er sah dieselben Kinder und dasselbe Spielzeug stand auf dem Tische: das herrliche Schloss mit der niedlichen, kleinen Tänzerin. Sie hielt sich noch auf dem einen Beine und hatte das andere hoch in der Luft: sie war auch standhaft. Das rührte den Zinnsoldaten; er war nahe daran, Zinn zu weinen, aber es passte sich nicht. Er sah sie an, aber sie sagte nichts.

Da nahm der eine der kleinen Knaben den Soldaten und warf ihn in den Ofen und gab keinen Grund dafür an; es war sicher der Kobold in der Dose, der Schuld daran war.

Der Zinnsoldat stand beleuchtet da und fühlte eine Hitze, die schrecklich war; aber ob sie von dem wirklichen Feuer oder von der Liebe herrührte, wusste er nicht. Die Farben waren von ihm abgegangen; ob das auf der Reise geschehen, oder ob der Kummer daran Schuld war, konnte niemand sagen. Er sah die kleine Dame an, sie blickte ihn an, und er fühlte, dass er schmolz; aber noch stand er standhaft mit dem Gewehr im Arme. Da ging plötzlich eine Tür auf, der Wind ergriff die Tänzerin, und sie flog, einer Sylphide gleich, in den Ofen zum Zinnsoldaten, loderte in Flammen auf und fort war sie. Da schmolz der Zinnsoldat zu einem Klumpen, und als das Mädchen am folgenden Tage die Asche herausnahm, fand sie ihn als ein kleines Herz. Von der Tänzerin hingegen war nur die Flitterrose da, welche kohlschwarz gebrannt war.

119

Der Springer

Der *Floh*, die *Heuschrecke* und der *Hüpfauf*[2] wollten einmal sehen, wer von ihnen am Höchsten springen könnte; da luden sie die ganze Welt ein und wer sonst noch kommen wollte, die Pracht mit anzusehen. Es waren drei tüchtige Springer, die sich im Zimmer versammelten.

„Ich gebe meine Tochter dem, der am Höchsten springt!", sagte der König. „Denn es wäre zu geizig, wenn diese Personen umsonst springen sollten."

Der *Floh* kam zuerst vor; er hatte gar niedliche Manieren und grüßte nach allen Seiten, denn er hatte Fräuleinblut in den Adern und war gewohnt, nur mit Menschen umzugehen; und das machte sehr viel aus.

Dann kam die *Heuschrecke*; diese war freilich bedeutend schwerer; aber sie hatte doch eine hübsche Figur und trug grüne Uniform, welche ihr angeboren war. Überdies behauptete diese Person, dass sie im Lande Ägypten einer sehr alten Familie angehöre, und dass sie dort hochgeschätzt werde. Sie sei vom Felde genommen und in ein Kartenhaus von drei Etagen gesetzt worden, alle aus Kartenfiguren, deren bunte Seite nach innen gekehrt zusammengeklebt. Da seien sowohl Türen als Fenster, und zwar im Leibe der Coeurdame ausgeschnitten. „Ich singe so", sagte sie, „dass sechzehn eingeborne Heimchen, die von klein auf gepfiffen und doch kein Kartenhaus erhalten hatten, sich noch dünner ärgerten, als sie schon waren, da sie mich hörten!"

Alle beide, der *Floh* und die *Heuschrecke*, taten gehörig kund, wer sie waren, und dass sie glaubten, eine Prinzessin heiraten zu können.

Der *Hüpfauf* sagte nichts; aber man erzählte von ihm, dass er desto mehr dächte; und als der Hofhund ihn bloß beschnüffelt hatte, haftete

---

2   Ein Kinderspielzeug aus einem fleischlosen Gänsebrustknochen, nach Art der hölzernen Springfrösche gemacht.

er dafür, dass der Hüpfauf von guter Familie und von dem Brustkno-chen einer echten Gans gemacht sei. Der alte Ratsherr, der drei Orden für das Stillschweigen erhalten hatte, versicherte, dass der Hüpfauf mit Weissagungskraft begabt wäre; man könnte an seinem Knochen erkennen, ob man einen milden oder einen strengen Winter bekäme; und das kann man nicht einmal aus dem Brustknochen desjenigen ersehen, der den Kalender schreibt.

„Ich sage nun nichts mehr!", sagte der alte König, „ich gehe nur immer still hin und denke mir das Beste!"

Nun war es um den Sprung zu tun. Der *Floh* sprang so hoch, dass niemand es sehen konnte; da behaupteten sie, dass er gar nicht gesprungen wäre. Das war doch nichtswürdig!

Die *Heuschrecke* sprang nur halb so hoch, aber sie sprang dem Könige ins Gesicht, und dieser sagte, das wäre abscheulich.

Der *Hüpfauf* stand lange still und bedachte sich; am Ende glaubte man, dass er nicht springen könne.

„Wenn ihm nur nicht unwohl geworden ist!", sagte der Hofhund, und dann beschnüffelte er ihn wieder. Rutsch! da sprang er mit einem kleinen schiefen Sprunge hin in den Schoß der Prinzessin, welche niedrig auf einem goldenen Schemel saß.

Da sagte der König: „Der höchste Sprung ist der, zu meiner Toch-ter hinaufzuspringen, denn darin liegt das Feine. Aber es gehört Kopf dazu, darauf zu kommen. Und der Hüpfauf hat gezeigt, dass er Kopf hat."

Und deshalb erhielt er die Prinzessin.

„Ich sprang doch am Höchsten!", sagte der *Floh*. „Aber es ist einer-lei! Lass sie nur den Gänseknochen mit Stock und Pech haben. Ich sprang doch am höchsten! Allein es gehört in dieser Welt ein Körper dazu, damit man gesehen werden kann."

Und darauf ging der *Floh* in fremde Kriegsdienste, wo er, wie man sagt, erschlagen worden sein soll.

Die *Heuschrecke* setzte sich draußen in den Graben und dachte dar-über nach, wie es eigentlich in der Welt zugehe. Und sie sagte auch: „Körper gehört dazu! Körper gehört dazu!" Und dann sang sie ihr eige-nes, trübseliges Lied, und daraus haben wir die Geschichte entlehnt, die trotzdem wohl erlogen sein könnte, wenn sie auch gedruckt ist.

Der Buchweizen

Häufig, wenn man nach einem Gewitter an einem Acker vorübergeht, auf dem Buchweizen wächst, sieht man, dass er ganz schwarz geworden und abgesengt ist; es ist gerade, als ob eine Feuerflamme über denselben hingefahren wäre, und der Landmann sagt dann: „Das hat er vom Blitze bekommen!" Aber warum bekam er das? Ich will erzählen, was der Sperling mir gesagt hat, und der Sperling hat es von einem alten Weidenbaume gehört, welcher bei einem Buchweizenfelde steht. Es ist ein ehrwürdiger, großer Weidenbaum, aber verkrüppelt und alt, er ist in der Mitte geborsten und es wachsen Gras und Brombeer-Ranken aus der Spalte hervor; der Baum neigt sich vorn über und die Zweige hängen ganz auf die Erde hinunter, gerade als ob sie ein langes, grünes Haar bildeten.

Auf allen Feldern rings umher wuchs Korn, sowohl Roggen und Gerste wie Hafer, ja der herrliche Hafer, der da, wenn er reif ist, gerade wie eine Menge kleiner, gelber Kanarienvögel auf einem Zweige aussieht. Das Korn stand gesegnet, und je schwerer es war, desto tiefer neigte es sich in frommer Demut.

Aber da war auch ein Feld mit Buchweizen, und dieses Feld war dem alten Weidenbaume gerade gegenüber. Der Buchweizen neigte sich durchaus nicht wie das übrige Korn, sondern prangte stolz und steif.

„Ich bin wohl so reich wie die Ähre", sagte er; „überdies bin ich weit hübscher; meine Blumen sind schön wie die Blüten des Apfelbaumes; es ist eine Freude, auf mich und die Meinigen zu blicken! Kennst Du etwas prächtigeres als uns, Du alter Weidenbaum?"

Der Weidenbaum nickte mit dem Kopfe, gerade als ob er damit sagen wollte: „Ja freilich!" Aber der Buchweizen spreizte sich aus lauter Hochmut und sagte: „Der dumme Baum, er ist so alt, dass ihm Gras im Leibe wächst!"

Nun zog ein schrecklich böses Gewitter auf; alle Feldblumen falteten ihre Blätter zusammen oder neigten ihre kleinen Köpfe herab, während der Sturm über sie dahinfuhr; aber der Buchweizen prangte in seinem Stolze.

„Neige Dein Haupt wie wir!", sagten die Blumen.

„Das ist durchaus nicht nötig", erwiderte der Buchweizen.

„Senke Dein Haupt wie wir!", rief das Korn. „Nun kommt der Engel des Sturmes geflogen! Er hat Schwingen, die oben von den Wolken bis gerade herunter zur Erde reichen, und er schlägt Dich mittendurch, bevor Du bitten kannst, er möge Dir gnädig sein!"

„Aber ich will mich nicht beugen!", sagte der Buchweizen.

„Schließe Deine Blumen und neige Deine Blätter!", sagte der alte Weidenbaum. „Sieh nicht zum Blitze empor, wenn die Wolke berstet; selbst die Menschen dürfen das nicht, denn im Blitze kann man in Gottes Himmel hineinsehen; aber dieser Anblick kann selbst die Menschen blenden. Was würde erst uns, den Gewächsen der Erde, geschehen, wenn wir es wagten, wir, welche doch weit geringer sind!"

„Weit geringer?", sagte der Buchweizen. „Nun will ich gerade in Gottes Himmel hineinsehen!" Und er tat es in seinem Übermut und Stolz. Es war, als ob die ganze Welt in Flammen stände, so blitzte es.

Als das böse Wetter vorbei war, standen die Blumen und das Korn in der stillen, reinen Luft erfrischt vom Regen, aber der Buchweizen war vom Blitz kohlschwarz gebrannt; er war nun ein totes Unkraut auf dem Felde.

Der alte Weidenbaum bewegte seine Zweige im Winde, und es fielen große Wassertropfen von den grünen Blättern, gerade als ob der Baum weine, und die Sperlinge fragten: „Weshalb weinst Du? Hier ist es ja so gesegnet! Sieh, wie die Sonne scheint, sieh, wie die Wolken ziehen! Kannst Du den Duft von Blumen und Büschen bemerken? Warum weinst Du, alter Weidenbaum?"

Und der Weidenbaum erzählte vom Stolze des Buchweizens, von seinem Übermute und der Strafe, die immer darauf folgt. Ich, der die Geschichte erzählte, habe sie von den Sperlingen gehört. Sie erzählten sie mir eines Abends, als ich sie um ein Märchen bat.

Die Stopfnadel

Es war einmal eine Stopfnadel, die dünkte sich so fein, dass sie sich einbildete, sie sei eine Nähnadel.

„Passt nur hübsch auf, dass Ihr mich festhaltet!", sagte die Stopfnadel zu den Fingern, die sie hervornahmen. „Lasst mich nicht fallen! Falle ich auf die Erde, dann findet man mich bestimmt nimmermehr wieder, so fein bin ich."

„Das geht noch an", sagten die Finger und fassten sie um den Leib.

„Seht, ich komme mit Gefolge!", sagte die Stopfnadel und zog einen langen Faden nach sich; aber es war kein Knoten an diesem Faden.

Die Finger richteten die Nadel gerade gegen den Pantoffel der Köchin. An dem war das Oberleder entzwei, das sollte zusammengenäht werden.

„Das ist gemeine Arbeit!", sagte die Stopfnadel. „Ich komme nimmermehr hindurch; ich breche, ich breche!" Und wirklich, sie brach. „Sagt' ich's nicht?", sagte die Stopfnadel. „Ich bin zu fein!"

„Nun taugt sie gar nichts!", sagten die Finger; aber sie mussten sie doch festhalten; die Köchin tröpfelte Siegellack auf die Nadel und steckte vorn ihr Tuch damit zusammen.

„So, nun bin ich eine Busennadel!", sagte die Stopfnadel. „Ich wusste wohl, dass ich zu Ehren käme; ist man was, so wird man was!" Und dabei lachte sie in sich hinein; man kann es niemals einer Stopfnadel ansehen, wenn sie lacht. Da saß sie nun so stolz wie in einer Staatskutsche, und sah nach allen Seiten!

„Mit Erlaubnis zu fragen, sind Sie von Gold?", fragte sie die Stecknadel, die ihre Nachbarin war. „Sie haben ein herrliches Äußere und einen eigenen Kopf; aber er ist nur klein! Sie müssen sich Mühe geben zu wachsen, denn nicht eine jede wird mit Siegellack beträufelt!" Und damit richtete sich die Stopfnadel so stolz in die Höhe, dass sie aus dem Tuche fiel; und gerade in den Gussstein, den die Köchin ausspülte.

„Nun gehen wir auf Reisen!", sagte die Stopfnadel. „Wenn ich nur nicht verloren gehe!" Aber sie ging wirklich verloren.

„Ich bin zu fein für diese Welt!", sagte sie, als sie im Rinnsteine lag. „Aber ich weiß, wer ich bin, und das ist immer ein kleines Vergnügen!" Und die Stopfnadel behielt ihre stolze Haltung und verlor ihre gute Laune nicht.

Und es schwamm mancherlei über sie hin: Späne, Strohhalme und Stücke von alten Zeitungen. „Seht nur, wie sie segeln!", sagte die Stopfnadel. „Die wissen nicht, was unter ihnen steckt! Ich stecke, ich sitze hier fest! Sieh, da geht nun ein Span, der denkt an nichts in der Welt, als an sich selbst, an einen ‚Span'! Da treibt ein Strohhalm, nein, wie der sich dreht, wie der sich wendet! Denk doch nicht bloß an Dich selbst, Du könntest leicht an einen Stein stoßen. Da schwimmt ein Stück Zeitung! Was darin steht, ist längst vergessen, und doch spreizt sie sich! Ich sitze geduldig und still. Ich weiß, wer ich bin, und der bleibe ich auch!"

Eines Tages lag etwas dicht neben ihr, das glitzerte so prächtig, da glaubte die Stopfnadel, dass es ein Diamant sei; aber es war ein Flaschenscherben, und weil es glänzte, so redete die Stopfnadel es an und stellte sich als Busennadel vor.

„Sie sind wohl ein Diamant?"

„Ja, so etwas der Art!" Und da glaubte eins vom andern, es wäre etwas recht Kostbares; und sie sprachen davon, wie sehr doch die Welt hochmütig sei.

„Ich bin bei einer Mamsell in der Schachtel gewesen", sagte die Stopfnadel, „und diese Mamsell war Köchin; an jeder Hand hat sie fünf Finger; etwas so eingebildetes, wie diese Finger, habe ich nie gesehen! Und sie waren doch nur da, um mich aus der Schachtel zu nehmen und wieder in die Schachtel zu legen!"

„Waren sie denn vornehm?", fragte der Flaschenscherben.

„Vornehm?", sagte die Stopfnadel; „nein, aber hochmütig! Es waren fünf Brüder, alles geborene ‚Finger'. Sie hielten sich stolz neben einander, obgleich sie verschiedener Lange waren, der äußerste, der Däumling war kurz und dick, der ging außen vor dem Gliede, hatte nur ein Gelenk im Rücken und konnte nur eine Verbeugung machen: aber er sagte, wenn er vom Menschen abgehackt würde, so tauge dieser nicht mehr zum Kriegsdienst. Leckermaul, der zweite Finger, kam sowohl in Süßes, wie in Saures, zeigte auf Sonne und auf Mond und gab den Druck, wenn sie schrieben. Langmann, der dritte, sah die andern alle über die Achsel an. Goldrand, der vierte, ging mit einem goldenen Gürtel um den Leib, und der kleine Spielmann tat gar nichts, und darauf war er stolz. Prahlerei war's und Prahlerei blieb's, und darum ging ich fort!"

„Und nun sitzen wir hier und glitzern!", sagte der Flaschenscherben.

In demselben Augenblicke kam mehr Wasser in den Gussstein; es strömte über seine Grenzen und riss den Flaschenscherben mit sich fort.

„So, nun wurde er befördert!", sagte die Stopfnadel. „Ich bleibe sitzen, ich bin zu fein; aber das ist mein Stolz und der ist achtbar!" Und stolz saß sie da und hatte viele große Gedanken.

„Ich möchte fast glauben, ich sei von einem Sonnenstrahle geboren, so fein bin ich! Kommt es mir doch auch vor, als ob die Sonnenstrahlen mich immer unter dem Wasser suchten. Ach! ich bin so fein, dass meine Mutter mich nicht finden kann. Hätte ich mein altes Auge, welches abbrach, ich glaube, ich könnte weinen; aber ich tat's nicht; – weinen ist nicht fein!"

Eines Tages lagen ein paar Straßenjungen da und wühlten im Rinnstein, wo sie alte Nägel, Pfennige und ähnliche Sachen fanden. Es war schmutzige Arbeit, aber es war nun einmal ihr Vergnügen.

„Au!", schrie der eine, der sich an der Stopfnadel stach, „das ist aber ein Kerl!"

„Ich bin kein Kerl, ich bin ein Fräulein!", sagte die Stopfnadel; aber darauf hörte niemand. Das Siegellack war abgegangen und schwarz war sie auch geworden; aber schwarz macht schlanker, und da glaubte sie, sie sei noch feiner als früher.

„Da kommt eine Eierschale gesegelt!", sagten die Jungen, und dann steckten sie die Stopfnadel fest in die Eierschale.

„Weiße Wände und selbst schwarz", sagte die Stopfnadel, „das kleide? gut; nun kann man mich doch sehen! Wenn ich nur nicht seekrank werde, denn dann muss ich mich übergeben!"

Aber sie wurde nicht seekrank und übergab sich auch nicht.

„Es ist gut gegen die Seekrankheit, wenn man einen Stahlmagen hat und dann auch nicht vergisst, dass man etwas mehr ist, als ein

Mensch! Nun ist meine Seekrankheit vorüber! Je feiner man ist, desto mehr kann man vertragen."

„Krach!", sagte die Eierschale: es ging ein Rollwagen über sie.

„Himmel, wie drückt das!", sagte die Stopfnadel; „nun werde ich doch seekrank! Ich breche mich!" Aber sie brach sich nicht, obgleich ein Rollwagen über sie ging; sie lag der Länge lang und so mag sie liegen bleiben.

Die Blumen der kleinen Ida

Meine armen Blumen sind ganz abgestorben!", sagte die kleine Ida. „Wie schön waren sie gestern Abend, und nun hängen alle Blätter verwelkt da! Warum tun sie das?", fragte sie den Studenten, der auf dem Sofa saß, denn er mochte sie sehr gern leiden. Er wusste die allerschönsten Geschichten und schnitt höchst belustigende Bilder aus: Herzen mit kleinen Damen darin, welche tanzten, Blumen und große Schlösser, in denen man die Türen öffnen konnte; er war ein munterer Student. „Weshalb sehen die Blumen heute so hinfällig aus?", fragte sie wieder und zeigte ihm einen Strauß, welcher welk war.

„Weißt Du, was ihnen fehlt?", sagte der Student. „Die Blumen sind diese Nacht auf dem Balle gewesen, und sie lassen deshalb die Köpfe hängen."

„Aber die Blumen können ja nicht tanzen!", sagte die kleine Ida.

„Allerdings", sagte der Student, „wenn es dunkel wird und wenn wir schlafen, dann springen sie lustig umher; fast jede Nacht halten sie Ball."

„Können Kinder nicht mit auf diesen Ball kommen?"

„Ja", sagte der Student, „kleine Gänseblümchen und Maiblümchen."

„Wo tanzen die schönen Blumen?", fragte die kleine Ida.

„Bist Du nicht oft außerhalb des Tores bei dem großen Schlosse gewesen, wo der König im Sommer wohnt, wo der herrliche Garten mit den vielen Blumen ist? Du hast ja die Schwäne gesehen, welche zu Dir hinschwimmen, wenn Du ihnen Brotkrümelchen geben willst. Glaube mir, da draußen ist großer Ball."

„Ich war gestern mit meiner Mutter draußen im Garten", sagte Ida; „aber alle Blätter waren von den Bäumen, und es waren durchaus keine Blumen mehr da. Wo sind die? Im Sommer sah ich so viele!"

„Sie sind drinnen im Schlosse", sagte der Student. „Wisse, sobald der König und alle Hofleute in die Stadt ziehen, laufen die Blumen gleich aus dem Garten auf das Schloss und sind lustig. Da sollst Du sehen: die beiden schönsten Rosen setzen sich auf den Thron, und dann sind sie König und Königin; alle die roten Hahnenkämme stellen sich zu beiden Seiten auf und verbeugen sich: das sind die Kammerjunker. – Dann kommen alle die niedlichen Blumen und es ist großer Ball. Die blauen Veilchen stellen kleine Seekadetten vor; sie tanzen mit Hyazinthen und Krokus, welche sie Fräulein nennen; die Tulpen und die großen Feuerlilien sind alte Damen, die passen auf, dass schön getanzt wird und dass es hübsch zugeht."

„Aber", fragte die kleine Ida, „ist niemand da, der den Blumen etwas zu Leide tut, weil sie im Schlosse des Königs tanzen?"

„Es weiß eigentlich niemand darum", sagte der Student, „Zuweilen kommt freilich in der Nacht der alte Schlossverwalter, welcher dort draußen aufpassen soll; er hat ein großes Bund Schlüssel bei sich; aber sobald die Blumen die Schlüssel rasseln hören, sind sie still, verstecken sich hinter den Gardinen und stecken die Köpfe hervor."

„Ich rieche, dass Blumen hier sind", sagte der alte Schlossverwalter, aber er kann sie nicht sehen.

„Das ist herrlich!", sagte die kleine Ida und klatschte in die Hände. „Aber würde ich die Blumen auch nicht sehen können?"

„Ja", sagte der Student, „denke nur daran, wenn Du wieder hinauskommst, dass Du durch das Fenster siehst: so wirst Du sie schon bemerken. Das tat ich heute; da lag eine lange gelbe Lilie auf dem Sofa und streckte sich; die war eine Hofdame."

„Können auch die Blumen aus dem botanischen Garten dahin kommen? Können sie den weiten Weg gehen?"

„Ja gewiss", sagte der Student; „wenn sie wollen, so können sie fliegen. Hast Du nicht die schönen Schmetterlinge gesehen, die roten, gelben und weißen? Sie sehen fast aus wie Blumen: das sind sie auch gewesen. Sie sind vom Stengel ab hoch in die Luft geflogen und haben da mit den Blättern geschlagen, als wenn sie kleine Flügel waren, und da flogen sie. Und weil sie sich gut aufführten, bekamen sie die Erlaubnis, auch bei Tage herumzufliegen und brauchten nicht zu Hause und still auf dem Stiele zu sitzen; und so wurden die Blätter am Ende zu wirklichen Flügeln. Das hast Du ja selbst gesehen. Es kann übrigens sein, dass die Blumen im botanischen Garten noch nie im Schlosse des Königs gewesen sind oder nicht wissen, dass es dort des Nachts so munter hergeht. Deshalb will ich Dir etwas sagen: er wird recht erstaunen, der Professor der Botanik, der hier nebenan wohnt, Du kennst ihn ja wohl? Wenn Du in seinen Garten kommst, musst Du einer der Blumen erzählen, dass draußen auf dem Schlosse großer Ball sei, die sagt es allen andern wieder und alsdann stiegen sie fort; kommt nun der Professor in den Garten hinaus, so ist nicht eine einzige Blume da, und er kann gar nicht begreifen, wo sie geblieben sind."

„Aber wie kann es denn die eine Blume den andern erzählen? Die Blumen können ja nicht sprechen!"

„Das können sie freilich nicht", erwiderte der Student, „aber dann machen sie Pantomimen. Hast Du nicht oft gesehen, dass die Blumen, wenn es ein wenig weht, sich zunicken und alle ihre grünen Blätter bewegen? Das ist ihnen ebenso verständlich, als wenn wir zusammen sprechen."

„Kann der Professor denn die Pantomimen verstehen?", fragte Ida.

„Ja sicherlich. Er kam eines Morgens in seinen Garten und sah eine große Brennnessel stehen, die mit ihren Blättern einer schönen, roten Nelke Pantomimen machte. Sie sagte: „Du bist gar so niedlich und ich bin Dir von Herzen gut!" Aber dergleichen kann der Professor nicht leiden, er schlug sogleich der Brennnessel auf die Blätter, denn das sind ihre Finger; aber da brannte er sich, und seit der Zeit wagt er es nicht, eine Brennnessel anzurühren."

„Das ist lustig!", sagte die kleine Ida und lachte.

„Wie kann man einem Kinde so etwas in den Kopf setzen!", sagte der langweilige Kanzleirat, welcher zum Besuch gekommen war und auf dem Sofa saß. Er konnte den Studenten nicht leiden und brummte immer, wenn er ihn die possierlichen, muntern Bilder ausschneiden sah: bald war es ein Mann, der an einem Galgen hing und ein Herz in der Hand hielt, denn er war ein Herzdieb; bald eine alte Hexe, welche auf einem Besen ritt und ihren Mann auf der Nase hatte. Das konnte der alte Kanzleirat nicht leiden, und dann sagte er, gerade wie jetzt: „Wie kann man einem Kinde so etwas in den Kopf setzen! Das ist dumme Fantasie!"

Aber der kleinen Ida schien es doch recht drollig zu sein, was der Student von ihren Blumen erzählte, und sie dachte viel daran. Die

Blumen ließen die Köpfe hängen, denn sie waren müde, da sie die ganze Nacht getanzt hatten; sie waren sicher krank. Da ging sie mit ihnen zu ihrem andern Spielzeuge, welches auf einem niedlichen, kleinen Tische stand, und das ganze Schubfach war voll schöner Sachen. Im Puppenbette lag ihre Puppe Sophie und schlief, aber die kleine Ida sagte zu ihr: „Du musst wirklich aufstehen, Sophie, und damit fürlieb nehmen, diese Nacht im Schubkasten zu liegen. Die armen Blumen sind krank, und da müssen sie in Deinem Bette liegen; vielleicht werden sie dann wieder gesund!" Und sogleich nahm sie die Puppe heraus; aber die sah verdrießlich aus und sagte nicht ein einziges Wort, denn sie war ärgerlich, dass sie ihr Bett nicht behalten konnte.

Dann legte Ida die Blumen in das Puppenbett, zog die kleine Decke über sie herauf und sagte, nun möchten sie hübsch still liegen, sie wolle ihnen Tee kochen, damit sie wieder gesund würden und morgen aufstehen könnten. Sie zog die Gardinen dicht um das kleine Bett zusammen, damit die Sonne ihnen nicht in die Augen scheine.

Den ganzen Abend hindurch konnte sie nicht unterlassen, an das zu denken, was ihr der Student erzählt hatte. Und als sie nun selbst zu Bette sollte, musste sie erst hinter die Gardinen sehen, welche vor den Fenstern herabhingen, wo ihrer Mutter herrliche Blumen standen, sowohl Hyazinthen wie Tulpen; und da flüsterte sie leise: „Ich weiß wohl, Ihr geht diese Nacht auf den Ball!" Aber die Blumen taten, als ob sie nichts verständen, und rührten kein Blatt; allein die kleine Ida wusste doch, was sie wusste.

Als sie in das Bett gegangen war, lag sie lange und dachte daran, wie hübsch es sein müsse, die schönen Blumen draußen im Schlosse des Königs tanzen zu sehen. „Ob meine Blumen wirklich dabei gewesen sind?" Aber dann schlief sie ein. In der Nacht erwachte sie wieder: sie hatte von den Blumen und dem Studenten, den der Kanzleirat getadelt hatte, geträumt. Es war still in der Schlafstube, wo Ida lag; die Nachtlampe brannte auf dem Tische, und Vater und Mutter schliefen.

„Ob meine Blumen wohl noch in Sophiens Bett liegen?", dachte sie bei sich selbst. „Wie gern mochte ich es doch wissen!" Sie erhob sich ein wenig und blickte nach der Türe, welche angelehnt stand: drinnen lagen die Blumen und all ihr Spielzeug. Sie horchte und da kam es ihr vor, als höre sie, dass drinnen in der Stube auf dem Klavier gespielt würde, aber ganz leise und so hübsch, wie sie es nie zuvor gehört hatte.

„Nun tanzen sicherlich alle Blumen drinnen!", dachte sie. „O Gott, wie gern möchte ich es doch sehen!" Aber sie wagte nicht, aufzustehen, denn sonst weckte sie ihren Vater und ihre Mutter.

„Wenn sie doch nur hereinkommen wollten", dachte sie. Aber die Blumen kamen nicht und die Musik fuhr fort wunderhübsch zu spielen; da konnte sie es nicht mehr aushalten, denn es war gar zu schön; sie kroch aus ihrem kleinen Bette heraus und ging leise nach der Türe und sah in die Stube hinein. Nein, wie herrlich war das, was sie zu sehen bekam!

Es brannte keine Nachtlampe drinnen, aber doch war's hell; der Mond schien durch das Fenster mitten auf den Fußboden; es war fast, als ob es Tag sei. Alle Hyazinthen und Tulpen standen in zwei langen Reihen im Zimmer; es waren durchaus keine mehr am Fenster; da standen die leeren Töpfe. Auf dem Fußboden tanzten alle Blumen sehr zierlich rings um einander herum, machten Touren und hielten sich bei den langen, grünen Blättern, wenn sie sich herumschwenkten. Aber am Klavier saß eine große, gelbe Lilie, welche die kleine Ida bestimmt im Sommer gesehen hatte, denn sie erinnerte sich deutlich, dass der Student gesagt hatte: „Nein, wie gleicht sie dem Fräulein Lienchen!" Aber da wurde er von allen ausgelacht; doch nun schien es der kleinen Ida wirklich auch, als ob die lange, gelbe Blume dem Fräulein gleiche; und sie hatte auch dieselben Manieren beim Spielen: bald neigte ihr lächelndes, gelbes Antlitz nach der einen Seite, bald nach der andern, und nickte den Takt zur herrlichen Musik! Niemand bemerkte die kleine Ida. Dann sah sie eine große, blaue Krokusblume mitten auf den Tisch hüpfen, wo das Spielzeug stand, hierauf auf das Puppenbett zugehen und die Gardinen bei Seite ziehen; da lagen die kranken Blumen, aber sie erhoben sich sogleich und nickten den andern zu, dass sie auch mittanzen wollten. Der alte Räuchermann, dem die Unterlippe abgebrochen war, stand auf und verneigte sich vor den hübschen Blumen: diese sahen durchaus nicht krank aus; sie sprangen hinunter zu den andern und waren recht vergnügt.

Es war, als ob etwas vom Tische herunterfiele; Ida sah dorthin: es war die Fastnachtsrute, welche heruntersprang: es schien auch, als ob sie mit zu den Blumen gehörte. Sie war ebenfalls sehr niedlich, und eine kleine Wachspuppe, die gerade einen solchen breiten Hut auf dem Kopfe hatte, wie ihn der Kanzleirat trug, saß oben drauf. Die Fastnachtsrute hüpfte auf ihren drei roten Stelzfüßen mitten unter die Blumen und stampfte laut, denn sie tanzte Mazurka; den Tanz konnten die andern Blumen nicht, weil sie zu leicht waren und nicht so zu stampfen vermochten.

Die Wachspuppe auf der Fastnachtsrute wurde auf einmal groß und lang, drehte sich über die Papierblumen hinweg und rief laut: „Wie kann man dem Kinde so etwas in den Kopf setzen? Das ist dumme Fantasie!" Und da glich die Wachspuppe dem Kanzleirat mit dem breiten Hute ganz genau; sie sah eben so gelb und verdrießlich aus. Aber die Papierblumen schlugen ihn an die dünnen Beine; und da schrumpfte er wieder zusammen und wurde eine kleine Wachspuppe. Das war recht belustigend anzusehen; die kleine Ida konnte das Lachen nicht unterdrücken. Die Fastnachtsrute fuhr fort zu tanzen, und der Kanzleirat musste mittanzen; es half ihm nichts, er mochte sich nun groß und lang machen oder die kleine gelbe Wachspuppe mit dem großen, schwarzen Hute bleiben. Da legten die andern Blumen ein gutes Wort für ihn ein, besonders die, welche im Puppenbette gelegen hatten, und dann ließ die Fastnachtsrute es gut sein. In demselben Augenblicke klopfte es laut drinnen an den Schubkasten, wo Ida's Puppe Sophie bei vielem andern Spielzeuge lag; der Räuchermann lief bis an die Kante des Tisches, legte sich lang hin auf den Bauch und begann den Schubkasten ein wenig herauszuziehen. Da erhob sich Sophie und sah erstaunt rings umher. „Hier ist wohl Ball?", sagte sie. „Weshalb hat mir das niemand gesagt?"

„Willst Du mit mir tanzen?", fragte der Räuchermann.

„Ja Du bist mir der Rechte zum Tanzen!", sagte sie und kehrte ihm den Rücken zu. Dann setzte sie sich auf den Schubkasten und dachte, dass wohl eine der Blumen kommen würde, sie aufzufordern; aber es kam keine. Dann räusperte sie sich: „Hm, hm, hm!" Aber dessen ungeachtet kam keine. Der Räuchermann tanzte nun allein, und das gar nicht so schlecht!

Da nun keine der Blumen Sophie zu bemerken schien, ließ sie sich vom Schubkasten auf den Fußboden herunterfallen, sodass es Lärm gab. Alle Blumen kamen auch zu ihr gelaufen und fragten, ob sie sich nicht weh getan, und sie waren alle sehr artig gegen sie, besonders die Blumen, welche in ihrem Bette gelegen hatten. Aber sie hatte sich nicht weh getan, und Ida's Blumen bedankten sich für das schöne Bett und waren ihr gut, nahmen sie mitten in die Stube, wo der Mond hinein schien, und tanzten mit ihr; und alle die andern Blumen bildeten einen Kreis um sie herum. Nun war Sophie froh und sagte, sie möchten ihr Bett behalten; sie machte sich nichts daraus, im Schubkasten zu liegen.

Aber die Blumen sagten: „Wir danken Dir herzlich, doch wir können so nicht lange leben! Morgen sind wir tot. Aber sage der kleinen Ida, sie möge uns draußen im Garten, wo der Kanarienvogel liegt, begraben: dann wachen wir im Sommer wieder auf und werden weit schöner!" – „Nein, Ihr dürft nicht sterben!", sagte Sophie, und küsste die Blumen: da ging die Saaltüre auf und eine Menge herrlicher Blumen kam tanzend herein. Ida konnte gar nicht begreifen, woher sie gekommen waren; das waren sicher alle Blumen draußen vom Schlosse des Königs. Voran gingen zwei prächtige Rosen, die hatten kleine Goldkronen auf: sie waren ein König und eine Königin. Dann kamen die niedlichen Levkojen und Nelken, welche nach allen Seiten grüßten. Sie hatten Musik bei sich: große Mohnblumen und Päonien bliesen auf Erbsenschoten, dass sie ganz rot im Gesicht wurden. Die blauen Traubenhyazinthen und die kleinen, weißen Schneeglöckchen klingelten, als ob sie Schellen hätten. Das war eine merkwürdige Musik! Dann kamen viele andere Blumen und tanzten allesammt: Die blauen Veilchen und die roten Tausendschönchen, die Gänseblümchen und die Maiblümchen. Alle Blumen küssten einander; es war allerliebst anzusehen!

Zuletzt sagten die Blumen einander gute Nacht; dann schlich sich auch die kleine Ida in ihr Bett, wo sie von allem träumte, was sie gesehen hatte.

Als sie am nächsten Morgen aufstand, ging sie geschwind nach dem kleinen Tische hin, um zu sehen, ob die Blumen noch da seien. Sie zog die Gardine von dem kleinen Bette zur Seite: da lagen sie alle verwelkt, weit mehr denn gestern. Sophie lag im Schubkasten, wo sie sie hingelegt hatte; sie sah sehr schläfrig aus.

„Entsinnst Du Dich, was Du mir sagen solltest?", sagte die kleine Ida. Aber Sophie sah dumm aus und sagte nicht ein einziges Wort. „Du bist gar nicht gut!", sagte Ida. „Und sie tanzten doch alle mit Dir." Dann nahm sie eine kleine Papierschachtel, auf welche schöne Vögel gezeichnet waren, machte sie auf und legte die toten Blumen hinein. „Das soll Euer niedlicher Sarg sein", sagte sie, „und wenn später die Vettern zum Besuch kommen, so sollen sie mir helfen, Euch draußen im Garten zu begraben, damit Ihr zum Sommer wieder wachsen und schöner werden könnt!"

Die Vettern waren zwei muntere Knaben; sie hießen Jonas und Adolph; ihr Vater hatte ihnen zwei neue Armbrüste geschenkt, und die hatten sie bei sich, um sie Ida zu zeigen. Diese erzählte ihnen von den armen Blumen, welche gestorben waren, und dann erhielten sie Erlaubnis, sie zu begraben. Beide Knaben gingen mit den Armbrüsten auf den Schultern voran, und die kleine Ida folgte mit den toten Blumen in der niedlichen Schachtel. Draußen im Garten wurde ein kleines Grab gegraben; Ida küsste erst die Blumen und setzte sie dann mit der Schachtel in die Erde; Adolph und Jonas schossen mit den Armbrüsten über das Grab, denn Gewehre und Kanonen hatten sie nicht.

Der kleine Klaus und der große Klaus

In einem Dorfe wohnten zwei Leute, die beide denselben Namen hatten. Beide hießen Klaus, aber der eine besaß vier Pferde und der andere nur ein einziges Pferd. Um sie nun von einander unterscheiden zu können, nannte man den, der vier Pferde besaß, den großen Klaus, und den, der nur ein einziges Pferd hatte, den kleinen Klaus. Nun wollen wir hören, wie es den beiden erging, denn es ist eine wahre Geschichte.

Die ganze Woche hindurch musste der kleine Klaus für den großen Klaus pflügen und ihm sein einziges Pferd leihen, dann half der große Klaus ihm wieder mit allen seinen vieren, aber nur einmal wöchentlich, und das war des Sonntags. Hussa, wie klatschte der kleine Klaus mit seiner Peitsche über alle fünf Pferde! Sie waren ja nun so gut wie sein an dem einen Tage. Die Sonne schien herrlich und alle Glocken im Kirchturm läuteten zur Kirche, die Leute waren alle geputzt und gingen mit dem Gesangbuche unter dem Arme, den Prediger predigen zu hören, und sie sahen den kleinen Klaus, der mit fünf Pferden pflügte, und er war so vergnügt, dass er wieder mit der Peitsche klatschte und rief: „Hü, alle meine Pferde!"

„So musst Du nicht sprechen", sagte der große Klaus „das eine Pferd ist ja nur Dein!"

Aber als wieder jemand vorbeiging, vergaß der kleine Klaus, dass er es nicht sagen sollte, und da rief er: „Hü, alle meine Pferde!"

„Nun ersuche ich Dich, dies zu unterlassen", sagte der große Klaus; „denn sagst Du es noch einmal, so schlage ich Dein Pferd vor den Kopf, dass es auf der Stelle tot ist."

„Ich will es wahrlich nicht mehr sagen!", sagte der kleine Klaus. Aber als da Leute vorbeikamen und ihm guten Tag zunickten, wurde er sehr erfreut und dachte, es sehe doch recht gut aus, dass er fünf Pferde habe, sein Feld zu pflügen, und da klatschte er mit der Peitsche und rief: „Hü, alle meine Pferde!"

„Ich werde Deine Pferde hüen!", sagte der große Klaus, nahm einen Hammer und schlug des kleinen Klaus einziges Pferd vor den Kopf, dass es umfiel und tot war.

„Ach, nun habe ich gar kein Pferd mehr!", sagte der kleine Klaus und fing an zu weinen. Später zog er dem Pferde die Haut ab und ließ sie gut im Winde trocknen, steckte sie dann in einen Sack, den er auf der Schulter trug, und machte sich nach der Stadt auf den Weg, um seine Pferdehaut zu verkaufen.

Er hatte einen sehr weiten Weg zu gehen, musste durch einen großen, dunklen Wald, und nun wurde es gewaltig schlechtes Wetter; er verirrte sich gänzlich, und ehe er wieder auf den rechten Weg kam, war es Abend und allzuweit, um zur Stadt oder wieder nach Hause zu gelangen, bevor es Nacht wurde.

Dicht am Wege lag ein großer Bauernhof; die Fensterladen waren draußen vor den Fenstern geschlossen, aber das Licht konnte doch darüber hinausscheinen. „Da werde ich wohl Erlaubnis erhalten können, die Nacht über zu bleiben", dachte der kleine Klaus und klopfte an.

Die Bauerfrau machte auf; als sie aber hörte, was er wollte, sagte sie, er solle weiter gehen, ihr Mann sei nicht zu Hause und sie nehme keine Fremden auf.

„Nun, so muss ich draußen liegen bleiben", sagte der kleine Klaus, und die Bauerfrau schlug ihm die Tür vor der Nase zu.

Dicht daneben stand ein großer Heuschober, und zwischen diesem und dem Hause war ein kleiner Schuppen mit einem flachen Strohdache gebaut.

„Da oben kann ich liegen", sagte der kleine Klaus, als er das Dach erblickte; „das ist ja ein herrliches Bett. Der Storch fliegt wohl nicht herunter und beißt mich in die Beine." Denn ein Storch stand auf dem Dache, wo er sein Nest hatte.

Nun kroch der kleine Klaus auf den Schuppen hinauf, wo er lag und sich drehte, um recht gut zu liegen. Die hölzernen Laden vor den Fenstern schlossen oben nicht zu, und so konnte er gerade in die Stube hineinblicken.

Da war ein großer Tisch gedeckt, mit Wein und Braten und einem herrlichen Fisch darauf; die Bauerfrau und der Küster saßen bei Tische und sonst niemand anders, sie schenkte ihm ein und er gabelte in den Fisch, denn das war sein Leibgericht.

„Wer doch etwas davon abbekommen könnte!", dachte der kleine Klaus und streckte den Kopf gerade gegen das Fenster. Einen herrlichen Kuchen sah er auch im Zimmer stehen! Ja, das war ein Fest! Nun hörte er jemand von der Landstraße her gegen das Haus geritten kommen; das war der Mann der Bauerfrau, der nach Hause kam.

Das war ein ganz guter Mann, aber er hatte die wunderliche Eigenheit, dass er es nie ertragen konnte, einen Küster zu sehen; kam ihm ein Küster vor die Augen, so wurde er ganz rasend. Deshalb war es auch, dass der Küster zu seiner Frau hineingegangen war, um ihr guten Tag zu sagen, weil er wusste, dass der Mann nicht zu Hause sei, und die gute Frau setzte ihm dafür das herrlichste Essen vor, was sie hatte. Als sie nun den Mann kommen hörten, erschraken sie sehr und die Frau bat den Küster, in eine große, leere Kiste hineinzukriechen, denn er wusste ja, dass der arme Mann es nicht ertragen konnte, einen Küster zu sehen. Die Frau versteckte geschwind all' das herrliche Essen und den Wein in ihrem Backofen, denn hätte der Mann das zu sehen bekommen, so hätte er sicher gefragt, was es zu bedeuten habe.

„Ach ja!", seufzte der kleine Klaus oben auf seinem Schuppen, als er all das Essen verschwinden sah.

„Ist jemand dort oben?", fragte der Bauer und sah nach dem kleinen Klaus hinauf. „Warum liegst Du dort? Komm lieber mit in die Stube."

Nun erzählte der kleine Klaus, wie er sich verirrt habe, und bat, dass er die Nacht über bleiben dürfe.

„Ja freilich", sagte der Bauer, „aber wir müssen zuerst etwas zu leben haben!"

Die Frau empfing beide sehr freundlich, deckte einen langen Tisch und gab ihnen eine große Schüssel voll Grütze. Der Bauer war hungrig und aß mit rechtem Appetit, aber der kleine Klaus konnte nicht unterlassen, an den herrlichen Braten, Fisch und Kuchen, welche er im Ofen wusste, zu denken.

Unter den Tisch zu seinen Füßen hatte er den Sack mit der Pferdehaut gelegt, denn wir wissen ja, dass er ihretwegen ausgegangen war, um sie in der Stadt zu verkaufen. Die Grütze wollte ihm nicht schmecken, da trat er auf seinen Sack, und die trockene Haut im Sacke knarrte laut.

„St!", sagte der kleine Klaus zu seinem Sacke, trat aber zu gleicher Zeit wieder darauf; da knarrte es weit lauter als zuvor.

„Ei, was hast Du in Deinem Sacke?", fragte der Bauer darauf.

„O, es ist ein Zauberer", sagte der kleine Klaus; „er sagt, wir sollen doch keine Grütze essen, er habe den ganzen Ofen voll Braten, Fische und Kuchen gehext."

„Ei der tausend!", sagte der Bauer und machte schnell den Ofen auf, wo er all' die prächtigen, leckern Speisen erblickte, welche die Frau dort verborgen hatte, die aber nach seiner Meinung der Zauberer im Sack für sie gehext hatte. Die Frau durfte nichts sagen, sondern setzte sogleich die Speisen auf den Tisch, und so aßen beide vom Fische, vom Braten und von dem Kuchen. Nun trat der kleine Klaus wieder auf seinen Sack, dass die Haut knarrte.

„Was sagt er jetzt?", fragte der Bauer.

„Er sagt", erwiderte der kleine Klaus, „dass er auch drei Flaschen Wein für uns gehext hat; sie stehen dort in der Ecke beim Ofen!" Nun musste die Frau den Wein hervorholen, den sie verborgen hatte und der Bauer trank und wurde lustig. Einen solchen Zauberer, wie der kleine Klaus im Sacke hatte, hätte er gar zu gern gehabt.

„Kann er auch den Teufel hervorhexen?", fragte der Bauer. „Ich möchte ihn wohl sehen, denn nun bin ich lustig!"

„Ja", sagte der kleine Klaus, „mein Zauberer kann alles, was ich verlange. Nicht wahr, Du?", fragte er und trat auf den Sack, dass es knarrte.

„Hörst Du? Er sagt ja! Aber der Teufel sieht hässlich aus, wir wollen ihn lieber nicht sehen!"

„O, mir ist gar nicht bange; wie mag er wohl aussehen?"

„Ja, er wird sich ganz leibhaftig als ein Küster zeigen!"

„Hu!", sagte der Bauer, „das ist hässlich! Ihr müsst wissen, ich kann nicht ertragen, einen Küster zu sehen! Aber es macht nichts, ich weiß ja, dass es der Teufel ist, so werde ich mich wohl leichter darein finden! Nun habe ich Mut, aber er darf mir nicht zu nahe kommen."

„Nun, ich werde meinen Zauberer fragen", sagte der kleine Klaus, trat auf den Sack und hielt sein Ohr hin. „Was sagt er?" „Er sagt, Ihr könnt hingehen und die Kiste aufmachen, die dort in der Ecke steht, so werdet Ihr den Teufel sehen, wie er darin kauert; aber Ihr müsst den Deckel halten, dass er nicht entwischt."

„Wollt Ihr mir helfen, ihn zu halten?", bat der Bauer und ging zu der Kiste hin, wo die Frau den Küster verborgen hatte, der darin saß und sich sehr fürchtete.

Der Bauer öffnete den Deckel ein wenig und sah unter denselben hinein. „Hu!", schrie er und sprang zurück. „Ja, nun habe ich ihn gesehen, er sah ganz aus wie unser Küster! Das war schrecklich!"

Darauf musste getrunken werden, und so tranken sie denn noch bis lange in die Nacht hinein.

„Den Zauberer musst Du mir verkaufen", sagte der Bauer, „verlange dafür, was Du willst! Ja, ich gebe Dir gleich einen ganzen Scheffel Geld!"

„Nein, das kann ich nicht!", sagte der kleine Klaus. „Bedenke doch, wie viel Nutzen ich von diesem Zauberer haben kann."

„Ach, ich möchte ihn sehr gern haben", sagte der Bauer und fuhr fort zu bitten.

„Ja", sagte der kleine Klaus zuletzt, „da Du so gut gewesen bist, mir diese Nacht Obdach zu gewähren, so mag es sein. Du sollst den Zauberer für einen Scheffel Geld haben, aber ich will den Scheffel gehäuft voll haben."

„Das sollst Du bekommen", sagte der Bauer, „aber die Kiste dort musst Du mit Dir nehmen; ich will sie nicht eine Stunde länger im Hause behalten; man kann nicht wissen, vielleicht sitzt er noch darin."

Der kleine Klaus gab dem Bauer seinen Sack mit der trocknen Haut darin und bekam einen ganzen Scheffel Geld gehäuft gemessen dafür.

Der Bauer schenkte ihm sogar noch einen großen Karren, um das Geld und die Kiste darauf fortzufahren.

„Lebe wohl!", sagte der kleine Klaus, und dann fuhr er mit seinem Gelde und der großen Kiste, worin noch der Küster saß, davon.

Auf der andern Seite des Waldes war ein großer, tiefer Fluss, das Wasser floss so reißend darin, dass man kaum gegen den Strom anschwimmen konnte; man hatte eine große, neue Brücke darüber geschlagen; der kleine Klaus hielt mitten auf derselben an und sagte ganz laut, damit der Küster in der Kiste es hören könne:

„Was soll ich doch mit der dummen Kiste machen? Sie ist so schwer, als ob Steine darin wären! Ich werde nur müde davon, sie weiter zu fahren; ich will sie daher in den Fluss werfen; schwimmt sie zu mir nach Hause, so ist es gut, wo nicht, so hat es auch nichts zu sagen."

Darauf fasste er die Kiste mit der einen Hand an und hob sie ein wenig auf, gerade als ob er sie in das Wasser werfen wollte.

„Nein, lass das sein!", rief der Küster innerhalb der Kiste. „Lass mich erst heraus!"

„Hu!", sagte der kleine Klaus und tat, als fürchte er sich. „Er sitzt noch darin! Da muss ich ihn geschwind in den Fluss werfen, damit er ertrinkt!"

„O nein, o nein!", sagte der Küster; „ich will Dir einen ganzen Scheffel Geld geben, wenn Du mich gehen lässt!"

„Ja, das ist etwas anderes!", sagte der kleine Klaus und machte die Kiste auf. Der Küster kroch schnell heraus, stieß die leere Kiste in das Wasser hinaus und ging nach seinem Hause, wo der kleine Klaus einen ganzen Scheffel Geld bekam; einen hatte er von dem Bauer erhalten, nun hatte er also seinen ganzen Karren voll Geld.

„Sieh, das Pferd erhielt ich ganz gut bezahlt!", sagte er zu sich selbst, als er zu Hause in seiner eigenen Stube war und alles Geld auf einen Berg mitten in der Stube ausschüttete. „Das wird den großen Klaus ärgern, wenn er erfährt, wie reich ich durch mein einziges Pferd geworden bin; aber ich will es ihm doch nicht gerade heraus sagen!"

Nun sandte er einen Knaben zum großen Klaus hin, um sich ein Scheffelmaß zu leihen.

„Was mag er wohl damit machen wollen?", dachte der große Klaus und schmierte Teer unter den Boden desselben, damit von dem, was gemessen wurde, etwas daran hängen bleiben könnte. Und so kam es auch, denn als er das Scheffelmaß zurückerhielt, hingen drei Taler daran.

„Was ist das?", sagte der große Klaus und lief sogleich zu dem kleinen. „Wo hast Du all' das Geld bekommen?"

„O, das ist für meine Pferdehaut! Ich verkaufte sie gestern Abend."

„Das war wahrlich gut bezahlt!", sagte der große Klaus, lief geschwind nach Hause, nahm eine Axt und schlug alle seine vier Pferde vor den Kopf, zog ihnen die Haut ab und fuhr mit diesen Häuten zur Stadt.

„Häute! Häute! Wer will Häute kaufen?", rief er durch die Straßen.

Alle Schuhmacher und Gerber kamen gelaufen und fragten, was er dafür haben wolle.

„Einen Scheffel Geld für jede", sagte der große Klaus.

„Bist Du toll?", riefen alle. „Glaubst Du, wir haben das Geld scheffelweise?"

„Häute! Häute! Wer will Häute kaufen?", rief er wieder, aber allen denen, welche ihn fragten, was die Häute kosten sollten, erwiderte er: „Einen Scheffel Geld".

„Er will uns foppen", sagten alle, und da nahmen die Schuhmacher ihre Spannriemen und die Gerber ihre Schurzfelle und fingen an auf den großen Klaus loszuprügeln.

„Häute! Häute!", riefen sie ihm nach; „ja wir wollen Dir die Haut gerben! Hinaus aus der Stadt mit ihm!", riefen sie, und der große Klaus musste laufen, was er nur konnte. So war er noch nie durchgeprügelt worden.

„Na", sagte er, als er nach Hause kam, „dafür soll der kleine Klaus bestraft werden! Ich will ihn totschlagen!"

Zu Hause beim kleinen Klaus war die alte Großmutter gestorben; sie war freilich recht böse und schlimm gegen ihn gewesen, aber er war doch betrübt, nahm die tote Frau und legte sie in ein warmes Bett, um zu sehen, ob sie nicht zum Leben zurückkehren werde. Da sollte sie die ganze Nacht liegen, er selbst wollte im Winkel sitzen und auf einem Stuhle schlafen; das hatte er schon früher getan.

Als er nun da in der Nacht saß, ging die Türe auf und der große Klaus kam mit einer Axt herein; er wusste wohl, wo des kleinen Klaus

Bett stand, ging gerade darauf los und schlug nun die alte Großmutter vor den Kopf, indem er glaubte, dass es der kleine Klaus sei.

„Sieh", sagte er, „nun sollst Du mich nicht mehr zum Besten haben!" Und dann ging er wieder nach Hause.

„Das ist doch ein recht böser Mann!", sagte der kleine Klaus; „da wollte er mich totschlagen! Es war doch gut für die alte Mutter, dass sie schon tot war, sonst hätte er ihr das Leben genommen!"

Nun legte er der alten Großmutter Sonntagskleider an, lieh sich von dem Nachbar ein Pferd, spannte es vor den Wagen und setzte die alte Großmutter auf den hintersten Sitz, so dass sie nicht hinausfallen konnte, wenn er fuhr, und so rollten sie von dannen durch den Wald. Als die Sonne aufging, waren sie vor einem großen Wirtshause, da hielt der kleine Klaus an und ging hinein, um etwas zu genießen.

Der Wirt hatte sehr viel Geld, er war auch ein recht guter, aber hitziger Mann, als wären Pfeffer und Tabak in ihm.

„Guten Morgen!", sagte er zum kleinen Klaus. „Du bist heute früh in's Zeug gekommen!"

„Ja", sagte der kleine Klaus, „ich will mit meiner alten Großmutter zur Stadt; sie sitzt da draußen auf dem Wagen, ich kann sie nicht in die Stube hereinbringen. Wollt Ihr derselben nicht ein Glas Met geben? Aber Ihr müsst recht laut sprechen, denn sie hört nicht gut."

„Ja, das will ich tun!", sagte der Wirt und schenkte ein großes Glas Met ein, mit dem er zur toten Großmutter hinausging, welche in dem Wagen aufrecht gesetzt war.

„Hier ist ein Glas Met von Ihrem Sohne!", sagte der Wirt, aber die tote Frau erwiderte kein Wort, sondern saß ganz still.

„Hört Ihr nicht?", rief der Wirt, so laut er konnte. „Hier ist ein Glas Met von Ihrem Sohne!"

Noch einmal rief er dasselbe und dann noch einmal, aber da sie sich durchaus nicht von der Stelle rührte, wurde er ärgerlich und warf ihr das Glas in das Gesicht, so dass ihr der Met gerade über die Nase lief und sie hintenüber fiel, denn sie war nur aufgesetzt und nicht festgebunden.

„Heda!", rief der kleine Klaus, sprang zur Tür heraus und packte den Wirt an der Brust, „da hast Du meine Großmutter erschlagen! Siehst Du, da ist ein großes Loch in ihrer Stirn!"

143

„O, das ist ein Unglück!", rief der Wirt und schlug die Hände über dem Kopfe zusammen; das kommt alles von meiner Heftigkeit! Lieber, kleiner Klaus, ich will Dir einen Scheffel Geld geben und Deine Großmutter begraben lassen, als wäre es meine eigene, aber schweige nur still, sonst wird mir der Kopf abgeschlagen, und das wäre doch zu arg!"

So bekam der kleine Klaus einen ganzen Scheffel Geld, und der Wirt begrub die alte Großmutter so, als ob es seine eigene gewesen wäre.

Als nun der kleine Klaus wieder mit dem vielen Gelde nach Hause kam, schickte er gleich seinen Knaben hinüber zum großen Klaus, um ihn bitten zu lassen, ihm ein Scheffelmaß zu leihen.

„Was ist das?", sagte der große Klaus. „Habe ich ihn nicht totgeschlagen? Da muss ich selbst nachsehen!" Und so ging er selbst mit dem Scheffelmaß zum kleinen Klaus.

„Wo hast Du doch all' das Geld bekommen?", fragte er und riss die Augen auf, als er alles das erblickte, was noch hinzugekommen war.

„Du hast meine Großmutter, aber nicht mich erschlagen!", sagte der kleine Klaus. „Die habe ich nun verkauft und einen Scheffel Geld dafür bekommen!"

„Das ist wahrlich gut bezahlt!", sagte der große Klaus, eilte nach Hause, nahm eine Axt und schlug seine alte Großmutter tot, legte sie auf den Wagen, fuhr mit ihr zur Stadt, wo der Apotheker wohnte, und fragte, ob er einen toten Menschen kaufen wollte.

„Wer ist es und woher habt Ihr ihn?", fragte der Apotheker.

„Es ist meine Großmutter!", sagte der große Klaus. „Ich habe sie totgeschlagen, um einen Scheffel Geld dafür zu bekommen!"

„Gott bewahre uns!", sagte der Apotheker. „Ihr redet irre! Sagt doch nicht dergleichen, sonst könnt Ihr den Kopf verlieren!" Und nun sagte er ihm gehörig, was das für eine böse Tat sei, die er begangen habe, und was für ein schlechter Mensch er sei und dass er bestraft werden müsse. Da erschrak der große Klaus so sehr, dass er von der Apotheke gerade in den Wagen sprang, und auf die Pferde schlug und nach Hause fuhr; aber der Apotheker und alle Leute glaubten, er sei verrückt, und deshalb ließen sie ihn fahren, wohin er wollte.

„Das sollst Du mir bezahlen!", sagte der große Klaus, als er draußen auf der Landstraße war, „ja, ich will Dich bestrafen, kleiner Klaus!"

Sobald er nach Hause kam, nahm er den größten Sack, den er finden konnte, ging hinüber zum kleinen Klaus und sagte: „Nun hast Du mich wieder gefoppt; erst schlug ich meine Pferde tot, dann meine alte Großmutter! Das ist alles Deine Schuld; aber Du sollst mich nie mehr foppen!" Da packte er den kleinen Klaus um den Leib und steckte ihn in seinen Sack, nahm ihn so auf seinen Rücken und rief ihm zu: „Nun gehe ich und ertränke Dich!"

Es war ein weiter Weg, den er zu gehen hatte, bevor er zu dem Flusse kam, und der kleine Klaus war nicht leicht zu tragen. Der Weg ging dicht bei der Kirche vorbei; die Orgel ertönte und die Leute sangen schon darinnen. Da setzte der große Klaus seinen Sack mit dem kleinen Klaus darin dicht bei der Kirchtür nieder und dachte, es könne wohl ganz gut sein, hineinzugehen und einen Psalm zu hören, ehe er weiter gehe; der kleine Klaus konnte ja nicht herauskommen und alle Leute waren in der Kirche. So ging er denn hinein.

„Ach Gott, ach Gott!", seufzte der kleine Klaus im Sack und drehte und wandte sich, aber es war ihm nicht möglich, das Band aufzulösen. Da kam ein alter, alter Viehtreiber daher, mit schneeweißem Haare und einem großen Stab in der Hand; er trieb eine ganze Herde Kühe und Stiere vor sich her, die liefen an den Sack, in dem der kleine Klaus saß, so dass er umgeworfen wurde.

„Ach Gott!", seufzte der kleine Klaus, „ich bin noch so jung und soll schon in's Himmelreich!"

„Und ich Armer", sagte der Viehtreiber, „bin schon so alt und kann noch immer nicht dahin kommen!"

„Mache den Sack auf!", rief der kleine Klaus. „Krieche statt meiner hinein, so kommst Du sogleich in's Himmelreich!"

„Ja, das will ich herzlich gern", sagte der Viehtreiber und band den Sack auf, aus dem der kleine Klaus sogleich heraussprang.

„Willst Du nun auf das Vieh Acht geben?", sagte der alte Mann und kroch dann in den Sack hinein, den der kleine Klaus zuband und dann mit allen Kühen und Stieren seines Weges zog.

Bald darauf kam der große Klaus aus der Kirche. Er nahm seinen Sack wieder auf den Rücken, obgleich es ihm schien, als sei derselbe leichter geworden, denn der alte Viehtreiber war nur halb so schwer, als der kleine Klaus. „Wie leicht ist er doch zu tragen geworden! Ja, das kommt daher, dass ich einen Psalm gehört habe!" So ging er nach dem Flusse, welcher tief und groß war, warf den Sack mit dem alten Viehtreiber in's Wasser und rief hinterdrein, denn er glaubte ja, dass es der kleine Klaus sei: „Sieh, nun sollst Du mich nicht mehr foppen!"

Darauf ging er nach Hause; aber als er an die Stelle kam, wo der Weg sich kreuzte, begegnete er dem kleinen Klaus, welcher mit all' seinem Vieh dahertrieb.

„Was ist das?", sagte der große Klaus. „Habe ich Dich nicht ertränkt?"

„Ja", sagte der kleine Klaus, „Du warfst mich ja vor einer kleinen halben Stunde in den Fluss hinunter!"

„Aber wo hast Du all' das herrliche Vieh bekommen?", fragte der große Klaus.

„Das ist Seevieh!", sagte der kleine Klaus. „Ich will Dir die Geschichte erzählen und Dir Dank sagen, dass Du mich ertränktest, denn nun bin ich wahrlich reich! Mir war bange, als ich im Sacke steckte, und der Wind pfiff mir um die Ohren, als Du mich von der Brücke hinunter in das kalte Wasser warfst. Ich sank sogleich zu Boden, aber ich stieß mich nicht, denn da unten wächst das schönste, weiche Gras. Darauf fiel ich, und sogleich wurde der Sack geöffnet, und das lieblichste Mädchen, in schneeweißen Kleidern und mit einem grünen Kranz um das nasse Haar, nahm mich bei der Hand und sagte: „Bist Du da, kleiner Klaus? Da hast Du zuerst einiges Vieh; eine Meile weiter auf dem Wege steht noch eine ganze Herde, die ich Dir schenken will!" Nun sah ich, dass der Fluss eine große Landstraße für das Meervolk bildete. Unten auf dem Grunde gingen und fuhren sie gerade von der See her und ganz hinein in das Land, bis wo der Fluss endet. Da waren die schönsten Blumen und das frischeste Gras; die Fische, welche im Wasser schwammen, schossen mir an den Ohren vorüber, gerade so wie hier die Vögel in der Luft. Was gab es da für hübsche Leute und was war da für Vieh, das an Gräben und Wällen weidete!"

„Aber warum bist Du gleich wieder zu uns heraufgekommen?", fragte der große Klaus. „Das hätte ich nicht getan, wenn es so schön dort unten ist!"

„Ja", sagte der kleine Klaus, „das ist gerade klug von mir gehandelt. Du hörst ja wohl, dass ich Dir erzähle: die Seejungfrau sagte mir, eine Meile weiter auf dem Wege – und mit dem Wege meint sie ja den

Fluss, denn sie kann nirgends anders hinkommen – stehe noch eine ganze Herde Vieh für mich. Aber ich weiß, was der Fluss für Krümmungen macht, bald hier, bald dort, das ist ein weiter Umweg. Nein, so macht man es kürzer ab, wenn man hier auf das Land kommt und treibt querüber wieder zum Flusse; dabei spare ich eine halbe Meile und komme schneller zu meinem Vieh!"

„O, Du bist ein glücklicher Mann!", sagte der große Klaus. „Glaubst Du, dass ich auch Seevieh erhielte, wenn ich auf den Grund des Flusses käme?"

„Ja, das denke ich wohl", sagte der kleine Klaus, „aber ich kann Dich nicht im Sacke bis zum Flusse tragen, Du bist mir zu schwer! Willst Du selbst dahin gehen und dann in den Sack kriechen, so werde ich Dich mit dem größten Vergnügen hineinwerfen."

„Ich danke Dir!", sagte der große Klaus. „Aber erhalte ich kein Seevieh, wenn ich hinunterkomme, so, glaube mir, werde ich Dich tüchtig prügeln!"

„O nein, mache es nicht so schlimm!" Und da gingen sie zum Flusse hin. Als das Vieh, welches durstig war, das Wasser erblickte, lief es, so schnell als es nur konnte, um hinunter zum Trinken zu gelangen.

„Sieh, wie es sich sputet!", sagte der kleine Klaus. „Es verlangt darnach, wieder auf den Grund zu kommen!"

„Ja, hilf mir nur erst", sagte der große Klaus, „sonst bekommst Du Prügel!" Und so kroch er in den großen Sack, der quer über dem Rücken eines der Stiere gelegen hatte. „Lege einen Stein hinein, ich fürchte, dass ich sonst nicht untersinke", sagte der große Klaus.

„Es geht schon!", sagte der kleine Klaus, legte aber doch einen großen Stein in den Sack, knüpfte das Band fest zu und dann stieß er daran. Plumps! da lag der große Klaus in dem Flusse und sank sogleich hinunter auf den Grund.

„Ich fürchte, er wird das Vieh nicht finden!", sagte der kleine Klaus und trieb dann heim mit dem, was er hatte.

Der Kleine Tuk

Na, das war der kleine Tuk. Er hieß eigentlich nicht Tuk, aber als er noch nicht sprechen konnte, nannte er sich selbst so; das sollte Karl bedeuten, und es ist wohl gut, wenn man es nur weiß. Nun sollte er auf Schwesterchen Gustave Acht geben, die noch kleiner war, als er, und zugleich sollte er auch seine Lektion lernen; aber diese beiden Dinge wollten nicht recht zusammenpassen. Der arme Junge saß da, mit seinem Schwesterchen auf dem Schoße und sang ihr alle Lieder vor, die er wusste, und unterdessen schielte er einmal ins Geographiebuch hinein, das offen vor ihm lag; bis morgen früh sollte er alle Städte in Seeland auswendig können und alles davon wissen, was man eben davon wissen kann.

Nun kam die Mutter nach Hause, denn sie war ausgewesen, und nahm die kleine Gustave auf den Arm! Tuk lief geschwind an das Fenster und las nun so eifrig, dass er sich beinahe die Augen ausgelesen hätte, denn es wurde immer dunkler; aber die Mutter hatte kein Geld, um Licht zu kaufen!

„Da geht die alte Waschfrau aus der Gasse drüben!", sagte die Mutter, als sie zum Fenster hinaus sah. „Die arme Frau kann sich selbst kaum fortschleppen, und nun muss sie noch den Eimer voll Wasser vom Brunnen tragen; sei ein gutes Kind, Tukchen, spring hinüber und hilf der alten Frau! Ja?"

Und Tuk lief geschwind hinüber und half ihr; als er aber wieder in die Stube kam, war es finster geworden, von Licht war keine Rede, und nun sollte er in sein Bett gehen: das war eine alte Schlafbank! Darauf lag er, und dachte an seine Geographielektion und an Seeland und an alles, was der Lehrer erzählt hatte. Er hätte freilich noch lesen sollen, aber das konnte er ja nicht. Darum steckte er das Geographiebuch unter sein Kopfkissen, weil er gehört hatte, dass das sehr viel helfen soll, wenn man seine Lektion lernen will; aber man kann sich doch nicht darauf verlassen. Da lag er nun und dachte und dachte; und da war es auf einmal, als ob ihn jemand auf Augen und Mund küsse. – Er schlief, und schlief doch wieder nicht; es war, als ob die alte Waschfrau ihn mit ihren sanften Augen anschaue und sage: „Es wäre eine große Sünde, wenn Du morgen deine Lektion nicht wüsstest! Du hast mir geholfen, darum will ich Dir nun auch helfen, und unser lieber Gott wird das immer tun!"

Und mit einem Male kribbelte und krabbelte das Buch unter Tukchens Kopfkissen.

„Kikeliki! Put! Put!" Es war eine Henne, die angekrochen kam, und die war aus *Kjöge*[3]. „Ich bin ein Kjögehuhn!", sagte sie, und dann erzählte sie, wie viel Einwohner dort waren, und von der Schlacht, die da gewesen wäre, und die war eigentlich nicht der Rede wert. „Kribli, Krable, Plumps!", da fiel einer herunter, das war ein hölzerner Vogel, der Papagei vom Vogelschießen in *Prästöe*[4]. Der sagte nun, dass dort so viel Einwohner wären, wie er Nägel im Leibe habe, auch war er sehr stolz. „Thorvaldsen hat dicht neben mir gewohnt.Plumps! hier liege ich prächtig!"

Aber Tukchen lag nun nicht mehr mit einem Male saß er zu Pferde. Galopp, Galopp, Hopp, Hopp so ging's fort. Ein prächtig gekleideter Ritter mit schimmerndem Helmbusch hielt ihn vor sich auf dem Pferde, und so ritten sie durch den Wald hin zu der alten Stadt *Wordingborg*[5]; und das war eine große, sehr, lebhafte Stadt, auf des Königs Burg erhoben sich hohe Türme, und Lichterglanz strömte aus allen Fenstern, drinnen war Sang und Tanz, und König Waldemar und die

---

3   Kjöge, ein Städtchen an der Kjögebucht. „Kjögehühner sehen" nennt man, die Kinder durch Umfassen des Kopfes mit beiden Händen in die Höhe heben. Bei Kjöge wurde bei dem Überfall der Engländer im Jahre 1807 zwischen diesen und der undisziplinierten dänischen Landwehr ein nicht sehr ruhmvolles Treffen geliefert.

4   Prästöe, ein noch kleineres Städtchen. Einige hundert Schritte davon liegt der Edelhof Nysöe, wo Thorvaldsen sich während seiner Anwesenheit in Dänemark gewöhnlich aufhielt und viele unsterbliche Werke schuf.

5   Wordingborg, unter König Waldemar ein ansehnlicher Ort, jetzt ein unbedeutendes Städtchen. Nur ein einsam stehender Turm und einige Mauerreste zeigen, wo das Schloss früher gestanden.

jungen, geputzten Hoffräulein tanzten mit einander. – Nun wurde es Morgen, und sowie die Sonne kam, sank plötzlich die ganze Stadt und des Königs Schloss zusammen, und ein Turm nach dem andern; und zuletzt blieb nur noch ein einziger auf dem Hügel stehen, wo früher das Schloss gewesen war, und die Stadt war sehr klein und arm, und die Schulbuben kamen mit ihren Büchern unter dem Arme und sagten „zweitausend Einwohner", das war aber nicht wahr, denn so viele hatte sie nicht.

Und klein Tukchen lag in seinem Bette, ihm war, als ob er träume, und doch auch als ob er nicht träume, aber jemand stand dicht neben ihm. „Klein Tukchen! Klein Tukchen!", sagte es da: das war ein Seemann, eine kleine Person, so klein, als ob es ein Kadett wäre, aber es war kein Kadett. „Ich soll vielmals von *Corsör*[6] grüßen; das ist eine Stadt, die im Aufblühen ist, eine lebendige Stadt, die Dampfschiffe und Postwagen hat; früher nannte man sie immer hässlich, aber das ist nun nicht mehr wahr." „Ich liege am Meere", sagte Corsör; „ich habe Landstraßen und Lusthaine; und ich habe einen Dichter geboren, der witzig und unterhaltend war, und das sind sie nicht alle. Ich wollte einmal ein Schiff ausrüsten, das rund um die Erde gehen sollte; aber ich tat es nicht, obgleich ich es hätte tun können; und dann rieche ich auch vortrefflich, denn dicht vor dem Tore blühen die prächtigsten Rosen!"

Klein Tukchen sah hin und es ward ihm rot und grün vor den Augen; aber als nun der Farbenwirrwar vorüber war, war es auf einmal ein bewachsener Abhang dicht an der Bucht und hoch darüber stand eine prächtige alte Kirche mit zwei hohen, spitzen Türmen. Aus dem Abhange sprangen Quellen in dicken Wasserstrahlen, so dass es immerfort plätscherte, und dicht daneben saß ein alter König mit der goldenen Krone auf dem weißen Haupte; das war König Hroar bei den Quellen, dicht bei der Stadt *Roeskilde*[7], wie man sie jetzt nennt. Und

---

6   Corsör, an dem großen Belt, früher, vor Errichtung der Dampfschifffahrt, als die Reisenden oft lange auf günstigen Wind warten mussten, die langweiligste der Städte genannt und durch ein witziges Vaudeville Heiberg's zu dem dänischen Schilda gestempelt. Hier ist der Dichter Baggesen geboren.

7   Roeskilde (Roesquelle, fälschlich Rothschild genannt), einst Dänemarks Hauptstadt. Die Stadt hat ihren Namen von dem König Hroar und den vielen Quellen der Umgegend. In

über den Abhang hin in die alte Kirche gingen alle Könige und Königinnen Dänemarks Hand in Hand, alle mit goldenen Kronen; und die Orgel spielte und die Quellen rieselten. Klein Tukchen sah alles, hörte alles. „Vergiss die Städte nicht!", sagte König Hroar.

Auf einmal war alles wieder fort; ja, wohin? Es war ihm, als ob man ein Blatt in einem Buche umwende. Und nun stand da eine alte Bauernfrau, die kam aus Soröe[8], wo das Gras auf dem Markte wächst: sie hatte eine graue Leinwandschürze über Kopf und Rücken hängen, die war sehr nass – es musste wohl geregnet haben. „Ja, das hat es!", sagte sie, und nun wusste sie viel Hübsches aus Holberg's Komödien und von Waldemar und Absalon. Aber auf einmal kroch sie zusammen und wackelte mit dem Kopfe, als ob sie springen wollte. „Koax!", sagte sie, „es ist nass, es ist nass; es ist recht totenstill in Soröe!" Nun war sie mit einem Male ein Frosch; „Koax!" und dann war sie wieder alte Frau. „Man muss sich nach dem Wetter kleiden", sagte sie, „Es ist nass, es ist nass! Meine Stadt ist wie eine Flasche; beim Pfropfen kommt man hinein, beim Pfropfen muss man wieder heraus! Früher hatte ich die herrlichsten Fische und jetzt habe ich frische, rotwangige Buben auf dem Boden der Flasche, die lernen Weisheit: Hebräisch! Griechisch! Koax!" Das klang so, wie die Frösche schreien oder als ob man mit großen Stiefeln auf dem Moore ginge: immer derselbe Ton, so einförmig und so ermüdend, dass Kleintukchen einschlief, was ihm auch nicht schaden konnte.

Aber selbst in diesem Schlafe kam ein Traum oder was es sonst war. Seine kleine Schwester Gustave mit den blauen Augen und dem blonden, lockigen Haare war auf einmal ein großes, schlankes Mädchen, und ohne dass sie Flügel hatte konnte sie fliegen; und nun flogen sie über Seeland, über die grünen Wälder und die blauen Seen.

„Hörst Du den Hahn krähen, Kleintukchen? Kikeliki! Die Hähne fliegen aus Kjöge auf! Du bekommst einen Hühnerhof, einen großen, großen Hühnerhof! Du wirst weder Hunger, noch Not leiden! Und

---

dem schönen Dom liegen die meisten Könige und Königinnen von Dänemark. In Roeskilde versammelten sich auch die dänischen Stände.

8   Soröe, ein sehr stilles Städtchen in schöner Lage, umgeben von Wäldern und Seen. Dänemark's Molière, Holberg, stiftete hier eine Ritterakademie. Die Dichter Hauch und Ingemann waren hier als Professoren angestellt.

den Vogel wirst Du abschießen, wie man sagt: Du wirst ein reicher und glücklicher Mann werden. Dein Haus wird sich erheben wie König Waldemar's Turm und reich geschmückt sein mit marmornen Bildsäulen, wie die aus Prästöe. Du verstehst mich wohl. Dein Name soll mit Ruhm um die ganze Erde ziehen, sowie das Schiff, das von Corsör auslaufen sollte, und in Roeskilde – – vergiss die Städte nicht!", sagte König Hroar – „da wirst Du gut und klug sprechen, Kleintukchen; und wenn Du dann zuletzt in Dein Grab kommst, so sollst Du ruhig schlafen – –"

„Als ob ich in Soröe läge!", sagte Tuk, und da wachte er auf. Es war Heller Morgen, und er konnte sich nicht mehr auf seinen Traum besinnen. Das war aber auch nicht nötig, denn man darf nicht wissen, was einmal kommen wird.

Nun sprang er geschwind aus seinem Bette und las in seinem Buche, da wusste er mit einem Male seine ganze Lektion. Die alte Waschfrau steckte aber den Kopf zwischen die Türe, nickte ihm freundlich zu und sagte: „Schönen Dank, Du gutes Kind, für Deine Hilfe! Der liebe Gott möge Dir Deinen schönen Traum erfüllen!"

Kleintukchen wusste nun nicht, was ihm geträumt hatte, aber – der liebe Herrgott wusste es!

Die wilden Schwäne

Weit von hier, da, wohin die Schwalben fliegen, wenn wir Winter haben, wohnte ein König, der elf Söhne und eine Tochter, Elisa, hatte. Die elf Brüder waren Prinzen, sie gingen mit dem Stern auf der Brust und dem Säbel an der Seite in die Schule; sie schrieben mit Diamantgriffeln auf Goldtafeln und lernten ebenso gut auswendig, als sie lasen; man konnte sogleich hören, dass sie Prinzen waren. Die Schwester Elisa saß auf einem kleinen Schemel von Spiegelglas und hatte ein Bilderbuch, welches für das halbe Königreich erkauft war.

O, die Kinder hatten es gut, aber so sollte es nicht immer bleiben!

Ihr Vater, der König über das ganze Land war, verheiratete sich mit einer bösen Königin, die den Kindern gar nicht gut war. Schon am ersten Tage konnten sie es recht gut merken; in dem ganzen Schlosse war große Pracht, und da spielten die Kinder „Besuch"; aber anstatt sie sonst all' den Kuchen und die gebratenen Äpfel erhielten, die nur zu haben waren, gab die neue Königin ihnen nur Sand in einer Teetasse, und sagte, sie könnten tun, als ob es etwas wäre.

Die Woche darauf brachte sie die kleine Elisa auf das Land zu einem Bauernpaar, und lange währte es nicht, da redete sie dem König so viel von den Prinzen vor, dass er sich gar nicht um sie bekümmerte.

„Fliegt hinaus in die Welt und helft Euch selbst!", sagte die böse Königin; „fliegt als große Vögel ohne Stimme!" Aber sie konnte es doch nicht so schlimm machen, wie sie gern wollte; sie wurden elf herrliche Schwäne. Mit einem sonderbaren Schrei flogen sie aus den Schlossfenstern hinaus über den Park und den Wald dahin.

Es war noch ganz früh am Morgen, als sie da vorbei kamen, wo die Schwester Elisa in der Stube des Landmanns lag und schlief; hier schwebten sie über dem Dache, drehten ihre langen Hälse und schlugen mit den Flügeln, aber niemand hörte oder sah es. Sie mussten wieder weiter, hoch gegen die Wolken empor, hinaus in die weite Welt; da flogen sie nach einem großen Wald, der sich gerade bis an den Strand des Meeres erstreckte.

Die kleine Elisa stand in der Stube des Landmanns und spielte mit einem grünen Blatte, anderes Spielzeug hatte sie nicht; sie stach ein Loch in das grüne Blatt, sah da hindurch gegen die Sonne empor, und da war es gerade, als sähe sie ihrer Brüder klare Augen, und jedes Mal, wenn die warmen Sonnenstrahlen auf ihre Wangen schienen, gedachte sie aller ihrer Küsse.

Der eine Tag verging ebenso wie der andere. Strich der Wind durch die großen Rosenhecken draußen vor dem Hause, so flüsterte er den Rosen zu: „Wer kann schöner sein, als ihr?" Aber die Rosen schüttelten das Haupt und sagten: „Elisa ist es!" Wenn die alte Frau am Sonntag an der Tür saß und in ihrem Gesangbuch las, so wendete der Wind die Blätter um und sagte zum Buch: „Wer kann frömmer sein, als Du?" – „Elisa ist es!", sagte das Gesangbuch, und das war die reine Wahrheit, was die Rosen und das Gesangbuch sagten.

Als sie fünfzehn Jahre alt war, sollte sie nach Hause kommen; da aber die Königin sah, wie schön sie war, wurde sie ihr gram und voll Hass und hätte gern auch sie in einen wilden Schwan verwandelt, wie die Brüder, aber das wagte sie nicht sogleich, weil ja der König seine Tochter sehen wollte.

Früh des Morgens ging die Königin in das Bad, welches von Marmor erbaut und mit weichen Kissen und den prächtigsten Decken geschmückt war, nahm drei Kröten, küsste sie und sagte zu der einen: „Setze Dich auf Elisa's Kopf, wenn sie in das Bad kommt, damit sie dumm wird wie Du! – Setze Dich auf ihre Stirn", sagte sie zur andern, „damit sie hässlich wird, wie Du, so dass ihr Vater sie nicht kennt! – Ruhe an ihrem Herzen", flüsterte sie der dritten zu, „lass sie einen bösen Sinn erhalten, damit sie Schmerzen davon habe!" Dann setzte sie die Kröten in das klare Wasser, welches sogleich eine grüne Farbe erhielt, rief Elisa, zog sie aus und ließ sie in das Wasser hinab steigen, und indem sie untertauchte, setzte sich eine Kröte ihr in das Haar, die andere auf ihre Stirn, und die dritte auf die Brust; aber Elisa schien es gar nicht zu merken; sobald sie sich emporrichtete, da schwammen drei rote Mohnblumen auf dem Wasser. Wären die Tiere nicht giftig gewesen und von der Hexe geküsst worden, so wären sie in rote

Rosen verwandelt worden, aber Blumen wurden sie doch, weil sie auf ihrem Haupte und an ihrem Herzen geruht hatten; sie war zu fromm und unschuldig, als dass die Zauberei Macht über sie haben konnte.

Als die böse Königin das sah, rieb sie das Mädchen mit Wallnuss-saft, so dass sie ganz schwarzbraun wurde, bestrich das hübsche Ant-litz mit einer stinkenden Salbe und ließ das herrliche Haar sich ver-wirren; es war unmöglich, die schöne Elisa wieder zu erkennen.

Daher erschrak ihr Vater sehr, als er sie erblickte und sagte, es sei nicht seine Tochter; niemand wollte sie wiedererkennen, außer dem Kettenhunde und den Schwalben, aber das waren arme Tiere, die nichts zu sagen hatten.

Da weinte die arme Elisa und dachte an ihre elf Brüder, die alle weg waren. Betrübt verließ sie das Schloss und ging den ganzen Tag über Feld und Moor bis in den großen Wald hinein. Sie wusste gar nicht, wohin sie wollte, aber sie fühlte sich sehr betrübt und sehnte sich nach ihren Brüdern, die sicher auch, gleich ihr, in die Welt hinaus gejagt waren, diese wollte sie suchen und finden.

Nur kurze Zeit war sie im Walde gewesen, als die Nacht einbrach; sie war ganz von Weg und Steg gekommen. Da legte sie sich auf das weiche Moos nieder, betete ihr Abendgebet und lehnte ihr Haupt an einen Baumstumpf. Es war da ganz still, die Luft war mild und rings umher im Grase und im Moose leuchteten, einem grünen Feuer gleich, viele hundert Johanniswürmchen; als sie einen der Zweige mit der Hand berührte, fielen die leuchtenden Insekten wie Sternschnup-pen zu ihr nieder.

Die ganze Nacht träumte sie von ihren Brüdern; sie spielten wie-der als Kinder, schrieben mit dem Diamantgriffel auf die Goldtafeln und betrachteten das herrliche Bilderbuch, welches das halbe Reich gekostet hatte, aber auf die Tafel schrieben sie nicht wie früher Nullen und Striche, sondern die mutigen Taten, die sie vollführt, alles, was sie erlebt und gesehen hatten; und im Bilderbuch war alles lebendig, die Vögel sangen und die Menschen gingen aus dem Buch heraus und sprachen mit Elisa und ihren Brüdern, aber wenn sie das Blatt umwandte, sprangen sie sogleich wieder hinein, damit keine Verwir-rung in den Bildern entstehen möchte.

Als sie erwachte, stand die Sonne schon hoch; Elisa konnte sie freilich nicht sehen, die hohen Bäume breiteten ihre Zweige dicht und
fest aus, aber die Strahlen spielten dort oben gerade wie ein wehen-
der Goldflor. Da war ein Duft von dem Grünen, und die Vögel setzten
sich fast auf ihre Schultern. Sie hörte das Wasser plätschern, das waren
Quellen, die alle in einen See fielen, in dem der herrlichste Sandboden
war; freilich wuchsen hier dichte Büsche rings herum, aber an einer
Stelle hatten die Hirsche eine große Öffnung gemacht, und hier ging
Elisa zum Wasser hin. Das war so klar, dass, hätte der Wind nicht die
Zweige und die Büsche berührt, so dass sie sich bewegten, sie hätte
glauben müssen, dass sie auf dem Boden abgemalt seien, so deutlich
spiegelte sich jedes Blatt, sowohl das von der Sonne beschienene, als
das, welches im Schatten war.

Sobald sie ihr eigenes Antlitz erblickte, erschrak sie gewaltig, so
braun und hässlich war es; doch als sie ihre kleine Hand benetzte
und Augen und Stirn rieb, glänzte die weiße Haut wieder vor; da entkleidete sie sich und ging in das frische Wasser hinein; ein schöneres
Königskind als sie war gab es nicht in dieser Welt.

Als sie wieder angekleidet war und ihr langes Haar geflochten
hatte, ging sie zur sprudelnden Quelle, trank aus der hohlen Hand
und wanderte tiefer in den Wald hinein, ohne selbst zu wissen, wohin.
Sie dachte an ihre Brüder, dachte an den lieben Gott, der sie sicher
nicht verlassen werde; er ließ ja die wilden Waldäpfel wachsen, um
den Hungrigen zu sättigen; und er zeigte ihr einen solchen Baum, dessen Zweige sich unter der Last der Früchte beugten. Hier hielt sie ihre
Mittagsmahlzeit, setzte Stützen unter dessen Zweige und ging dann in
den dunkelsten Teil des Waldes hinein. Da war es so still, dass sie ihre
eigenen Fußtritte hörte, wie jedes kleine, vertrocknete Blatt, welches
sich unter ihrem Fuße bog; nicht ein Vogel war da zu sehen, nicht ein
Sonnenstrahl konnte durch die großen, dichten Baumzweige dringen;
die hohen Stämme standen so nahe beisammen, dass, wenn sie gerade
aussah, ein Balkengitter sie zu umschließen schien. O, hier war eine
Einsamkeit, wie sie solche früher noch nie gekannt!

Die Nacht wurde sehr dunkel; nicht ein einziger kleiner Johannis-
wurm leuchtete aus dem Moose; betrübt legte sie sich nieder, um zu
schlafen; da schien es ihr, als ob die Baumzweige über ihr sich zur Seite

bewegten und der liebe Gott mit milden Augen auf sie niederblickte, und kleine Engel sahen über seinen Kopf und unter seinen Armen hervor.

Als sie am Morgen erwachte, wusste sie nicht, ob sie geträumt habe, oder ob es wirklich so gewesen.

Sie ging einige Schritte vorwärts, da begegnete sie einer alten Frau mit Beeren in dem Korbe. Die Alte gab ihr einige davon. Elisa fragte, ob sie nicht elf Prinzen durch den Wald habe reiten sehen.

„Nein", sagte die Alte, „aber ich sah gestern elf Schwäne mit goldenen Kronen auf dem Haupte in der Nähe schwimmen."

Sie führte Elisa ein Stück weiter vor zu einem Abhange; an dessen Fuß sich ein kleiner Fluss schlängelte; die Bäume an seinen Ufern streckten ihre langen, blattreichen Zweige einander entgegen, und wo sie ihrem natürlichen Wuchse nach nicht zusammen reichen konnten, da hatten sie die Wurzeln aus der Erde losgerissen und hingen, mit den Zweigen in einander geflochten über das Wasser hinaus.

Elisa sagte der Alten Lebewohl und ging längs dem Flusse hin, bis dieser in den großen, offenen Strand hinaus floss.

Das ganze herrliche Meer lag vor dem jungen Mädchen; aber nicht ein Segel zeigte sich darauf, nicht ein Boot war da zu sehen, wie sollte sie nun weiter fortkommen? Sie betrachtete die unzähligen kleinen Steine am Ufer; das Wasser hatte sie alle rund geschliffen. Glas, Eisen, Steine, alles, was da zusammengespült lag, hatte die Gestalt des Wassers angenommen, welches doch viel weicher war, als ihre feine Hand. „Das rollt unermüdlich fort, und so ebnet sich das Harte, ich will eben so unermüdlich sein; Dank für Eure Lehre, ihr kleinen, rollenden Wogen; einst, das sagt mir mein Herz, werdet Ihr mich zu meinen lieben Brüdern tragen!"

Auf dem angespülten Seegrase lagen elf weiße Schwanenfedern; sie sammelte dieselben, es lagen Wassertropfen darauf; ob es Tränen waren, konnte man nicht sehen. Einsam war es dort am Strande, aber sie fühlte es nicht; denn das Meer bot eine ewige Abwechselung dar, ja in einigen wenigen Stunden mehr, als die süßen Landseen in einem ganzen Jahr aufweisen können. Kam da eine große, schwarze Wolke, so war es, als ob die See sagen wollte: ich kann auch finster aussehen, und dann blies der Wind, und die Wogen kehrten das Weiße nach außen; schienen aber die Wolken rot und schliefen die Winde, so war das Meer einem Rosenblatte gleich; bald wurde es grün, bald weiß, aber wie still es auch ruhte, am Ufer war doch eine leise Bewegung; das Wasser hob sich schwach, wie die Brust eines schlafenden Kindes.

Als die Sonne im Begriff war, unterzugehen, sah Elisa elf wilde Schwäne mit Goldkronen auf dem Kopfe dem Lande zufliegen, sie schwebten der eine hinter dem andern; es sah aus wie ein langes weißes Band; da stieg Elisa den Abhang hinauf und verbarg sich hinter einem Busche; die Schwäne ließen sich nahe bei ihr nieder und schlugen mit ihren großen, weißen Schwingen.

So wie die Sonne unter dem Wasser war, fielen plötzlich die Schwanenhäute und elf schöne Prinzen, Elisa's Brüder, standen da. Sie stieß einen lauten Schrei aus; denn obwohl die Brüder sich sehr verändert hatten, so wusste Elisa doch, dass sie es waren, fühlte, dass sie es sein mussten; sie sprang in ihre Arme, nannte sie bei Namen, und die Brüder waren ganz glücklich, als sie ihre Schwester sahen und erkannten, die nun groß und schön war. Sie lachten und weinten, und bald hatten sie einander erzählt, wie grausam ihre Stiefmutter gegen sie alle gewesen war.

„Wir Brüder", sagte der Älteste, „fliegen als wilde Schwäne, so lange die Sonne am Himmel steht; sobald sie untergegangen ist, erhalten wir unsere menschliche Gestalt wieder; deshalb müssen wir immer dafür sorgen, dass wir beim Sonnenuntergang eine Ruhestätte für die Füße haben; denn fliegen wir dann gegen die Wolken an, so müssen wir, als Menschen, in die Tiefe hinunterstürzen. Hier wohnen wir nicht; es liegt ein eben so schönes Land, wie dieses, jenseits der See, aber der Weg dahin ist weit, wir müssen über das große Meer, und es findet sich keine Insel auf unserm Wege, wo wir übernachten können, nur eine einsame kleine Klippe ragt in der Mitte daraus hervor, sie ist nicht größer, als dass wir Seite an Seite darauf ruhen können; ist die See stark bewegt, so spritzt das Wasser hoch über uns, aber doch danken wir Gott für dieselbe. Da übernachten wir in unsrer Menschengestalt; ohne diese Klippe könnten wir nie unser liebes Vaterland besuchen, denn zwei der längsten Tage des Jahres brauchen wir zu unserm Fluge. Nur einmal im Jahre ist es uns vergönnt, unsere Heimat zu besuchen, elf Tage können wir hier bleiben, über den großen Wald hinstiegen, von wo wir das

Schloss erblicken können, wo wir geboren wurden und wo unser Vater wohnt, den hohen Kirchturm sehen, wo die Mutter begraben ist. – Hier kommt es uns vor, als wären Bäume und Büsche mit uns verwandt, hier laufen die wilden Pferde über die Steppen hin, wie wir es in unserer Kindheit gesehen, hier singt der alte Kohlenbrenner die alten Lieder, nach welchen wir als Kinder tanzten, hier ist unser Vaterland, hierher zieht es uns und hier haben wir Dich, Du liebe Schwester, gefunden! Zwei Tage können wir noch hier bleiben, dann müssen wir fort über das Meer nach einem herrlichen Lande, welches aber nicht unser Vaterland ist. Wie nehmen wir Dich mit? Wir haben weder Schiff noch Boot!"

„Auf welche Art kann ich Euch erlösen?", fragte die Schwester.

Sie unterhielten sich fast die ganze Nacht, es wurde nur einige Stunden geschlummert.

Elisa erwachte durch den Schall der Schwanenflügel, welche über ihr sausten. Die Brüder waren wieder verwandelt und flogen in großen Kreisen und zuletzt weit weg; aber der eine von ihnen, der jüngste, blieb zurück, der Schwan legte seinen Kopf in ihren Schoß und sie streichelte seine Flügel; den ganzen Tag waren sie beisammen. Gegen Abend kamen die andern zurück, und als die Sonne untergegangen war, standen sie in ihrer natürlichen Gestalt da.

„Morgen fliegen wir von hier weg und können nicht vor Verlauf eines Jahres zurückkehren, aber Dich können wir nicht so verlassen! Hast Du Mut mitzukommen? Mein Arm ist stark genug, Dich durch den Wald zu tragen, sollten wir da nicht alle so starke Flügel haben, um mit Dir über das Meer zu fliegen?"

„Ja, nehmt mich mit!", sagte Elisa.

Die ganze Nacht brachten sie damit zu, ein großes und starkes Netz aus der geschmeidigen Weidenrinde und dem zähen Schilf zu flechten. Auf dieses legte sich Elisa, und als die Sonne hervortrat, und die Brüder in wilde Schwäne verwandelt wurden, ergriffen sie das Netz mit ihren Schnäbeln und flogen mit ihrer lieben Schwester, die noch schlief, hoch gegen die Wolken an. Die Sonnenstrahlen fielen ihr gerade auf das Antlitz, deswegen flog einer der Schwäne über ihr Haupt, damit seine breiten Schwingen sie beschatten möchten.

Sie waren weit vom Lande entfernt, als Elisa erwachte; sie glaubte noch zu träumen, so sonderbar kam es ihr vor, hoch durch die Luft, über das Meer getragen zu werden. An ihrer Seite lag ein Zweig mit herrlichen reifen Beeren und ein Bund wohlschmeckender Wurzeln; diese hatte der jüngste der Brüder gesammelt und ihr hingelegt; sie lächelte ihn dankbar an, denn sie erkannte ihn, er war es, der über ihrem Haupte flog und sie mit den Schwingen beschattete.

Sie waren so hoch, dass das erste Schiff, welches sie unter sich erblickten, eine weiße Möve zu sein schien, die auf dem Wasser lag. Eine große Wolke stand hinter ihnen, das war ein Berg, und auf diesem sah Elisa ihren eigenen Schatten und den der elf Schwäne, so riesengroß flogen sie davon; das war ein Gemälde, prächtiger als sie früher je eines gesehen; doch als die Sonne höher stieg und die Wolke weiter zurück blieb, verschwand das Schattenbild.

Den ganzen Tag flogen sie fort, gleich einem sausenden Pfeil durch die Luft, aber es ging doch langsamer als sonst, sie hatten ja die Schwester zu tragen. Es zog ein böses Wetter auf, der Abend näherte sich; ängstlich sah Elisa die Sonne sinken, und noch war die einsame Klippe im Meer nicht zu erblicken; es kam ihr vor, als machten die Schwäne stärkere Schläge mit den Flügeln. Ach! sie war schuld daran, dass sie nicht rasch genug fortkamen; wenn die Sonne untergegangen war, so wurden sie Menschen, mussten in das Meer stürzen und ertrinken. Da betete sie aus dem Innersten des Herzens ein Gebet zum lieben Gott, aber noch erblickte sie keine Klippe; die schwarze Wolke kam immer näher, die starken Windstöße verkündeten einen Sturm; die Wolken standen in einer einzigen großen, drohenden Welle da, welche fast wie Blei vorwärts schoss, Blitz leuchtete auf Blitz.

Jetzt war die Sonne gerade am Rande des Meeres. Elisa's Herz bebte; da schossen die Schwäne hinab, so schnell, dass sie zu fallen glaubte; aber nun schwebten sie wieder. Die Sonne war halb unter dem Wasser, da erblickte sie erst die kleine Klippe unter sich, sie sah nicht größer aus, als ob sie ein Seehund wäre, der den Kopf aus dem Wasser steckte. Die Sonne sank schnell; jetzt erschien sie nur noch wie ein Stern, da berührte ihr Fuß den festen Grund, die Sonne erlosch gleich dem letzten Funken im brennenden Papier. Arm in Arm sah sie die Brüder um sich stehen, aber mehr Platz, als gerade für diese und für sie, war auch nicht da. Die See schlug gegen die Klippe und ging wie Staubregen über sie hin; der Himmel leuchtete in einem fortwährenden Feuer und Schlag auf Schlag rollte der Donner, aber Schwester und Brüder hielten einander an den Händen und sangen Psalmen, woraus sie Trost und Mut schöpften.

In der Morgendämmerung war die Luft rein und still, sobald die Sonne emporstieg, flogen die Schwäne mit Elisa von der Insel fort. Das Meer ging noch hoch, es sah aus, wie sie hoch in der Luft waren, als ob der weiße Schaum auf der schwarzgrünen See Millionen Schwäne wären, die auf dem Wasser schwimmen.

Als die Sonne höher stieg, sah Elisa vor sich, halb in der Luft schwimmend, ein Bergland mit glänzenden Eismassen auf den Felsen, und mitten darauf erstreckte sich ein sicher meilenlanges Schloss, mit einem kühnen Säulengange über dem andern; unten wogten Palmenwälder und Prachtblumen, so groß wie Mühlräder. Sie fragte, ob dies das Land sei, wohin sie wollten, aber die Schwäne schüttelten mit dem Kopfe, denn das, was sie sah, war der Fata Morgana herrliches, alle Zeit abwechselndes Wolkenschloss; da durften sie keinen Menschen hineinbringen. Elisa starrte es an, da stürzten Berge, Wälder und Schloss zusammen, und zwanzig stolze Kirchen, alle einander gleich, mit hohen Türmen und spitzen Fenstern standen da. Sie glaubte die Orgel ertönen zu hören, aber es war das Meer, welches sie hörte. Nun war sie den Kirchen ganz nahe; da wurden diese zu einer ganzen Flotte, die unter ihr dahinsegelte; sie sah nieder und es waren nur Meernebel, die über dem Wasser hinglitten. Ja, eine ewige Abwechselung hatte sie vor Augen, und nun sah sie das wirkliche Land, nach dem sie hin wollte. Da erhoben sich die herrlichen, blauen Berge mit Zedernwäldern, Städten und Schlössern. Lange bevor die Sonne unterging, saß sie auf dem Felsen vor einer großen Höhle, die mit feinen, grünen Schlingpflanzen bewachsen war; es sah aus, als wären es gestickte Teppiche.

„Nun wollen wir sehen, was Du diese Nacht hier träumst!", sagte der jüngere Bruder und zeigte ihr ihre Schlafkammer.

„Gebe der Himmel, dass ich träumen möge, wie ich Euch erretten kann!", sagte sie, und dieser Gedanke beschäftigte sie dann lebhaft; sie betete inbrünstig zu Gott um seine Hilfe, ja selbst im Schlafe betete sie fort; da kam es ihr vor, als ob sie hoch in die Luft stiege, zu Fata Morgana's Wolkenschloss, und die Fee kam ihr entgegen, schön und glänzend, und doch glich sie ganz der alten Frau, die ihr Beeren im

Walde gegeben, und ihr von den Schwänen mit Goldkronen auf dem Kopfe erzählt hatte.

„Deine Brüder können erlöst werden!", sagte sie, „aber hast Du Mut und Ausdauer? Wohl ist das Wasser weicher als Deine feinen Hände, und formt doch die Steine um, aber es fühlt nicht die Schmerzen, die Deine Finger fühlen werden, es hat kein Herz, leidet nicht die Angst und Qual, die Du aushalten musst. Siehst Du die Brennnessel, die ich in meiner Hand halte? Von derselben Art wachsen viele rings um die Höhle, wo Du schläfst, nur die dort und die, welche auf des Kirchhofs Gräbern wachsen, sind tauglich, merke Dir das. Diese musst Du pflücken, obgleich sie Deine Haut voll Blasen brennen werden; brich die Nesseln mit Deinen Füßen, so erhältst Du Flachs, mit diesem musst Du elf Panzerhemden mit langen Ärmeln flechten und binden, wirf diese über die elf Schwäne, so ist der Zauber gelöst. Aber bedenke wohl, dass Du von dem Augenblicke, wo Du diese Arbeit beginnst, bis sie vollendet ist, wenn auch Jahre darüber vergehen, nicht sprechen darfst; das erste Wort, welches Du sprichst, fährt wie ein tötender Dolch in Deiner Brüder Herz; an Deiner Zunge hängt ihr Leben. Merke Dir das alles!"

Die Fee berührte zugleich ihre Hand mit der Nessel; es war einem brennenden Feuer gleich, Elisa erwachte dadurch. Es war heller Tag und dicht daneben, wo sie geschlafen hatte, lag eine Nessel wie die, welche sie im Traume gesehen hatte. Da fiel sie auf ihre Knie, dankte dem lieben Gott, und ging aus der Höhle hinaus, um ihre Arbeit zu beginnen.

Mit den feinen Händen griff sie hinunter in die hässlichen Nesseln, sie waren wie Feuer; große Blasen brannten sie an ihren Händen und Armen, aber gern wollte sie es leiden, wenn sie die lieben Brüder befreien konnte. Sie brach jede Nessel mit ihren bloßen Füßen und flocht den grünen Flachs.

Als die Sonne untergegangen war, kamen die Brüder, die sehr erschraken, Elisa stumm zu finden; sie glaubten, es sei ein neuer Zauber der bösen Stiefmutter; aber als sie ihre Hände erblickten, begriffen sie, was ihre Schwester ihrethalben tue und der jüngste Bruder weinte, und wohin seine Tränen fielen, da fühlte sie keine Schmerzen, da verschwanden die brennenden Blasen.

Die Nacht brachte sie bei ihrer Arbeit zu, denn sie hatte keine Ruhe, bevor sie die lieben Brüder erlöst hatte; den ganzen folgenden Tag, während die Schwäne fort waren, saß sie in ihrer Einsamkeit, aber nie war die Zeit so eilig entflohen. Ein Panzerhemd war schon fertig, nun fing sie das zweite an.

Da ertönte ein Jagdhorn zwischen den Bergen; sie wurde von Furcht ergriffen, der Ton kam immer näher, sie hörte Hunde bellen, erschrocken floh sie in die Höhle, band die Nesseln, die sie gesammelt und gehechelt hatte, in ein Bund zusammen und setzte sich darauf.

Zugleich kam ein großer Hund aus der Schlucht hervorgesprungen, und gleich darauf wieder einer, und noch einer; sie bellten laut, liefen zurück, und kamen wieder vor. Es währte nicht lange, so standen alle Jäger vor der Höhle, und der schönste unter ihnen war der König des Landes; dieser trat auf Elisa zu, nie hatte er ein schöneres Mädchen gesehen.

„Wie bist Du hierher gekommen, Du herrliches Kind?", sagte er. Elisa schüttelte das Haupt, sie durfte ja nicht sprechen, es galt ihrer Brüder Erlösung und Leben; und sie verbarg ihre Hände unter der Schürze, damit der König nicht sehe, was sie leiden müsse.

„Komm mit mir!", sagte er, „hier darfst Du nicht bleiben! Bist Du so gut, wie Du schön bist, so will ich Dich in Seide und Sammet kleiden, die Goldkrone Dir auf das Haupt setzen, und Du sollst in meinem schönsten Schlosse wohnen!" – und dann hob er sie auf sein Pferd. Sie weinte, rang ihre Hände, aber der König sagte: „Ich will nur Dein Glück! Einst wirst Du mir dafür danken." Dann jagte er fort durch die Berge, und hielt sie vorn auf dem Pferde, und die Jäger jagten hinterher.

Als die Sonne unterging, lag die schöne Königsstadt mit Kirchen und Kuppeln vor ihnen, der König führte sie in das Schloss, wo große Springbrunnen in den hohen Marmorsälen plätscherten, wo Wände und Decke von Gemälden prangten, aber Elisa hatte keine Augen dafür, sie weinte und trauerte; willig ließ sie die Frauen ihr königliche Kleider anlegen, Perlen in ihre Haare flechten, und feine Handschuhe über die verbrannten Finger ziehen.

Als sie in all' ihrer Pracht dastand, war sie so blendend schön, dass der Hof sich noch tiefer vor ihr verneigte und der König erkor sie zu seiner Braut, obgleich der Geistliche mit dem Kopf schüttelte und flüsterte, dass das schöne Waldmädchen sicher eine Hexe sei; sie blende die Augen und betöre das Herz des Königs,

Aber der König hörte nicht darauf, ließ die Musik ertönen, die köstlichsten Gerichte auftragen, die lieblichsten Mädchen um sie tanzen, und sie wurde durch duftende Gärten in prächtige Säle geführt; aber nicht ein Lächeln kam auf ihre Lippen oder sprach aus ihren Augen, die voll Trauer waren. Nun öffnete der König eine kleine Kammer, dicht daneben, wo sie schlafen sollte; sie war mit köstlichen, grünen Teppichen geschmückt und glich ganz der Höhle, in der sie gewesen war; auf dem Fußboden lag das Bund Flachs, welches sie aus den Nesseln gesponnen hatte, und unter der Decke hing das Panzerhemd, welches fertig gestrickt war; alles dieses hatte einer der Jäger als eine Seltenheit mitgenommen.

„Hier kannst Du Dich in Deine frühere Heimat zurückträumen!", sagte der König. „Hier ist die Arbeit, die Dich dort beschäftigte; nun, mitten in all' Deiner Pracht, wird es Dich belustigen, an jene Zeit zurückzudenken."

Als Elisa das sah, was ihr am Herzen lag, spielte ein Lächeln um ihren Mund, und das Blut kehrte in die Wangen zurück; sie dachte an die Erlösung ihrer Brüder, küsste des Königs Hand, er drückte sie an sein Herz, und ließ durch alle Kirchenglocken das Hochzeitsfest verkünden. Das schöne, stumme Mädchen aus dem Walde war des Landes Königin.

Da flüsterte der Geistliche böse Worte in des Königs Ohr, aber sie drangen nicht bis zu seinem Herzen, die Hochzeit sollte sein, der Geistliche selbst musste ihr die Krone auf das Haupt setzen, und er drückte in seinem Unwillen den engen Ring fest auf ihre Stirne nieder, so dass er wehe tat; doch es lag ein schwererer Ring um ihr Herz, die Trauer um ihre Brüder; sie fühlte nicht die körperlichen Leiden. Ihr Mund war stumm, ein einziges Wort würde ja ihren Brüdern das Leben kosten, aber in ihren Augen sprach sich eine innige Liebe zu dem guten, hübschen Könige aus, der alles tat, um sie zu erfreuen. Sie gewann ihn von Tag zu Tag lieber und wünschte nur, dass sie sich ihm vertrauen, ihm ihre Leiden klagen dürfte! Aber stumm musste sie sein, stumm musste sie ihr Werk vollbringen. Deshalb schlich sie Nachts von seiner Seite, ging in die kleine Kammer, welche wie die Höhle geschmückt war, und strickte ein Panzerhemd nach dem andern fertig; aber als sie das siebente begann, hatte sie keinen Flachs mehr.

Auf dem Kirchhof, das wusste sie, wuchsen die Nesseln, die sie brauchen konnte, aber selbst musste sie diese pflücken; wie sollte sie das tun, wie sollte sie da hinaus gelangen?

„O, was ist der Schmerz in meinen Fingern gegen die Qual, die mein Herz erduldet!", dachte sie, „ich muss es wagen! Der Herr wird seine Hand nicht von mir zurückziehen!" Mit einer Herzensangst, als sei es eine böse Tat, die sie vorhabe, schlich sie sich in der mondhellen Nacht in den Garten hinunter, ging durch die langen Alleen, in die einsamen Straßen nach dem Kirchhofe hinaus. Da sah sie auf einem der breitesten Leichensteine einen Kreis von hässlichen Hexen sitzen; die nahmen ihre Lumpen ab, als ob sie sich baden wollten, und gruben mit den langen, magern Fingern die frischen Gräber auf, nahmen die Leichen heraus und aßen deren Fleisch. Elisa musste nahe an ihnen vorbei, und sie hefteten ihre bösen Blicke auf sie, aber sie betete still, sammelte die brennenden Nesseln und trug sie nach dem Schlosse heim.

Nur ein einziger Mensch hatte sie gesehen, der Geistliche; er war wach, wenn andere schliefen; nun hatte er doch Recht gehabt, wie er meinte, dass es mit der Königin nicht sei, wie es sein sollte; sie war eine Hexe, deshalb hatte sie den König und das ganze Volk betört.

Er erzählte dem König, was er gesehen und was er fürchtete, und als die harten Worte seiner Zunge entströmten, schüttelten die Bilder ihre Köpfe, als wenn sie sagen wollten: „Es ist nicht so, Elisa ist unschuldig!" Aber der Geistliche legte es anders aus, meinte, dass sie gegen die Königin zeugten, dass sie über ihre Sünden mit den Köpfen schüttelten. Da rollten zwei schwere Tränen über des Königs Wangen herab, er ging nach Hause mit Zweifel in seinem Herzen; er stellte sich, als ob er in der Nacht schlafe, aber es kam kein ruhiger Schlaf in seine Augen, er merkte, wie Elisa aufstand, jede Nacht wiederholte sie dieses, und jedesmal folgte er sachte nach und sah, wie sie in ihre Kammer verschwand.

Tag für Tag wurde seine Miene finsterer; Elisa sah es, begriff aber nicht warum, es ängstigte sie, und noch mehr litt sie in ihrem Herzen für ihre Brüder. Auf den königlichen Sammet und Purpur flossen ihre heißen Tränen, sie lagen da wie schwimmende Diamanten und alle, welche die reiche Pracht sahen, wünschten Königin zu sein. Sie war nun bald mit ihrer Arbeit fertig, nur ein Panzerhemd fehlte noch; aber Flachs hatte sie auch nicht mehr und nicht eine einzige Nessel. Einmal noch, nur dieses letzte Mal, musste sie deswegen nach dem Kirchhof und einige Hände voll pflücken. Sie dachte mit Angst an diese einsame Wanderung und an die schrecklichen Hexen; aber ihr Wille stand fest, wie ihr Vertrauen auf den Herrn.

Elisa ging, aber der König und der Geistliche folgten nach; sie sahen dieselbe bei der Gitterpforte hinein verschwinden, und als sie sich derselben näherten, saßen die Hexen auf dem Grabsteine, wie Elisa sie gesehen hatte, und der König wendete sich ab; denn unter diesen dachte er sich die, deren Haupt noch diesen Abend an seiner Brust geruht hatte.

„Das Volk muss sie verurteilen!", sagte er, und das Volk urteilte, sie solle verbrannt werden.

Aus den prächtigen Königssälen wurde sie in ein dunkles, feuchtes Loch geführt, wo der Wind durch das Gitter hinein pfiff; anstatt Sammet und Seide gab man ihr das Bund Nesseln, welches sie gesammelt hatte, darauf konnte sie ihr Haupt legen; die harten, brennenden Panzerhemden, die sie gestrickt hatte, sollten ihre Decke sein, aber nichts Lieberes konnten sie ihr geben, sie nahm wieder ihre Arbeit auf und betete zu ihrem Gott. Draußen sangen die Straßenbuben Spottlieder auf sie, keine Seele tröstete sie mit einem freundlichen Worte.

Da sauste gegen Abend dicht beim Gitter ein Schwanenflügel; es war der jüngste der Brüder, der die Schwester gefunden hatte, und sie schluchzte laut vor Freude, obgleich sie dachte, dass die Nacht, die da kam, wahrscheinlich die letzte sein werde, die sie zu leben habe; aber nun war ja auch die Arbeit fast beendet, und ihre Brüder waren hier.

Der Geistliche kam nun, um die letzte Stunde bei ihr zu sein, das hatte er dem König versprochen; aber sie schüttelte mit dem Haupte, bat mit Blick und Mienen, er möge gehen; in dieser Nacht musste sie ja ihre Arbeit vollenden, sonst war alles unnütz, alles, Schmerz, Tränen und die schlaflosen Nächte. Der Geistliche entfernte sich mit bösen Worten gegen sie, aber die arme Elisa wusste, dass sie unschuldig war, und fuhr in ihrer Arbeit fort.

Die kleinen Mäuse liefen auf dem Fußboden, sie schleppten Nesseln zu ihren Füßen hin, um doch etwas zu helfen, und die Drossel setzte sich an das Gitter des Fensters und sang die ganze Nacht, so munter sie konnte, damit Elisa den Mut nicht verliere.

Es war nicht mehr als Morgendämmerung, erst nach einer Stunde konnte die Sonne aufgehen, da standen die elf Brüder an der Pforte des Schlosses, und verlangten, vor den König geführt zu werden. Das könne nicht geschehen, wurde geantwortet, es sei ja noch Nacht, der König schlafe und dürfe nicht geweckt werden. Sie baten, sie drohten, die Wache kam, ja selbst der König trat heraus, und fragte, was das bedeute; da ging die Sonne auf, und es waren keine Brüder mehr zu sehen, aber über das Schloss flogen elf wilde Schwäne hin.

Aus dem Stadttore strömte das Volk, es wollte die Hexe verbrennen sehen. Ein alter Gaul zog den Karren, auf dem sie saß; man hatte ihr einen Kittel von grobem Sackleinen angetan, ihr herrliches Haar hing lose um das schöne Haupt, ihre Wangen waren totenbleich, ihre Lippen bewegten sich leise, während die Finger den grünen Flachs flochten; selbst auf dem Wege zu ihrem Tode unterbrach sie die angefangene Arbeit nicht, die zehn Panzerhemden lagen zu ihren Füssen, an dem elften strickte sie. Der Pöbel verhöhnte sie:

„Sieh die Hexe, wie sie murmelt! Kein Gesangbuch hat sie in der Hand, nein, mit ihrer hässlichen Gaukelei sitzt sie da. Reißt sie ihr in tausend Stücke!"

Man drängte auf sie ein und wollte die Panzerhemden zerreißen; da kamen elf weiße Schwäne geflogen, die setzten sich rings um sie auf den Karren und schlugen mit ihren großen Schwingen. Da wich der Haufen erschrocken zur Seite.

„Das ist ein Zeichen des Himmels! Sie ist sicher unschuldig!", flüsterten viele, aber sie wagten nicht, es laut zu sagen.

Nun ergriff sie der Büttel bei der Hand, da warf sie hastig die elf Panzerhemden über die Schwäne und alsbald standen elf schöne Prinzen da; aber der jüngste hatte einen Schwanenflügel anstatt des einen Armes, denn es fehlte ein Ärmel in seinem Panzerhemde, den hatte sie nicht fertig bekommen.

„Nun darf ich sprechen!", sagte sie, „ich bin unschuldig."

Das Volk, welches sah, was geschehen war, neigte sich vor ihr, wie vor einer Heiligen; aber sie sank ohnmächtig in der Brüder Arme, so hatten die Spannung, Angst und Schmerz auf sie gewirkt.

„Ja, unschuldig ist sie!", sagte der älteste Bruder, und nun erzählte er alles, was da geschehen war, und während er sprach, verbreitete sich ein Duft, wie von Millionen Rosen, denn jedes Stück Brennholz im Scheiterhaufen hatte Wurzel geschlagen und trieb Zweige; da stand eine duftende Hecke, hoch und groß mit roten Rosen; ganz oben saß eine Blume, weiß und glänzend, sie leuchtete wie ein Stern; die brach der König und steckte sie an Elisa's Brust; da erwachte sie, mit Frieden und Glückseligkeit im Herzen.

Alle Kirchenglocken läuteten von selbst, und die Vögel kamen in großen Zügen; es wurde ein Hochzeitszug zurück zum Schlosse, wie ihn noch kein König gesehen hatte.

Der Reisekamerad

Der arme Johannes war tiefbetrübt, denn sein Vater war sehr krank und konnte nicht genesen. Außer den Beiden war niemand in dem kleinen Zimmer; die Lampe auf dem Tische war dem Erlöschen nahe, und es war spät Abends.

„Du warst ein guter Sohn, Johannes!", sagte der kranke Vater, „der liebe Gott wird Dir schon in der Welt forthelfen!" Er sah ihn mit ernsten, milden Augen an, holte tief Atem und starb; es war gerade, als ob er schliefe. Aber Johannes weinte; nun hatte er gar niemand in der ganzen Welt, weder Vater noch Mutter, Schwester oder Bruder. Der arme Johannes! Er lag vor dem Bette auf seinen Knien und küsste des toten Vaters Hand und weinte viele bittere Tränen; aber zuletzt schlossen sich seine Augen und er schlief ein mit dem Haupte auf dem harten Bettpfosten. Da träumte ihm ein sonderbarer Traum; er sah, wie Sonne und Mond sich vor ihm neigten, und er erblickte seinen Vater frisch und gesund und hörte ihn lachen, wie er immer lachte, wenn er recht froh war. Ein schönes Mädchen mit einer goldenen Krone auf ihrem langen, glänzenden Haar reichte Johannes die Hand, und sein Vater sagte: „Siehst Du, was für eine Braut Du erhalten hast! Sie ist die schönste in der ganzen Welt!" Da erwachte er, und alle Herrlichkeit war vorbei, sein Vater lag tot und kalt im Bette, es war niemand bei ihm. Der arme Johannes!

In der folgenden Woche wurde der Tote begraben; Johannes ging dicht hinter dem Sarge und konnte nun den guten Vater nicht mehr zu sehen bekommen, der ihn so geliebt hatte; er hörte, wie man die Erde auf den Sarg hinunterwarf, sah noch die letzte Ecke desselben, aber bei der nächsten Schaufel Erde, welche hinabgeworfen wurde, war auch sie verschwunden. Da war es gerade, als wollte sein Herz in Stücke zerspringen, so betrübt war er. Man sang noch am Grabe einen Psalm, was sehr schön klang, und die Tränen traten unserm Johannes in die Augen, er weinte, und das tat seiner Trauer wohl. Die Sonne schien herrlich auf die grünen Bäume, gerade als wollten sie sagen: „Du musst nicht so betrübt sein, Johannes! Siehst Du, wie schön blau der Himmel ist! Dort oben ist nun Dein Vater und bittet den lieben Gott, dass es Dir allezeit wohl ergehen möge!"

„Ich will auch immer gut sein!", sagte Johannes. „Dann komme ich zu meinem Vater, und was wird das für eine Freude werden, wenn wir uns wiedersehen! Wie viel werde ich ihm dann erzählen können, und er wird mir viele Sachen zeigen, mich über die Herrlichkeit im Himmel belehren, gerade wie er mich auf Erden unterrichtete. O, was wird das für eine Freude werden!"

Johannes dachte sich das so deutlich, dass er dabei lächelte, während die Tränen ihm noch über die Wangen liefen. Die kleinen Vögel saßen oben in den Kastanienbäumen und zwitscherten: „Quivit, quivit!" Sie waren munter, obgleich sie mit beim Begräbnisse waren, aber sie wussten wohl, dass der tote Mann oben im Himmel war, Flügel hatte, weit schönere und größere als die ihrigen und dass er glücklich sei, weil er hier auf Erden gut gewesen war, und darüber waren sie vergnügt. Johannes sah, wie sie von den grünen Bäumen weit in die Welt hinaus flogen, und da bekam er Lust mitzufliegen. Aber zuerst machte er ein großes Kreuz von Holz, um es auf seines Vaters Grab zu setzen, und als er es am Abend dahin brachte, war das Grab mit Sand und Blumen geschmückt; das hatten fremde Leute getan, denn sie hielten alle viel von dem lieben Vater, der nun tot war.

Früh am nächsten Morgen packte Johannes sein kleines Bündel zusammen und verwahrte in seinem Gürtel sein ganzes Erbteil, welches fünfzig Taler und ein paar Pfennige betrug; damit wollte er in die Welt hinauswandern. Aber zuerst ging er nach dem Kirchhofe zu seines Vaters Grab, betete ein Vaterunser und sagte: „Lebe wohl, Du lieber Vater! Ich will immer ein guter Mensch sein, darum bitte ich den lieben Gott, dass es mir wohl ergehe!"

Draußen auf dem Felde, wo Johannes ging, standen alle Blumen frisch und schön in dem warmen Sonnenschein, und sie nickten im Winde, gerade als wollten sie sagen: „Willkommen im Grünen! Ist es hier nicht schön?" Aber Johannes wendete sich noch einmal zurück, um die alte Kirche zu betrachten, wo er als kleines Kind getauft worden, wo er jeden Sonntag mit seinem Vater zum Gottesdienst gewesen war und die schönen Lieder gesungen hatte; da sah er hoch oben in einer Öffnung des Turms den Kirchenkobold mit seiner kleinen, roten Mütze stehen, das Antlitz mit dem gebogenen Arm beschattend, da ihm sonst die Sonne in die Augen stach. Johannes nickte ihm Lebewohl zu, und der kleine Kobold schwenkte seine rote Mütze, legte die Hand auf das Herz und warf ihm viele Kusshände zu, um zu zeigen, wie er ihm Gutes und namentlich eine recht glückliche Reise wünsche.

Johannes dachte daran, wie viel Schönes er nun in der großen Welt zu sehen bekommen werde, und ging weiter, so weit, als er früher nie gewesen war; er kannte die Orte gar nicht, durch die er kam, oder die Menschen, denen er begegnete; er war in der Fremde.

Die erste Nacht musste er sich auf einen Heuschober auf dem Felde schlafen legen, ein anderes Bett hatte er nicht. Aber das war gerade hübsch, meinte er, der König könnte es nicht besser haben. Das ganze Feld mit dem Flusse, der Heuschober und der blaue Himmel darüber, das war gerade eine schöne Schlafkammer. Das grüne Gras mit den kleinen, roten und weißen Blumen war die Fußdecke, die Fliederbüsche und die wilden Rosenhecken waren Blumensträuße, und zum Waschbecken diente ihm der ganze Fluss mit dem klaren, frischen Wasser, wo das Schilf sich neigte und ihm guten Abend wie guten Morgen bot. Der Mond war eine große Nachtlampe, hoch oben unter der Decke, der zündete die Vorhänge nicht an mit seinem Feuer; Johannes konnte ganz ruhig schlafen, er tat es auch und erwachte erst wieder, als die Sonne aufging und alle die kleinen Vögel ringsumher sangen: „Guten Morgen! Guten Morgen! Bist Du noch nicht auf?"

Die Glocken läuteten zur Kirche, es war Sonntag. Die Leute gingen hin, den Prediger zu hören, und Johannes folgte ihnen, sang das geistliche Lied mit und hörte Gottes Wort; es war ihm gerade, als wäre er in der Kirche, in der er getauft worden war, wo er Psalmen mit seinem Vater gesungen hatte.

Draußen auf dem Kirchhofe waren viele Gräber und auf einigen wuchs hohes Gras. Da dachte Johannes an seines Vaters Grab, welches am Ende auch so aussehen werde, wie diese, da er es nicht rein halten und schmücken konnte. Er setzte sich also nieder und riss das Gras ab, richtete die Holzkreuze auf, welche umgefallen waren, und legte die Kränze, die der Wind vom Grabe fortgerissen hatte, wieder auf ihre Stelle, indem er dachte: „Vielleicht tut jemand dasselbe an meines Vaters Grab, nun ich es nicht tun kann!"

Draußen vor der Kirchhofstür stand ein alter Bettler und stützte sich auf seine Krücke! Johannes gab ihm die Pfennige, die er hatte, und ging dann glücklich und vergnügt weiter fort, in die weite Welt hinaus.

Gegen Abend wurde es ein erschrecklich böses Wetter. Johannes sputete sich, unter Dach zu gelangen, aber es wurde bald finstere Nacht, da erreichte er endlich eine kleine Kirche, die ganz einsam auf einem kleinen Hügel lag; die Tür stand zum Glück nur angelehnt, und er schlüpfte hinein; hier wollte er bleiben, bis das böse Wetter sich gelegt hatte.

„Hier will ich mich in einen Winkel setzen", sagte er; „ich bin ganz ermüdet und bedarf wohl der Ruhe." Dann setzte er sich nieder, faltete seine Hände und betete sein Abendgebet, und bevor er es wusste schlief und träumte er, während es draußen blitzte und donnerte.

Als er wieder erwachte, war es mitten in der Nacht, aber das böse Wetter war vorübergezogen und der Mond schien durch die Fenster zu ihm herein. Mitten in der Kirche stand ein offener Sarg mit einem toten Mann darin, denn er war noch nicht begraben. Johannes war durchaus nicht furchtsam, denn er hatte ein gutes Gewissen und wusste wohl, dass die Toten niemand etwas zu Leide tun; es sind lebende böse Menschen, die Übels tun. Solche zwei lebende, schlimme Leute standen dicht bei dem toten Mann, der hier in die

Kirche hineingesetzt war, bevor er beerdigt wurde; dem wollten sie Übels erweisen, ihn nicht in seinem Sarge liegen lassen, sondern ihn draußen vor die Kirchtür werfen, den armen, toten Mann.

„Weshalb wollt Ihr das tun?", fragte Johannes. „Das ist böse und schlimm; lasst ihn in Jesu Namen ruhen!"

„O, Schnickschnack!", sagten die beiden hässlichen Menschen. „Er hat uns angeführt! Er schuldet uns Geld, das konnte er nicht bezahlen, und nun, da er tot ist, bekommen wir keinen Pfennig; deshalb wollen wir uns rächen, er soll wie ein Hund draußen vor der Kirchtür liegen!"

„Ich habe nicht mehr als fünfzig Taler", sagte Johannes, „das ist mein ganzes Erbteil, aber das will ich Euch gern geben, wenn Ihr mir ehrlich versprechen Wollt, den armen, toten Mann in Ruhe zu lassen. Ich werde schon durchkommen ohne das Geld; ich habe starke, gesunde Gliedmaßen, und der liebe Gott wird mir allezeit helfen."

„Ja", sagten die hässlichen Menschen, „wenn Du seine Schuld bezahlen willst, wollen wir beide ihm nichts tun, darauf kannst Du Dich verlassen!" Sie nahmen das Geld, welches ihnen Johannes gab, lachten laut auf über seine Gutmütigleit und gingen ihres Weges; Johannes aber legte die Leiche wieder im Sarge zurecht, faltete ihre Hände, nahm Abschied von ihr und ging dann durch den großen Wald zufrieden weiter.

Ringsumher, wo der Mond durch die Bäume hereinscheinen konnte, sah er die niedlichen kleinen Elfen lustig spielen; sie ließen sich nicht stören, sie wussten wohl, dass er ein guter, unschuldiger Mensch war, und es sind nur die bösen Leute, welche die Elfen nicht zu sehen bekommen. Einige von ihnen waren nicht größer, als ein Finger breit ist, und hatten ihre langen, gelben Haare mit goldenen Kämmen aufgeheftet; zwei und zwei schaukelten sie sich auf den großen Tautropfen, die auf den Blättern und dem hohen Grase lagen; zuweilen rollte ein Tropfen herab und fiel nieder zwischen den langen Grashalmen und das verursachte ein Gelächter und Lärmen unter den andern Kleinen. Es war allerliebst! Sie sangen und Johannes erkannte ganz deutlich alle die hübschen Lieder, die er als kleiner Knabe gelernt hatte. Große, bunte Spinnen mit silbernen Kronen auf dem Kopfe mussten von der einen Hecke zur andern lange Hängebrücken und Paläste spinnen, welche, da der feine Tau darauf fiel, wie glänzendes Glas im klaren Mondscheine aussahen. So währte es fort, bis die Sonne aufging. Die kleinen Elfen krochen dann in die Blumenknospen, und der Wind erfasste ihre Brücken und Schlösser, die als Spinnweben durch die Luft dahinflogen.

Johannes war nun aus dem Walde gekommen, als eine starke Mannsstimme hinter ihm rief: „Heda, Kamerad, wohin geht die Reise?"

„In die weite Welt hinaus!", sagte Johannes. „Ich habe weder Vater, noch Mutter, bin ein armer Bursche, aber der Herr hilft mir wohl!"

„Ich will auch in die weite Welt hinaus!", sagte der fremde Mann. „Wollen wir beide einander Gesellschaft leisten?"

„Ja wohl!", sagte Johannes, und sie gingen mit einander. Bald wurden sie sich recht gut, denn sie waren beide gute Menschen. Aber Johannes merkte wohl, dass der Fremde viel klüger war, als er; er hatte fast die ganze Welt durchreist und wusste von allem Möglichen, was existierte, zu erzählen.

Die Sonne war schon hoch herauf, als sie sich unter einen großen Baum setzten, ihr Frühstück zu genießen; zur selben Zeit kam eine alte Frau daher. Sie ging ganz krumm, stützte sich auf einen Krückstock und hatte auf ihrem Rücken ein Bündel Brennholz, welches sie sich im Walde gesammelt hatte. Ihre Schürze war aufgebunden, und Johannes sah, dass drei große Ruten von Farrenkraut und Weidenreisern daraus hervorsahen. Als sie ihnen ganz nahe war, glitt ihr ein Fuß aus, sie fiel und schrie gewaltig, denn sie hatte ein Bein gebrochen, die arme, alte Frau. Johannes meinte sogleich, dass sie die Frau nach Hause tragen wollten, wo sie wohnte, aber der Fremde machte sein Ränzel auf, und sagte, dass er hier eine Salbe habe, welche sogleich ihr Bein wieder ganz und kräftig machen werde, so dass sie selbst nach Hause gehen könne, und zwar, als ob sie nie das Bein gebrochen hätte. Aber dafür wollte er auch, dass sie ihm die drei Ruten schenke, die sie in ihrer Schürze habe. „Das wäre gut bezahlt!", sagte die Alte und nickte ganz eigen mit dem Kopfe; sie wollte die Ruten eben nicht gern hergeben, aber es war auch nicht angenehm, mit gebrochenem Beine dazuliegen. So gab sie ihm denn die Ruten, und sowie er nur die Salbe auf das Bein gerieben hatte, erhob sich auch die alte Mutter und ging viel besser als zuvor. Das hatte die Salbe bewirkt, aber die war auch nicht in der Apotheke zu haben.

„Was willst Du mit den Ruten?", fragte Johannes nun seinen Reisekameraden.

„Das sind drei schöne Kräuterbesen!", sagte er. „Die liebe ich sehr,
denn ich bin ein sonderbarer Mann!"

Dann gingen sie noch ein gutes Stück.

„Wie der Himmel sich umzieht!", sagte Johannes und zeigte gerade
aus. „Das sind erschrecklich dicke Wolken!"

„Nein", sagte der Reisekamerad, „das sind keine Wolken, das sind
Berge, die herrlichen, großen Berge, wo man ganz hinauf über die
Wolken in die frische Luft gelangt! Glaube mir, das ist herrlich! Bis
morgen sind wir sicher schon dort!"

Das war nicht so nahe, wie es aussah; sie hatten einen ganzen Tag zu
gehen, bevor sie die Berge erreichten, wo die schwarzen Wälder gerade
gegen den Himmel aufwuchsen, und wo es Steine gab, gerade so groß
als eine ganze Stadt. Das mochte wahrlich eine schwere Anstrengung
werden, da hinüberzukommen, aber darum gingen auch Johannes
und der Reisekamerad in das Wirtshaus, um auszuruhen und Kräfte
zum morgenden Marsche zu sammeln.

Unten in der großen Schenkstube im Wirtshause waren viele Menschen versammelt, denn da war ein Mann, der gab ein Puppenspiel;
er hatte gerade seine kleine Bühne aufgestellt, und die Leute saßen
ringsumher, um die Komödie zu sehen. Ganz vorn aber hatte ein
dicker Schlächter Platz genommen, und zwar den allerbesten; sein
großer Bullenbeißer, der recht grimmig aussah, saß an seiner Seite und
machte große Augen, gerade wie die andern Zuschauer.

Nun begann ein niedliches Stück mit einem Könige und einer Königin; die saßen auf dem schönsten Thron, hatten goldne Kronen auf
dem Haupte und lange Schleppen an den Kleidern, denn das konnten
sie haben. Die niedlichsten Holzpuppen mit Glasaugen und großen
Schnurrbärten standen an allen Türen und machten auf und zu, damit
frische Luft in das Zimmer kommen konnte. Es war gerade ein recht
hübsches Stück und gar nicht traurig; aber wie die Königin aufstand
und über den Fußboden hinging, da – Gott mag wissen, was der große
Bullenbeißer sich dachte – machte er, da der dicke Schlächter ihn
nicht hielt, einen Sprung in das Theater, nahm die Königin mitten um
den Leib, so dass es knick! knack! ging. Es war ganz erschrecklich!

Der arme Mann, der das Stück aufführte, war sehr erschrocken und betrübt über seine Königin, denn es war die allerniedlichste Puppe, die er hatte, und nun hatte ihr der hässliche Bullenbeißer den Kopf abgebissen; als aber die Leute später fortgingen, sagte der Fremde, der mit Johannes gekommen war, dass er sie wieder zurecht machen werde, und dann nahm er seine Flasche hervor und schmierte die Puppe mit der Salbe, womit er der alten Frau geholfen, als sie ihr Bein gebrochen hatte. Sowie die Puppe geschmiert war, wurde sie wieder ganz, ja sie konnte sogar alle ihre Glieder bewegen, man brauchte gar nicht mehr an der Schnur zu ziehen; die Puppe war wie ein lebendiger Mensch, nur dass sie nicht sprechen konnte. Der Mann, der das kleine Puppentheater hatte, wurde sehr froh; nun brauchte er diese Puppe gar nicht mehr zu halten, die konnte ja von selbst tanzen. Das konnte keine der andern.

Als es Nacht geworden und alle Leute im Wirtshause zu Bett gegangen waren, da war jemand, der erschrecklich tief seufzte und so lange damit fortfuhr, bis alle aufstanden, um zu sehen, wer es sein könnte. Der Mann, der das Stück gegeben hatte, ging nach seinem kleinen Theater hin, denn dort war es, wo jemand seufzte. Alle Holzpuppen lagen unter einander, der König und alle Trabanten, und die waren es, die so jämmerlich seufzten und mit ihren Glasaugen stierten, denn sie wollten so gern gleich der Königin ein wenig geschmiert werden, damit sie sich auch von selbst bewegen könnten. Die Königin legte sich gerade auf die Knie und streckte ihre prächtige Krone in die Höhe, während sie bat: „Nimm mir diese, aber schmiere meinen Gemahl und meine Hofleute!" Da konnte der arme Mann, der die Komödie und alle Puppen besaß, nicht unterlassen, zu weinen, denn es tat ihm wirklich ihretwegen leid. Er versprach sogleich dem Reisekameraden, ihm alles Geld zu geben, was er am nächsten Abend für sein Spiel erhalten werde, wenn er nur vier bis fünf von seinen niedlichsten Puppen schmieren wollte; aber der Reisekamerad sagte, dass er durchaus nichts anderes verlange, als den großen Säbel, den jener an seiner Seite habe, und als er den erhielt, beschmierte er sechs Puppen, die sogleich tanzten, und das so niedlich, dass alle Mädchen, die lebendigen Menschenmädchen, die es sahen, sogleich mittanzten. Der Kutscher und die Köchin tanzten, der Diener und das Stubenmädchen, alle Fremden und die Feuerschaufel und die Feuerzange; aber diese fielen um, als sie die ersten Sprünge machten. Ja, das war eine lustige Nacht.

Am nächsten Morgen ging Johannes mit seinem Reisekameraden fort, auf die hohen Berge hinauf und durch die hohen Tannenwälder. Sie kamen so hoch hinauf, dass die Kirchtürme tief unter ihnen zuletzt wie kleine, rote Beeren unten in all' dem Grünen aussahen, und sie konnten weit hinsehen, viele, viele Meilen weit, wo sie nie gewesen waren! So viel Schönes der prächtigen Welt hatte Johannes früher nie gesehen und die Sonne schien warm aus der frischen Luft, er hörte auch zwischen den Bergen die Jäger das Waldhorn so schön und lieblich blasen, dass ihm vor Freude das Wasser in die Augen trat und er nicht unterlassen konnte auszurufen: „Du guter, lieber Gott, ich möchte Dich küssen, weil Du so gut gegen uns alle bist und uns all' die Herrlichkeit, die in der Welt ist, gegeben hast!"

Der Reisekamerad stand auch mit gefalteten Händen da und sah über den Wald und die Städte in den warmen Sonnenschein hinaus. Zu gleicher Zeit ertönte es wunderbar lieblich über ihren Häuptern; sie blickten in die Höhe; ein großer, weißer Schwan schwebte in der Luft und sang, wie sie früher nie einen Vogel hatten singen hören. Aber der Gesang wurde schwächer und schwächer, der schöne Vogel neigte seinen Kopf und sank ganz langsam zu ihren Füßen nieder, wo er tot liegen blieb.

„Zwei so herrliche Flügel", sagte der Reisekamerad, „so weiß und groß wie die, welche der Vogel hat, sind Geldes wert, die will ich mitnehmen! Siehst Du nun wohl, dass es gut war, dass ich einen Säbel bekam?" Und so hieb er beide Flügel des toten Schwanes ab, die wollte er behalten.

Sie reisten nun viele, viele Meilen weit fort über die Berge bis sie zuletzt eine große Stadt vor sich sahen, mit hundert Türmen, die wie Silber in der Sonne erglänzten; mitten in der Stadt war ein prächtiges Marmorschloss, mit Gold gedeckt, und hier wohnte der König.

Johannes und der Reisekamerad wollten nicht sogleich in die Stadt gehen, sondern blieben im Wirtshause draußen vor der Stadt, damit sie sich putzen konnten, denn sie wollten gut aussehen, wenn sie in die Stadt kamen. Der Wirt erzählte ihnen, dass der König ein ganz guter Mann sei, der nie einem Menschen das Geringste zu Leide tue, aber seine Tochter, ja Gott behüte uns! das sei eine schlimme Prinzessin. Schönheit besaß sie genug, keine konnte so hübsch und niedlich sein, als sie war, aber was half das! Sie war eine Hexe, die schuld daran war, dass viele herrliche Prinzen ihr Leben verloren hatten. Allen Menschen hatte sie die Erlaubnis erteilt, um sie freien zu dürfen; ein jeder konnte kommen, er mochte Prinz oder Bettler sein, das war ihr ganz gleichgültig; er sollte nur drei Sachen raten, an die sie gedacht hatte und um die sie ihn befragte; könne er das, so wolle sie sich mit ihm verbinden, und er solle König über das ganze Land sein, wenn ihr Vater sterbe; konnte er aber die drei Sachen nicht raten, so ließ sie ihn aufhängen oder ihm den Kopf abhauen. Ihr Vater, der alte König, war sehr betrübt darüber, aber er konnte ihr nicht verbieten, so böse zu sein, denn er hatte einmal gesagt, er wolle nie etwas mit ihren Liebhabern zu tun haben, sie könne selbst tun, was sie wolle. Jedesmal wenn ein Prinz kam und raten sollte, um die Prinzessin zu erhalten, so konnte er es nicht, und dann wurde er gehängt oder geköpft; er war ja bei Zeiten gewarnt worden, er hätte das Freien unterlassen können. Der alte König war so betrübt über all' die Trauer und das Elend, dass er einen ganzen Tag des Jahres mit all' seinen Soldaten auf den Knien lag und betete, die Prinzessin möge gut werden, aber das wollte sie durchaus nicht. Die alten Frauen, die Branntwein tranken, färbten denselben ganz schwarz, bevor sie ihn tranken; so trauerten sie, und mehr konnten sie doch nicht tun.

„Die hässliche Prinzessin!", sagte Johannes. „Sie sollte wirklich die Rute haben, das würde ihr gut tun. Wäre ich der alte König, so würde sie bald anders werden."

Da hörten sie das Volk draußen Hurrah rufen. Die Prinzessin kam vorbei, und sie war wirklich so schön, dass alle Leute vergaßen, wie böse sie war, deshalb riefen sie Hurrah. Zwölf schöne Jungfrauen, allesammt in weißen Seidenkleidern und eine goldene Tulpe in der Hand, ritten auf kohlschwarzen Pferden ihr zur Seite; die Prinzessin selbst hatte ein kreideweißes Pferd, mit Diamanten und Rubinen geschmückt, ihr Reitkleid war von reinem Golde, und die Peitsche, die sie in der Hand hatte, sah aus, als wäre sie ein Sonnenstrahl; die goldene Krone auf dem Haupte war gerade wie kleine Sterne oben vom

Himmel, und der Mantel war von mehr als tausend schönen Schmetterlingsflügeln zusammengenäht; dessenungeachtet war sie viel schöner als alle ihre Kleider.

Als Johannes sie zu sehen bekam, wurde er so rot in seinem Antlitz, wie ein Blutstropfen, und er konnte kaum ein einziges Wort sagen; die Prinzessin sah ganz so aus wie das schöne Mädchen mit der goldenen Krone, von dem er in der Nacht geträumt hatte, in der sein Vater gestorben war. Er fand sie außerordentlich schön und konnte nicht unterlassen, sie recht zu lieben. Das sei gewiss nicht wahr, sagte er, dass sie eine böse Hexe sei, welche die Leute hängen oder köpfen lasse, wenn sie nicht raten könnten, was sie von ihnen verlangte. „Ein jeder hat ja die Erlaubnis, um sie zu freien, sogar der ärmste Bettler; ich will nach dem Schlosse gehen, denn ich kann es nicht unterlassen!" Jedermann sagte ihm, er möge das nicht tun, es werde ihm sonst bestimmt wie allen den andern ergehen. Der Reisekamerad riet ihm auch davon ab, aber Johannes meinte, es werde schon gut gehen, bürstete seine Schuhe und seinen Rock, wusch sein Gesicht und seine Hände, kämmte sein hübsches, gelbes Haar, und ging dann ganz allein in die Stadt hinein und nach dem Schlosse.

„Herein!", sagte der alte König, als Johannes an die Türe pochte. Johannes öffnete, und der alte König, im Schlafrock und gestickten Pantoffeln, kam ihm entgegen; die goldene Krone hatte er auf dem Haupte, das Zepter in der einen Hand und den Reichsapfel in der andern. „Warte ein bischen!", sagte er und nahm den Apfel unter den Arm, um Johannes die Hand reichen zu können. Aber sowie er erfuhr, er sei ein Freier, fing er an so zu weinen, dass das Zepter sowohl wie der Apfel auf den Fußboden fielen und er die Augen mit seinem Schlafrock trocknen musste. Der arme, alte König!

„Lass es sein", sagte er, „es geht Dir schlecht wie allen andern. Nun, Du sollst es sehen." Dann führte er Johannes hinaus nach dem Lustgarten der Prinzessin. Da sah es erschrecklich aus! Oben an jedem Baum hingen drei, vier Königssöhne, die um die Prinzessin gefreit hatten, die Sachen aber nicht hatten raten können, die sie ihnen aufgegeben hatte. Jedesmal, wenn es wehte, klapperten alle Gerippe, so dass die kleinen Vögel erschraken und nie in den Garten zu kommen wagten; alle Blumen waren an Menschenknochen aufgebunden und in Blumentöpfen

181

standen Totenköpfe und grinsten. Das war wahrlich ein sonderbarer Garten für eine Prinzessin!

„Hier kannst Du es sehen!", sagte der König. „Es wird Dir ebenso wie all' den andern ergehen, die Du hier siehst. Unterlasse es deshalb lieber; Du machst mich wirklich unglücklich, denn ich nehme mir das sehr zu Herzen!"

Johannes küsste dem guten König die Hand und sagte, es werde schon gut gehen, denn er sei ganz entzückt von der schönen Prinzessin.

Da kam die Prinzessin selbst mit allen ihren Damen in den Schlosshof geritten; sie gingen deshalb zu ihr hinaus und sagten ihr guten Tag. Sie war wunderschön anzuschauen und reichte Johannes die Hand, und er hielt noch viel mehr von ihr als früher, sie konnte keine böse Hexe sein, wie alle Leute es ihr nachsagten. Dann gingen sie hinauf in den Saal, und die Diener boten ihnen Eingemachtes und Pfeffernüsse, aber der alte König war betrübt, er konnte gar nichts essen, und die Pfeffernüsse waren ihm auch zu hart.

Es wurde bestimmt, dass Johannes am nächsten Morgen wieder nach dem Schlosse kommen sollte, dann würden die Richter und der ganze Rat versammelt sein und hören, wie es ihm beim Raten ergehe. Wenn er gut dabei fahre, so sollte er dann noch zweimal kommen, aber es war noch nie jemand dagewesen, der das erste Mal geraten hatte, sie hatten alle das Leben verloren.

Johannes war gar nicht darum bekümmert, wie es ihm ergehen werde, er war vielmehr vergnügt, gedachte nur der schönen Prinzessin und glaubte ganz sicher, der liebe Gott werde ihm schon helfen, aber wie, das wusste er nicht, und wollte lieber nicht daran denken. Er tanzte auf der Landstraße dahin, als er nach dem Wirtshause zurückkehrte, wo der Reisekamerad auf ihn wartete.

Johannes konnte nicht fertig damit werden, zu erzählen, wie artig die Prinzessin gegen ihn gewesen und wie schön sie sei; er sehnte sich schon nach dem nächsten Tage, wo er in das Schloss sollte, um sein Glück mit Raten zu versuchen.

Aber der Reisekamerad schüttelte mit dem Kopfe und war ganz betrübt. „Ich bin Dir gut!", sagte er. „Wir hätten noch lange zusammen sein können, und nun soll ich Dich schon verlieren! Du armer, lieber Johannes, ich könnte weinen, aber ich will am letzten Abend, den wir vielleicht zusammen sind, Deine Freude nicht stören. Wir wollen lustig sein, recht lustig; morgen, wenn Du fort bist, kann ich ungestört weinen."

Alle Leute in der Stadt hatten erfahren, dass ein neuer Freier der Prinzessin angekommen war, und deshalb herrschte große Betrübnis. Das Schauspielhaus blieb geschlossen, alle Küchenfrauen banden Flor um ihre Zuckerherzen, der König und die Priester lagen auf den Knien in den Kirchen, es war allgemeine Betrübnis, denn man dachte, es könne Johannes nicht besser ergehen, als es allen den übrigen Freiern ergangen war.

Gegen Abend bereitete der Reisekamerad Punsch und sagte zu Johannes: „Nun wollen wir recht lustig sein und auf der Prinzessin Gesundheit trinken." Als aber Johannes zwei Gläser getrunken hatte, wurde er so schläfrig, dass es ihm unmöglich war, die Augen offen zu halten, er versank in tiefen Schlaf. Der Reisekamerad hob ihn ganz sachte vom Stuhle auf und legte ihn in das Bett hinein, und als es dann dunkle Nacht wurde, nahm er die beiden großen Flügel, die er dem Schwan abgehauen hatte, und band sie an seinen Schultern fest; die größte Rute, die er von der Frau erhalten hatte, welche gefallen war und das Bein gebrochen hatte, steckte er in seine Tasche, öffnete das Fenster und flog so über die Stadt, gerade nach dem Schlosse hin, wo er sich in einen Winkel unter das Fenster setzte, welches in die Schlafstube der Prinzessin hinein ging.

Es war ganz still in der großen Stadt. Nun schlug die Uhr drei viertel auf zwölf; das Fenster ging auf, und die Prinzessin flog in einem langen, weißen Mantel und mit schwarzen Flügeln über die Stadt weg, hinaus zu einem großen Berge; aber der Reisekamerad machte sich unsichtbar, so dass sie ihn nicht sehen konnte, flog hinterher und peitschte die Prinzessin mit seiner Rute, dass Blut floss, wohin er schlug. Ah, das war eine Fahrt durch die Luft! Der Wind erfasste ihren Mantel, der sich nach allen Seiten ausbreitete, gleich einem großen Schiffssegel, und der Mond schien durch denselben.

„Wie es hagelt! Wie es hagelt!", sagte die Prinzessin bei jedem Schlage, den sie von der Rute bekam, und das geschah ihr schon recht. Endlich kam sie hinaus zum Berge und klopfte an. Es rollte gleich dem Donner, indem der Berg sich öffnete, und die Prinzessin ging hinein. Der Reisekamerad folgte ihr, denn niemand konnte ihn sehen, er war unsichtbar. Sie gingen durch einen großen, langen Gang, wo die Wände ganz besonders glänzten; es waren über tausend glühende Spinnen, die an der Mauer auf und ab liefen und wie Feuer leuchteten. Dann kamen sie in einen großen Saal, von Silber und Gold erbaut. Blumen, so groß als Sonnenblumen, rote und blaue, glänzten von den Wänden, aber niemand konnte die Blumen pflücken, denn die Stengel waren hässliche, giftige Schlangen, und die Blumen waren Feuer, welches ihnen aus dem Maule herausbrannte. Die ganze Decke war mit Johanniswürmern und himmelblauen Fledermäusen bedeckt, welche mit den dünnen Flügeln schlugen; es sah ganz schauerlich aus! Mitten auf dem Fußboden war ein Thron, der von vier Pferdegerippen, welche Zaumzeug von den roten Feuerspinnen hatten, getragen wurde; der Thron selbst war von milchweißem Glase, und die Kissen darauf waren kleine, schwarze Mäuse, die einander in den Schwanz bissen. Über demselben war ein Dach von rosenroten Spinngeweben, mit den niedlichsten, grünen, kleinen Fliegen besetzt, welche wie Edelsteine glänzten. Auf dem Throne saß ein alter Zauberer, mit einer Krone auf dem hässlichen Kopf und einem Zepter in der Hand. Er küsste die Prinzessin auf die Stirn, ließ sie sich zu seiner Seite auf den Thron setzen, und nun begann die Musik. Große, schwarze Heuschrecken spielten die Mundharmonika, und die Eule schlug sich auf den Leib, denn sie hatte keine Trommel. Das war ein possierliches Konzert. Kleine, schwarze Kobolde mit einem Irrlicht auf der Mütze tanzten im Saale herum. Niemand aber konnte den Reisekameraden erblicken; er hatte sich gerade hinter den Thron gestellt und hörte und sah alles.

Die Hofleute, die nun hereinkamen, waren fein und vornehm, aber der, welcher ordentlich sehen konnte, merkte wohl, wie es damit zusammenhing. Es waren nichts weiter als Besenstiele mit Kohlköpfen darauf, in die der Zauberer Leben gehext und welchen er gestickte Kleider gegeben hatte. Aber das war ja auch gleichgültig, sie wurden doch nur zum Staate gebraucht.

Nachdem nun etwas getanzt worden war, erzählte die Prinzessin dem Zauberer, dass sie einen neuen Freier erhalten habe, und fragte deshalb, woran sie denken solle, um ihn am nächsten Morgen darnach zu fragen, wenn er nach dem Schlosse komme.

„Höre", sagte der Zauberer, „das will ich Dir sagen! Du sollst etwas recht Leichtes wählen, denn so fällt er gar nicht darauf. Denke an Deinen Schuh. Das rät er nicht. Lass ihm dann den Kopf abhauen, doch vergiss nicht, wenn Du morgen Nacht wieder zu mir herauskommst, mir seine Augen zu bringen, denn die will ich essen!"

Die Prinzessin verneigte sich tief und sagte, sie werde die Augen nicht vergessen. Der Zauberer öffnete nun den Berg, und sie flog wieder zurück, aber der Reisekamerad folgte ihr und prügelte sie so sehr mit der Rute, dass sie tief feufzte über das starke Hagelwetter, und sich, so sehr sie konnte, beeilte, durch das Fenster in die Schlafstube zu gelangen; aber der Reisekamerad flog zum Wirtshause zurück, wo Johannes noch schlief, löste seine Flügel ab und legte sich dann auch auf das Bett, denn er konnte wohl ermüdet sein.

Es war ganz früh am Morgen als Johannes erwachte, der Reisekamerad stand auch auf und erzählte, dass er diese Nacht einen ganz sonderbaren Traum von der Prinzessin und ihrem Schuh gehabt habe, und bat ihn deshalb, doch zu fragen, ob die Prinzessin nicht an ihren Schuh gedacht haben sollte, denn das war es ja, was er von dem Zauberer im Berge gehört hatte.

„Ich kann ebenso darnach als nach etwas anderem fragen", sagte Johannes; „vielleicht ist das ganz richtig, was Du geträumt hast, denn ich vertraue auf den lieben Gott, der mir schon helfen wird! Aber ich will Dir doch Lebewohl sagen, denn wenn ich falsch rate, so bekomme ich Dich nie mehr zu sehen!"

Dann küssten sie sich, und Johannes ging in die Stadt nach dem Schlosse. Der ganze Saal war mit Menschen angefüllt, die Richter saßen in ihren Lehnstühlen und hatten Eiderdunenkissen hinter dem Kopfe, denn sie hatten so viel zu denken. Der alte König stand auf und trocknete seine Augen mit einem weißen Taschentuche. Nun trat die Prinzessin herein; sie war noch viel schöner als gestern und grüßte alle lieblich, aber dem Johannes gab sie die Hand und sagte: „Guten Morgen, Du!"

Nun sollte Johannes raten, woran sie gedacht habe. Wie sah sie ihn so freundlich an, aber sowie sie ihn das Wort „Schuh" aussprechen hörte, wurde sie kreideweiß im Gesicht und zitterte am ganzen Körper; aber das konnte ihr nichts helfen, denn er hatte richtig geraten!

Wie wurde der alte König vergnügt! Er schoss einen Purzelbaum, dass es eine Lust war, und alle Leute klatschten in die Hände für ihn und für Johannes, der das erste Mal richtig geraten hatte.

Der Reisekamerad war auch erfreut, als er erfuhr, wie gut es abgelaufen war; aber Johannes faltete seine Hände und dankte Gott, der ihm sicher die beiden andern Male wieder helfen werde. Am nächsten Tage sollte schon wieder geraten werden.

Der Abend verging ebenso wie der gestrige. Als Johannes schlief, flog der Reisekamerad hinter der Prinzessin her zum Berge hinaus und prügelte noch stärker, als das vorige Mal, denn nun hatte er zwei Ruten genommen; niemand bekam ihn zu sehen, und er hörte alles. Die Prinzessin wollte an ihren Handschuh denken, und das erzählte er wieder dem Johannes, gerade als ob es ein Traum sei; so konnte derselbe richtig raten, und es verursachte eine große Freude auf dem Schlosse. Der ganze Hof schoss Purzelbäume, gerade so wie er es den König das erste Mal hatte machen sehen; aber die Prinzessin lag auf dem Sofa und wollte nicht ein einziges Wort sagen. Nun kam es darauf an, ob Johannes das dritte Mal richtig raten konnte. Glückte es, so sollte er ja die schöne Prinzessin haben und nach dem Tode des alten Königs das ganze Königreich erben; riet er falsch, so sollte er sein Leben verlieren und der Zauberer würde seine schönen, blauen Augen essen.

Den Abend vorher ging Johannes zeitig zu Bette, betete sein Abendgebet und schlief dann ruhig, aber der Reisekamerad band seine Flügel an den Rücken, schnallte den Säbel an seine Seite, nahm alle drei Ruten mit sich, und so flog er nach dem Schlosse.

Es war ganz finstere Nacht; es stürmte so, dass die Dachsteine von den Häusern flogen, und die Bäume drinnen im Garten, wo die Gerippe hingen, sich gleich dem Schilfe vom Sturmwind bogen; es blitzte jeden Augenblick, und der Donner rollte gerade, als ob es nur ein einziger Schlag sei, der die ganze Nacht währte. Nun ging das Fenster auf, und die Prinzessin flog heraus; sie war so bleich wie der Tod, aber sie lachte über das böse Wetter, meinte, es sei noch nicht stark genug, und ihr weißer Mantel wirbelte in der Luft herum gleich einem großen Schiffssegel. Aber der Reisekamerad peitschte sie mit drei Ruten, dass das Blut auf die Erde tröpfelte und sie zuletzt kaum weiter fliegen konnte. Endlich kam sie doch nach dem Berge.

„Es hagelt und stürmt", sagte sie; „nie bin ich in solchem Wetter aus gewesen."

„Man kann auch des Guten zu viel haben", sagte der Zauberer. Nun erzählte sie ihm, dass Johannes auch das zweite Mal richtig geraten habe; wenn er dasselbe morgen tue, so habe er gewonnen, und sie könne nie mehr nach dem Berge hinauskommen, werde nie mehr solche Zauber-künste wie früher machen können; deshalb war sie ganz betrübt.

„Er soll es nicht raten können!", sagte der Zauberer. „Ich werde schon etwas erdenken, was er sich nie gedacht hat, oder er müsste ein größe-rer Zauberer sein, als ich. Aber nun wollen wir lustig sein!" Und damit fasste er die Prinzessin bei beiden Händen und sie tanzten mit allen den kleinen Kobolden und Irrlichtern herum, die in dem Zimmer waren, die roten Spinnen sprangen an den Wänden ebenso lustig auf und nie-der; es sah aus, als ob Feuerblumen sprühten. Die Eulen schlugen auf die Trommel, die Heimchen pfiffen und die schwarzen Heuschrecken bliesen die Mundharmonika. Es war ein lustiger Ball!

Als sie nun lange genug getanzt hatten, musste die Prinzessin nach Hause, sonst wäre sie im Schlosse vermisst worden; der Zauberer sagte, dass er sie begleiten wolle, dann seien sie doch noch unterwegs beisammen.

Dann flogen sie im bösen Wetter davon, und der Reisekamerad schlug seine drei Ruten auf ihren Rücken entzwei; nie war der Zaube-rer in solchem Hagelwetter aus gewesen. Draußen vor dem Schlosse sagte er der Prinzessin Lebewohl und flüsterte ihr zugleich zu: „Denke an meinen Kopf!" Aber der Reisekamerad hörte es wohl und gerade in dem Augenblicke, als die Prinzessin durch das Fenster in ihr Schlaf-zimmer schlüpfen und der Zauberer wieder umkehren wollte, ergriff er ihn an seinem langen, schwarzen Barte und hieb mit seinem Säbel seinen hässlichen Zauberkopf gerade bei den Schultern ab, so dass der Zauberer ihn nicht einmal selbst zu sehen bekam; den Körper warf er hinaus in den See zu den Fischen, doch den Kopf tauchte er nur in das Wasser und band ihn dann in sein Taschentuch, nahm ihn mit nach dem Wirtshause und legte sich schlafen.

Am nächsten Morgen gab er Johannes das Taschentuch und sagte ihm dabei, dass er es nicht eher aufbinden dürfe, als bis die Prinzessin frage, woran sie gedacht habe.

Es waren so viele Menschen in dem großen Saale auf dem Schlosse, dass sie so dicht standen wie Radieschen, die in ein Bündel zusammengeknüpft sind. Der Rat saß in seinen Stühlen mit den weichen Kopfkissen, und der alte König hatte neue Kleider an, die goldne Krone und Zepter waren poliert, es sah ganz feierlich aus; aber die Prinzessin war ganz bleich und hatte ein kohlschwarzes Kleid an, als gehe sie zum Begräbnis.

„Woran habe ich gedacht?", fragte sie Johannes, und sogleich band er das Taschentuch auf und erschrak selbst ganz gewaltig, als er das hässliche Zauberhaupt erblickte. Es schauderte allen Menschen, denn es war erschrecklich anzusehen, aber die Prinzessin saß gerade wie ein Steinbild und konnte nicht ein einziges Wort sagen; zuletzt erhob sie sich und reichte Johannes die Hand, denn er hatte ja richtig geraten; sie sah ihn nicht an, sondern seufzte ganz laut: „Nun bist Du mein Herr! Diesen Abend wollen wir Hochzeit halten!"

„Das gefällt mir!", sagte der alte König; „so wollen wir es haben!" Alle Leute riefen Hurrah, die Wache machte Musik in den Straßen, die Glocken wurden geläutet, und die Küchenfrauen nahmen den schwarzen Flor von ihren Zuckerherzen, denn nun herrschte Freude. Drei ganze gebratene Ochsen, mit Enten und Hühnern gefüllt, wurden mitten auf den Markt gesetzt, jeder konnte sich ein Stück abschneiden, in den Wasserkünsten sprudelte der schönste Wein, und kaufte man eine Brezel beim Bäcker, so bekam man sechs große Zwiebäcke als Zugabe und den Zwieback mit Rosinen darin.

Am Abend war die ganze Stadt erleuchtet und die Soldaten schossen mit Kanonen und die Knaben mit Knallerbsen, und es wurde gegessen und getrunken, angestoßen und gesprungen oben im Schlosse, alle die vornehmen Herren und schönen Fräuleins tanzten mit einander; man konnte in weiter Ferne hören, wie sie sangen:

Hier sind viele hübsche Mädchen,
Die gerne tanzen rund herum,
Dreh'n sich wie Spinnrädchen;
Hübsches Mädchen dreh' Dich um.
Tanzt und springet immer zu,
Bis die Sohle fällt vom Schuh.

Aber die Prinzessin war ja noch eine Hexe und mochte Johannes gar nicht leiden; das fiel dem Reisekamerad ein, und deshalb gab er Johannes drei Federn aus den Schwanenflügeln und eine kleine Flasche mit einigen Tropfen darin, sagte ihm dann, dass er ein großes Fass, mit Wasser gefüllt, vor das Bett der Prinzessin setzen lassen solle, und wenn die Prinzessin hineinsteigen wolle, solle er ihr einen kleinen Stoß geben, so dass sie in das Wasser hinunterfalle, wo er sie dreimal untertauchen müsse, nachdem er vorher die Federn und die Tropfen hineingeschüttet habe; dann werde sie ihre Zauberei verlieren und ihn recht lieb haben.

Johannes tat alles, was der Reisekamerad ihm geraten hatte. Die Prinzessin schrie laut auf, indem sie unter das Wasser tauchte, und zappelte ihm unter den Händen als ein großer, schwarzer Schwan mit funkelnden Augen; als sie das zweite Mal wieder übel das Wasser heraufkam, war der Schwan weiß bis auf einen schwarzen Ring um den Hals. Johannes betete fromm zu Gott und ließ das Wasser das dritte Mal über den Vogel zusammenschlagen, und im selben Augenblicke wurde er in die schönste Prinzessin verwandelt. Sie war noch schöner als zuvor und dankte ihm mit Tränen in ihren herrlichen Augen, dass er ihre Bezauberung gehoben habe.

Am nächsten Morgen kam der alte König mit seinem ganzen Hofstaat, und da gab es ein Glückwünschen bis spät in den Tag hinein. Zu allerletzt kam der Reisekamerad; er hatte seinen Stock in der Hand und das Ränzel auf dem Rücken. Johannes küsste ihn vielmal und sagte, er dürfe nicht fortreisen, er solle bei ihm bleiben, denn er sei ja die Ursache seines ganzen Glückes. Aber der Reisekamerad schüttelte mit dem Kopfe und sagte mild und freundlich: „Nein, nun ist meine Zeit um. Ich habe nur meine Schuld bezahlt. Erinnerst Du Dich des toten Mannes, dem die bösen Menschen Übels tun wollten? Du gabst alles, was Du besaßest, damit er Ruhe in seinem Grabe haben könnte. Der Tote bin ich!"

Zu gleicher Zeit war er verschwunden.

Die Hochzeit währte einen ganzen Monat. Johannes und die Prinzessin liebten einander innig, und der alte König erlebte manche frohe Tage und ließ ihre kleinen Kinderchen auf seinen Knien reiten und mit seinem Zepter spielen; aber Johannes wurde König über das ganze Land.

Der fliegende Koffer

Es war einmal ein Kaufmann, der war so reich, dass er die ganze Straße und fast noch eine kleine Gasse dazu mit Silbergeld pflastern konnte; aber das tat er nicht: er wusste sein Geld anders anzuwenden. Gab er einen Schilling aus, so bekam er einen Taler wieder; ein so guter Kaufmann war er – bis er starb.

Der Sohn bekam nun all dieses Geld. Lebte lustig, ging jede Nacht zur Maskerade, machte Papierdrachen aus Talerscheinen und warf Fitschen auf der See mit Goldstücken, anstatt mit Steinen. Auf diese Weise konnte das Geld schon zu Ende gehen, und das tat es. Zuletzt besaß er nicht mehr, als vier Schillinge, und hatte keine andern Kleider, als ein Paar Pantoffeln und einen alten Schlafrock. Nun kümmerten sich seine Freunde nicht mehr um ihn, da sie ja nicht zusammen auf die Straße gehen konnten; aber einer von ihnen, der gutmütig war, sandte ihm einen alten Koffer, mit der Bemerkung: „Packe ein!" Ja, das war nun recht schön, aber er hatte nichts einzupacken; darum setzte er sich selbst in den Koffer.

Das war ein merkwürdiger Koffer, Sobald man an das Schloss drückte, konnte der Koffer fliegen. Er drückte und wips! flog er mit ihm durch den Schornstein hoch über die Wolken hinauf, weiter und weiter fort. So oft aber der Boden ein wenig knackte, war er gar sehr in Angst, dass der Koffer in Stücke gehen könnte; alsdann hätte er einen tüchtigen Purzelbaum gemacht. – Gott bewahre uns! Auf solche Weise kam er nach dem Lande der Türken. Den Koffer verbarg er im Walde unter den dürren Blättern und ging dann in die Stadt hinein. Das konnte er auch gut, denn bei den Türken gingen ja alle so wie er: in Schlafrock und Pantoffeln. Da begegnete er einer Amme mit einem kleinen Kinde. „Höre, Du Türkenamme", sagte er, „was ist das für ein großes Schloss hier dicht bei der Stadt, wo die Fenster so hoch oben sind?"

191

„Da wohnt die Tochter des Sultans!", erwiderte sie. „Es ist prophezeit, dass sie über einen Geliebten sehr unglücklich werden würde, und
deshalb darf niemand zu ihr kommen, wenn nicht der Sultan und die
Sultanin dabei sind!"

„Ich danke!", sagte der Kaufmannssohn, und ging hinaus in den
Wald, setzte sich in seinen Koffer, flog auf das Dach und kroch durch
das Fenster zur Prinzessin hinein.

Sie lag auf dem Sofa und schlief; sie war so schön, dass der Kaufmannssohn sie küssen musste. Da erwachte sie und erschrak gewaltig;
aber er sagte, er sei der Türkengott, der durch die Luft zu ihr herab
gekommen wäre, und das gefiel ihr.

Sie setzten sich nebeneinander, und er erzählte ihr Geschichtchen
von ihren Augen: das wären die herrlichsten, dunklen Seen, da schwämmen die Gedanken gleich Meerweibchen drin. Und er erzählte von ihrer
Stirn: die wäre ein Schneeberg mit den prächtigsten Sälen und Bildern.

Ja das waren schöne Geschichten! Dann freiete er um die Prinzessin, und sie sagte gleich ja!

„Aber Sie müssen den Sonnabend herkommen!", sagte sie. „Da sind
der Sultan und die Sultanin bei mir zum Tee! Sie werden sehr stolz darauf sein, dass ich den Türkengott bekomme. Aber sehen Sie zu, dass
Sie ein recht hübsches Märchen wissen, denn das lieben meine Eltern
außerordentlich. Meine Mutter will es moralisch und vornehm, und
mein Vater belustigend haben, so dass man lachen kann!"

„Ja, ich bringe keine andere Morgengabe, als ein Märchen!", sagte
er, und so schieden sie. Aber die Prinzessin gab ihm einen Säbel, der
war mit Goldstücken besetzt, die konnte er gebrauchen.

Nun flog er fort, kaufte sich einen neuen Schlafrock und saß dann
draußen im Walde und dichtete ein Märchen: das sollte bis zum Sonnabend fertig sein, und das ist doch nicht leicht.

Als er damit fertig wurde, war es Sonnabend.

Der Sultan, die Sultanin und der ganze Hof waren zum Tee bei der
Prinzessin. Er wurde sehr gnädig empfangen!

„Wollen Sie uns ein Märchen erzählen?", sagte die Sultanin, „eins,
das tiefsinnig und belehrend ist?"

„Aber worüber man doch lachen kann!", sagte der Sultan.

„Ja wohl!", erwiderte er und erzählte. Und nun gut aufgepasst!

„Es war einmal ein Bund Schwefelhölzchen, die waren sehr stolz auf ihre hohe Herkunft! Ihr Stammbaum, das heißt die große Fichte, von der ein jedes von ihnen ein kleines Hölzchen war, hatte als großer, alter Baum im Walde gestanden. Die Schwefelhölzchen lagen nun in der Mitte zwischen einem Feuerzeuge und einem alten, eisernen Topfe, und diese erzählten von ihrer Jugend. ‚Ja, als wir auf den grünen Zweigen waren‘, sagten sie, ‚da waren wir wirklich auf den grünen Zweigen! Jeden Morgen und Abend gab es Diamanttee, das war der Tau; den ganzen Tag hatten wir Sonnenschein, wenn die Sonne schien, und die kleinen Vögel mussten Geschichten erzählen. Wir konnten wohl merken, dass wir auch reich waren, denn die Laubbäume waren nur im Sommer bekleidet, aber unsere Familie hatte Mittel zu grünen Kleidern sowohl im Sommer, wie im Winter. Doch da kam der Holzhauer, das war die große Revolution, und unsere Familie wurde zersplittert. Der Stammherr erhielt eine Stelle als Hauptmast auf einem prächtigen Schiffe, welches die Welt umsegeln konnte, wenn es wollte; die andern Zweige kamen nach andern Orten und wir haben nun das Amt, der niedrigen Menge das Licht anzuzünden. Deshalb sind wir vornehme Leute hierher in die Küche gekommen.‘

‚Mein Schicksal gestaltete sich auf eine andere Weise!‘, sagte der eiserne Topf, neben welchem die Schwefelhölzchen lagen. ‚Von Anfang an, seit ich in die Welt kam, ist in mir viele Mal gescheuert und viele Male gekocht! Ich sorge für das Solide und bin der Erste hier im Hause. Meine einzige Freude ist, nach Tisch recht rein und nett an meinem Platze zu liegen und ein vernünftiges Gespräch mit meinen Kameraden zu führen. Doch wenn ich den Wassereimer ausnehme, der hin und wieder einmal in den Hof hinunter kommt, so leben wir immer innerhalb unserer vier Wände. Unser einziger Neuigkeitsbote ist der Marktkorb, aber der spricht sehr unruhig über die Regierung und das Volk; ja, neulich war da ein alter Topf, der vor Schreck darüber niederfiel und in Stücke zersprang. Der ist liberal, sage ich Euch!‘ – ‚Nun sprichst Du zu viel!‘, fiel das Feuer ein, und der Stahl schlug gegen den Feuerstein, dass er sprühte. ‚Wollen wir uns nicht einen lustigen Abend machen?‘

‚Ja, lasst uns davon sprechen, wer der Vornehmste ist!‘, sagten die Schwefelhölzchen.

‚Nein, ich liebe es nicht, von mir selbst zu reden‘, wendete der Topf ein. ‚Lasst uns eine Abendunterhaltung veranstalten! Ich will anfangen und eine Geschichte aus dem Leben, so etwas, was jeder erlebt hat, erzählen, da kann man sich leicht hineinversetzen und hat auch Freude daran. An der Ostsee bei den dänischen Buchen –‘

‚Das ist ein hübscher Anfang!‘, sagten alle Teller. ‚Das wird eine Geschichte werden, die uns gefällt.‘

‚Ja, da verlebte ich meine Jugend bei einer stillen Familie; die Möbel wurden gebohnt, der Fußboden gescheuert, und alle vierzehn Tage wurden reine Gardinen aufgehängt!‘

‚Wie Sie doch interessant erzählen!‘, sagte der Kehrbesen. ‚Man kann gleich hören, dass ein Mann erzählt, der viel mit Frauen in Berührung gekommen ist; es geht so etwas Reines hindurch!‘

‚Ja, das fühlt man!‘, sagte der Wassereimer und machte vor Freuden einen kleinen Sprung, so dass es auf dem Fußboden platschte.

Und der Topf fuhr fort, zu erzählen und das Ende war eben so gut, wie der Anfang.

Alle Teller klapperten vor Freude, und der Kehrbesen zog grüne Petersilie aus dem Sandloche und bekränzte den Topf, denn er wusste, dass es die andern ärgern würde. ‚Bekränze ich ihn heute‘, dachte er, ‚so bekränzt er mich morgen.‘

‚Nun will ich tanzen!‘, sagte die Feuerzange und tanzte. Gott bewahre uns, wie konnte sie das eine Bein in die Höhe strecken! Der alte Stuhlüberzug dort im Winkel platzte, als er es sah! ‚Werde ich nun auch bekränzt?‘, fragte die Feuerzange, und sie wurde es.

‚Das ist doch nur Pöbel!‘, dachten die Schwefelhölzchen.

Nun sollte die Teemaschine singen; aber die sagte, sie habe sich erkältet, sie könne nicht singen, wenn es nicht in ihr koche. Allein das war bloß Vornehmtuerei: sie wollte nicht singen, wenn sie nicht drinnen bei der Herrschaft auf dem Tische stand.

Im Fenster stak eine alte Gänsefeder, mit der das Mädchen zu schreiben pflegte. Es war nichts Bemerkenswertes an ihr; außer dass sie gar zu tief in die Tinte getaucht worden. Aber darauf war sie stolz. ‚Will die Teemaschine nicht singen‘, sagte sie, ‚so kann sie es bleiben lassen! Draußen hängt eine Nachtigall im Käfig, die kann singen. Die hat zwar nichts gelernt, aber das wollen wir diesen Abend dahin gestellt sein lassen!‘

‚Ich finde es höchst unpassend‘, sagte der Teekessel, – er war Küchensänger und Halbbruder der Teemaschine, – ‚dass ein solcher fremder Vogel gehört werden soll! Ist das patriotisch? Der Marktkorb mag darüber entscheiden!‘

‚Ich ärgere mich nur!‘, sagte der Marktkorb; ‚ich ärgere mich innerlich so sehr, wie niemand es sich denken kann! Ist das eine passende Art, den Abend hinzubringen? Würde es nicht vernünftiger sein, das Haus zurecht zu setzen? Ein jeder müsste auf seinen Platz kommen, und ich würde das Spiel leiten. Das würde etwas anderes werden!‘

‚Ja, lasst uns Spektakel machen!‘, sagten alle. Da ging die Türe auf. Das Dienstmädchen kam, da standen sie still. Keiner muckste! Aber da war nicht ein einziger Topf, der nicht gewusst hatte, was er zu tun vermöge und wie vornehm er sei.

‚Ja, wenn ich gewollt hätte‘, dachte jeder, ‚so hätte es ein recht lustiger Abend werden sollen!‘

Das Dienstmädchen nahm die Schwefelhölzchen und machte Feuer damit an. – Gott bewahre uns, wie die sprühten und in Flammen gerieten!

‚Nun kann doch jeder sehen‘, dachten sie, ‚dass wir die Ersten sind! Welchen Glanz haben wir! Welches Licht!‘ –

Und damit waren sie verbrannt.“

„Das war ein herrliches Märchen!“, sagte die Sultanin. „Ich fühle mich ganz und gar in die Küche versetzt zu den Schwefelhölzchen. Ja, nun sollst Du unsere Tochter haben.“

„Ja, wohl!“, sagte der Sultan; „Du sollst unsere Tochter den Montag haben!“ Denn nun sagten sie „Du“ zu ihm, da er zur Familie gehören sollte.

Die Hochzeit wurde bestimmt, und am Abend vorher die ganze Stadt illuminiert. Zwieback und Brezeln wurden unter das Volk geworfen; die Straßenbuben standen auf den Zehen, riefen Hurrah und pfiffen auf den Fingern; es war außerordentlich prachtvoll.

„Ja, ich werde wohl auch etwas zum Besten geben müssen!“, dachte der Kaufmannssohn. Und so kaufte er Raketen, Knallerbsen und alles Feuerwerk, was man nur erdenken kann, legte es in seinen Koffer und flog damit in die Luft.

Rutsch, wie das ging und wie das puffte!

Alle Türken hüpften dabei in die Höhe, dass ihnen die Pantoffeln um die Ohren flogen; eine solche Lufterscheinung hatten sie noch nie gesehen. Nun konnten sie begreifen, dass es der Türkengott selbst war, der die Prinzessin haben sollte.

Sobald der Kaufmannssohn wieder mit seinem Koffer herunter in den Wald kam, dachte er: „Ich will doch in die Stadt hinein gehen, um zu erfahren, wie es sich ausgenommen hat!" Und es war natürlich, dass er Lust dazu hatte.

Nein, was doch die Leute erzählten! Ein jeder, den er darnach fragte, hatte es auf seine Weise gesehen; aber schön hatten es alle gefunden.

„Ich sah den Türkengott selbst", sagte der eine. „Er hatte Augen wie glänzende Sterne, und einen Bart, wie schäumende Wasser!"

„Er flog in einem Feuermantel", sagte ein anderer. „Die lieblichsten Engelskinder blickten aus den Falten hervor!"

Ja, das waren herrliche Sachen, die er hörte, und am folgenden Tage sollte er Hochzeit machen.

Nun ging er in den Wald zurück, um sich in seinen Koffer zu setzen – aber wo war der geblieben? Der Koffer war verbrannt. Ein Funken des Feuerwerks war zurückgeblieben, der hatte Feuer gefangen, und der Koffer lag in Asche. Er konnte nicht mehr fliegen, nicht mehr zu seiner Braut gelangen.

Sie stand den ganzen Tag auf dem Dache und wartete; sie wartet wahrscheinlich noch. Er aber durchwandert die Welt und erzählt Märchen, doch sind sie nicht mehr so lustig, wie das, welches er von den Schwefelhölzchen erzählte.

Der Engel

Jedes Mal, wenn ein gutes Kind stirbt, kommt ein Engel Gottes zur Erde hernieder, nimmt das tote Kind auf seine Arme, breitet die großen, weißen Flügel aus und pflückt eine ganze Hand voll Blumen, welche er zu Gott hinaufbringt, damit sie dort noch schöner als auf der Erde blühen. Der liebe Gott drückt alle Blumen an sein Herz, aber der Blume, welche ihm die liebste ist, gibt er einen Kuss, und dann bekommt sie Stimme und kann in der großen Glückseligkeit mitsingen!

Sieh, alles dieses erzählte ein Engel Gottes, indem er ein totes Kind zum Himmel forttrug, und das Kind hörte wie im Traume; sie flogen über die Stätten in der Heimat, wo der Kleine gespielt hatte und kamen durch Gärten mit herrlichen Blumen.

„Welche wollen wir nun mitnehmen und in dem Himmel pflanzen?", fragte der Engel.

Da stand ein schlanker, herrlicher Rosenstock, aber eine böse Hand hatte den Stamm abgebrochen, so dass alle Zweige, voll von großen, halbaufgebrochenen Knospen, rundherum vertrocknet hingen.

„Der arme Rosenstock!", sagte das Kind. „Nimm ihn, damit er oben bei Gott zum Blühen kommen kann!"

Und der Engel nahm ihn, küsste das Kind dafür, und der Kleine öffnete seine Augen zur Hälfte. Sie pflückten von den reichen Prachtblumen, nahmen aber auch die verachtete Butterblume und das wilde Stiefmütterchen.

„Nun haben wir Blumen!", sagte das Kind und der Engel nickte, aber er flog noch nicht zu Gott empor. Es war Nacht und ganz still; sie blieben in der großen Stadt und schwebten in einer der schmalen Gasse umher, wo Haufen Stroh und Asche lagen; es war Umzug gewesen. Da lagen Scherben von Tellern, Gipsstücke, Lumpen und alte Hutköpfe, was alles nicht gut aussah.

Der Engel zeigte in allen diesen Wirrwarr hinunter auf einige Scherben eines Blumentopfes und auf einen Klumpen Erde, der da herausgefallen war, und von den Wurzeln einer großen, vertrockneten Feldblume, welche nichts taugte und die man deshalb auf die Gasse geworfen hatte, zusammengehalten wurde.

„Diese nehmen wir mit!", sagte der Engel. „Ich werde Dir erzählen, während wir fliegen!"

Sie flogen und der Engel erzählte:

„Dort unten in der schmalen Gasse, in dem niedrigen Keller, wohnte ein armer, kranker Knabe. Von seiner Geburt an war er immer bettlägerig gewesen; wenn es ihm am besten ging, konnte er auf Krücken die kleine Stube ein paarmal auf und nieder gehen, das war alles. An einigen Tagen im Sommer fielen die Sonnenstrahlen während einer halben Stunde bis in den Keller hinab, und wenn der Knabe dasaß und sich von der warmen Sonne bescheinen ließ und das rote Blut durch seine feinen Finger sah, die er vor das Gesicht hielt, dann hieß es: ‚Heute ist er aus gewesen!' Er kannte den Wald in seinem herrlichen Frühjahrsgrün nur dadurch, dass ihm des Nachbars Sohn den ersten Buchenzweig brachte, den hielt er über seinem Haupte und träumte dann unter Buchen zu sein, wo die Sonne scheint und die Vögel singen. An einem Frühlingstage brachte ihm des Nachbars Knabe auch Feldblumen, und unter diesen war zufällig eine mit der Wurzel, deshalb wurde sie in einen Blumentopf gepflanzt und am Bette neben das Fenster gestellt. Die Blume war mit einer glücklichen Hand gepflanzt, sie wuchs, trieb neue Zweige und trug jedes Jahr ihre Blumen; sie wurde des kranken Knaben herrlichster Blumengarten, sein kleiner Schatz hier auf Erden; er begoss und pflegte sie, und sorgte dafür, dass sie jeden Sonnenstrahl, bis zum letzten, welcher durch das niedrige Fenster hinunterglitt, erhielt; die Blume selbst verwuchs mit seinen Tränen, denn für ihn blühte sie, verbreitete sie ihren Duft und erfreute das Auge; gegen sie wendete er sich im Tode, da der Herr ihn rief. Ein Jahr ist er nun bei Gott gewesen, ein Jahr hat die Blume vergessen im Fenster gestanden und ist verdorrt und wurde deshalb beim Umziehen im Kehricht hinaus auf die Straße geworfen. Und dies ist die Blume, die arme vertrocknete Blume, welche wir mit in unsern Blumenstrauß genommen haben, denn diese Blume hat mehr erfreut, als die reichste Blume im Garten einer Königin!"

„Aber woher weißt Du das alles?", fragte das Kind, welches der Engel gen Himmel trug.

„Ich weiß es", sagte der Engel, „denn ich war selbst der kleine, kranke Knabe, welcher auf Krücken ging; meine Blume kenne ich wohl!"

Das Kind öffnete seine Augen ganz und sah in des Engels herrliches, frohes Antlitz hinein, und im selben Augenblick befanden sie sich in Gottes Himmel, wo Freude und Glückseligkeit war. Gott drückte das tote Kind an sein Herz und da bekam es Schwingen, wie der andere Engel und flog Hand in Hand mit ihm. Gott drückte alle Blumen an sein Herz, aber die arme verdorrte Feldblume küsste er, und sie erhielt Stimme und sang mit allen Engeln, welche Gott umschwebten, einige ganz nahe, andere um diese herum in großen Kreisen und immer weiter fort, in das Unendliche, aber alle gleich glücklich. Und alle sangen sie, klein und groß, sammt dem guten, gesegneten Kinde und der armen Feldblume, welche verdorrt dagelegen, hingeworfen in den Kehricht des Umziehtages, in der schmalen, dunkeln Gasse.

Die Nachtigall

In China, weißt Du ja wohl, ist der Kaiser ein Chinese, und alle, die er um sich hat, sind Chinesen. Es sind nun viele Jahre her, aber gerade deshalb ist es wert, die Geschichte zu hören, ehe sie vergessen wird. Des Kaisers Schloss war das Prächtigste der Welt, ganz und gar von feinem Porzellan, so kostbar, aber so spröde, so misslich daran zu rühren, dass man sich ordentlich in Acht nehmen musste. Im Garten sah man die wunderbarsten Blumen, und an die allerprächtigsten waren Silberglocken gebunden, welche erklangen, damit man nicht vorbeigehen möchte, ohne die Blumen zu bemerken. Ja, alles war in des Kaisers Garten fein ausgedacht, und er erstreckte sich so weit, dass der Gärtner selbst das Ende nicht kannte; ging man immer weiter, so kam man in den herrlichsten Wald mit hohen Bäumen und tiefen Seen. Der Wald ging gerade hinunter bis zum Meere, welches blau und tief war; große Schiffe konnten unter den Zweigen hinsegeln, und in diesen wohnte eine Nachtigall, welche so herrlich sang, dass selbst der arme Fischer, der so viel anderes zu tun hatte, still hielt und horchte,

200

wenn er Nachts ausgefahren war, um das Fischnetz aufzuziehen, und dann die Nachtigall hörte. „Ach Gott, wie ist das schön!", sagte er, aber dann musste er auf sein Netz Acht geben und vergaß den Vogel; doch wenn dieser in der nächsten Nacht wieder sang und der Fischer kam dorthin, sagte er wieder: „Ach Gott, wie ist das doch schön!"

Von allen Ländern kamen Reisende nach der Stadt des Kaisers und bewunderten dieselbe, das Schloss und den Garten; doch wenn sie die Nachtigall zu hören bekamen, sagten sie alle: „Das ist doch das Beste!"

Die Reisenden erzählten davon, wenn sie nach Hause kamen und die Gelehrten schrieben viele Bücher über die Stadt, das Schloss und den Garten, aber die Nachtigall vergaßen sie nicht, sie wurde am höchsten gestellt; und die, welche dichten konnten, schrieben die herrlichsten Gedichte über die Nachtigall im Walde bei dem tiefen See.

Die Bücher durchliefen die Welt und einige kamen dann auch einmal zum Kaiser. Er saß in seinem goldnen Stuhl, las und las, jeden Augenblick nickte er mit dem Kopfe, denn es freute ihn, die prächtigen Beschreibungen der Stadt, des Schlosses und des Gartens zu vernehmen. „Aber die Nachtigall ist doch das Allerbeste!", stand da geschrieben.

„Was ist das?", fragte der Kaiser. „Die Nachtigall kenne ich ja gar nicht! Ist ein solcher Vogel hier in meinem Kaiserreiche und sogar in meinem Garten? Das habe ich nie gehört; so etwas soll man erst aus Büchern erfahren?"

Da rief er seinen Haushofmeister. Der war so vornehm, dass, wenn jemand, der geringer als er war, mit ihm zu sprechen oder ihn um etwas zu fragen wagte, er weiter nichts erwiderte als: „P!" Und das hat nichts zu bedeuten.

„Hier soll ja ein höchst merkwürdiger Vogel sein, welcher Nachtigall genannt wird!", sagte der Kaiser. „Man spricht, dies sei das Allerbeste in meinem großen Reiche; weshalb hat man mir nie etwas davon gesagt?"

„Ich habe ihn früher nie nennen hören", sagte der Haushofmeister. „Er ist nie bei Hofe vorgestellt worden!"

„Ich will, dass er heute Abend herkomme und vor mir singe!", sagte der Kaiser. „Die ganze Welt weiß, was ich habe, und ich weiß es nicht!"

„Ich habe ihn früher nie nennen hören!", sagte der Haushofmeister. „Ich werde ihn suchen, ich werde ihn finden!"

Aber wo war er zu finden? Der Haushofmeister lief alle Treppen auf und nieder, durch Säle und Gange, keiner von allen denen, auf die er traf, hatte von der Nachtigall sprechen hören. Und der Haushofmeister lief wieder zum Kaiser und sagte, dass es sicher eine Fabel von denen sei, die da Bücher schreiben. „Dero Kaiserliche Majestät können gar nicht glauben, was da alles geschrieben wird; das sind Erdichtungen und etwas, was man die schwarze Kunst nennt!"

„Aber das Buch, in dem ich dieses gelesen habe", sagte der Kaiser, „ist mir von dem großmächtigen Kaiser von Japan gesandt, also kann es keine Unwahrheit sein. Ich will die Nachtigall hören; sie muss heute Abend hier sein! Sie hat meine höchste Gnade! Und kommt sie nicht, so soll der ganze Hof auf den Leib getrampelt werden, wenn er Abendbrot gegessen hat!"

„Tsing pe!", sagte der Haushofmeister und lief wieder alle Treppen auf und nieder, durch alle Säle und Gänge; und der halbe Hof lief mit, denn sie wollten nicht gern auf den Leib getrampelt werden. Da gab es ein Fragen nach der merkwürdigen Nachtigall, welche die ganze Welt kannte, nur niemand bei Hofe.

Endlich trafen sie ein kleines, armes Mädchen in der Küche. Sie sagte: „O Gott, die Nachtigall, die kenne ich gut, ja, wie kann die singen! Jeden Abend habe ich die Erlaubnis, meiner armen, kranken Mutter einige Überbleibsel vom Tische mit nach Hause zu bringen; sie wohnt unten am Strande, und wenn ich dann zurückgehe, müde bin und im Walde ausruhe, dann höre ich die Nachtigall singen; es kommt mir dabei das Wasser in die Augen, und es ist gerade, als ob meine Mutter mich küsste!"

„Kleine Köchin", sagte der Haushofmeister, „ich werde Dir eine feste Anstellung in der Küche und die Erlaubnis, den Kaiser speisen zu sehen, verschaffen, wenn Du uns zur Nachtigall führen kannst, denn sie ist zu heute Abend angesagt."

So zogen sie allesammt hinaus in den Wald, wo die Nachtigall zu singen pflegte; der halbe Hof war mit. Als sie im besten Zuge waren, fing eine Kuh zu brüllen an.

„O!", sagten die Hofjunker, „nun haben wir sie; das ist doch eine merkwürdige Kraft in einem so kleinen Tiere! Die habe ich sicher schon früher gehört!"

„Nein, das sind Kühe, welche brüllen!", sagte die kleine Köchin. „Wir find noch weit von dem Orte entfernt!"

Nun quakten die Frösche im Sumpfe.

„Herrlich!", sagte der chinesische Schlosspropst. „Nun höre ich sie, es klingt gerade wie kleine Kirchenglocken."

„Nein, das sind Frösche!", sagte die kleine Köchin. „Aber nun, denke ich, werden wir sie bald hören!"

Da begann die Nachtigall zu singen.

„Das ist sie", sagte das kleine Mädchen. „Hört, hört! Und da sitzt sie!" Sie zeigte nach einem kleinen, grauen Vogel oben in den Zweigen.

„Ist es möglich?", sagte der Haushofmeister. „So hätte ich sie mir nimmer gedacht; wie einfach sie aussieht! Sie hat sicher ihre Farbe darüber verloren, dass sie so viele vornehme Menschen um sich erblickt!"

„Kleine Nachtigall", rief die kleine Köchin ganz laut, „unser gnädigster Kaiser will, dass Sie vor ihm singen möchten!"

„Mit dem größten Vergnügen", sagte die Nachtigall und sang dann, dass es eine Lust war.

„Es ist gerade wie Glasglocken!", sagte der Haushofmeister. „Und seht die kleine Kehle, wie sie arbeitet! Es ist merkwürdig, dass wir sie früher nie gesehen haben; sie wird großes Aufsehen bei Hofe machen!"

„Soll ich noch einmal vor dem Kaiser singen?", sagte die Nachtigall, welche glaubte, der Kaiser sei auch da.

„Meine vortreffliche, kleine Nachtigall", sagte der Haushofmeister, „ich habe die große Freude, Sie zu einem Hoffeste heute Abend einzuladen, wo Sie Dero hohe Kaiserliche Gnaden mit Ihrem prächtigen Gesänge bezaubern werden!"

„Der nimmt sich am besten im Grünen aus!", sagte die Nachtigall, aber sie kam doch gern mit, als sie hörte, dass der Kaiser es wünschte.

Auf dem Schlosse war alles aufgeputzt. Die Wände und der Fußboden, welche von Porzellan waren, glänzten im Strahle vieler tausend goldener Lampen; die prächtigsten Blumen, welche recht klingeln konnten, waren in den Gängen aufgestellt; da war ein Laufen und ein Zugwind, aber alle Glocken klingelten so, dass man sein eigenes Wort nicht hören konnte.

Mitten in dem großen Saal, wo der Kaiser saß, war ein goldener Stab hingestellt, auf dem sollte die Nachtigall sitzen; der ganze Hof war da, und die kleine Köchin hatte die Erlaubnis erhalten, hinter der Tür zu stehen, da sie nun den Titel einer wirklichen Hofköchin bekommen hatte. Alle waren in ihrem größten Staate, und alle sahen nach dem kleinen, grauen Vogel, dem der Kaiser zunickte. Die Nachtigall sang so herrlich, dass dem Kaiser die Tränen in die Augen traten; die Tränen liefen ihm über die Wangen hernieder, und da sang die Nachtigall noch schöner; das ging recht zu Herzen. Der Kaiser war sehr erfreut und sagte, dass die Nachtigall einen goldenen Pantoffel um den Hals tragen solle. Aber die Nachtigall dankte, sie habe schon Belohnung genug erhalten.

„Ich habe Tränen in des Kaisers Augen gesehen, das ist mir der reichste Schatz; eines Kaisers Tränen haben eine besondere Kraft! Gott weiß es, ich bin genug belohnt!" Und darauf sang sie wieder mit ihrer süßen, herrlichen Stimme.

„Das ist die liebenswürdigste Stimme, die ich kenne!", sagten die Damen ringsherum, und dann nahmen sie Wasser in den Mund, um zu klucken, wenn jemand mit ihnen spräche; sie glaubten, dann auch Nachtigallen zu sein. Ja, die Diener und Kammermädchen ließen melden, dass auch sie zufrieden seien, und das will viel sagen, denn die sind am schwierigsten zu befriedigen. Ja, die Nachtigall machte wahrlich Glück.

Sie sollte nun bei Hofe bleiben, ihren eigenen Käfig sammt der Freiheit haben, zweimal des Tages und einmal des Nachts heraus zu spazieren. Sie bekam zwölf Diener mit, welche ihr alle ein Seidenband um das Bein geschlungen hatten, woran sie fest hielten. Es war durchaus kein Vergnügen bei einem solchen Ausflug.

Die ganze Stadt sprach von dem merkwürdigen Vogel, und begegneten sich zwei, sagte der eine nichts anderes als: „Nacht!" und der andere sagte: „Gall"⁹, und dann seufzten sie und verstanden einander; ja, elf Hökerkinder wurden nach ihr benannt, aber nicht eins von ihnen hatte einen Ton in der Kehle.

Eines Tages erhielt der Kaiser eine Kiste, auf der geschrieben stand: „Die Nachtigall".

„Da haben wir nun ein neues Buch über unsern berühmten Vogel!", sagte der Kaiser; aber es war kein Buch, es war ein Kunststück, wel-

---

9   Ist in der Ursprache doppelsinnig, da im Dänischen „gal" verrückt bedeutet.

ches in einer Schachtel lag, eine künstliche Nachtigall, die der lebenden gleichen sollte, aber überall mit Diamanten, Rubinen und Saphi-
ren besetzt war. Sobald man den künstlichen Vogel aufzog, konnte er
eins der Stücke, die der wirkliche sang, singen, und dann bewegte sich
der Schweif auf und nieder und glänzte von Silber und Gold. Um den
Hals hing ein kleines Band und darauf stand geschrieben: „Des Kaisers von Japan Nachtigall ist arm gegen die des Kaisers von China."

„Das ist herrlich!", sagten alle, und der, welcher den künstlichen Vogel
gebracht hatte, erhielt sogleich den Titel: Kaiserlicher Obernachtigall-
bringer.

„Nun müssen sie zusammen singen! Was wird das für ein Genuss
werden!"

Sie mussten zusammen singen, aber es wollte nicht recht gehen,
denn die wirkliche Nachtigall sang auf ihre Weise, und der Kunstvogel
ging auf Walzen. „Der hat keine Schuld", sagte der Spielmeister; „der
ist besonders taktfest und ganz nach meiner Schule!" Nun sollte der
Kunstvogel allein singen. Er machte ebenso viel Glück als der wirkliche, und dann war er viel niedlicher anzusehen; er glänzte wie Arm-
bänder und Brustnadeln.

Dreiunddreißig Mal sang er ein und dasselbe Stück und war doch
nicht müde; die Leute hätten gern wieder von vorn gehört, aber der
König meinte, dass nun auch die lebendige Nachtigall etwas singen
solle. Aber wo war die? Niemand hatte bemerkt, dass sie aus dem offenen Fenster fort zu ihren grünen Wäldern geflogen war.

„Aber was ist denn das?", fragte der Kaiser; und alle Hofleute schal-
ten und meinten, dass die Nachtigall ein höchst undankbares Tier sei.
„Den besten Vogel haben wir doch!", sagten sie, und so musste der
Kunstvogel wieder singen, und das war das vierunddreißigste Mal,
dass sie dasselbe Stück zu hören bekamen, aber sie konnten es noch
nicht ganz auswendig, denn es war sehr schwer. Der Spielmeister
lobte den Vogel außerordentlich, ja, er versicherte, dass er besser, als
die wirkliche Nachtigall sei, nicht nur was die Kleider und die vielen
herrlichen Diamanten betreffe, sondern auch innerlich.

„Denn sehen Sie, meine Herrschaften, der Kaiser vor allen, bei der
wirklichen Nachtigall kann man nie berechnen, was da kommen wird,
aber bei dem Kunstvogel ist alles bestimmt; man kann es erklären,

man kann ihn aufmachen und das menschliche Denken zeigen, wie die Walzen liegen, wie sie gehen, und wie das eine aus dem andern folgt!"

„Das sind ganz unsere Gedanken!", sagten sie alle, und der Spielmeister erhielt die Erlaubnis, am nächsten Sonntag den Vogel dem Volke vorzuzeigen; es sollte ihn auch singen hören, befahl der Kaiser. Und es hörte ihn, und es wurde so vergnügt, als ob es sich im Tee berauscht hätte, denn das ist ganz chinesisch; und da sagten alle: „O!" und hielten den Zeigefinger in die Höhe und nickten dazu. Aber die armen Fischer, welche die wirkliche Nachtigall gehört hatten, sagten: „Es klingt hübsch, die Melodien gleichen sich auch, aber es fehlt etwas, ich weiß nicht was!"

Die wirkliche Nachtigall ward aus dem Lande und Reiche verwiesen.

Der Kunstvogel hatte seinen Platz auf einem seidenen Kissen dicht bei des Kaisers Bett; alle Geschenke, welche er erhalten, Gold und Edelsteine, lagen rings um ihn her, und im Titel war er zu einem „Hochkaiserlichen Nachttischsänger" gestiegen, im Range Numero eins zur linken Seite, denn der Kaiser rechnete die Seite für die vornehmste, auf der das Herz saß, und das Herz sitzt auch bei einem Kaiser links. Und der Spielmeister schrieb ein Werk von fünfundzwanzig Bänden über den Kunstvogel; das war so gelehrt und lang, voll von den allerschwersten chinesischen Wörtern, dass alle Leute sagten, sie haben es gelesen und verstanden, denn sonst wären sie ja dumm gewesen und auf den Leib getrampelt worden.

So ging es ein ganzes Jahr; der Kaiser, der Hof und alle die übrigen Chinesen konnten jeden kleinen Kluck in des Kunstvogels Gesang auswendig, aber gerade deshalb gefiel er ihnen jetzt am allerbesten; sie konnten selbst mitsingen, und das taten sie. Die Straßenbuben sangen: „Zizizi! Kluckkluckkluck!" und der Kaiser sang es! Ja, das war gewiss prächtig!

Aber eines Abends, als der Kunstvogel am besten sang und der Kaiser im Bette lag und darauf hörte, sagte es „Schwupp" inwendig im Vogel; da sprang etwas. „Schnurrrr!" Alle Räder liefen herum, und dann stand die Musik still.

Der Kaiser sprang gleich aus dem Bette und ließ seinen Leibarzt rufen, aber was konnte der helfen! Dann ließen sie den Uhrmacher holen, und nach vielem Sprechen und Nachsehen brachte er den Vogel etwas in Ordnung, aber er sagte, dass er sehr geschont werden müsse, denn die Zapfen seien abgenutzt, und es sei unmöglich, neue so einzusetzen, dass die Musik sicher gehe. Das war nun eine große Trauer! Nur einmal des Jahres durfte man den Kunstvogel singen lassen, und das war fast schon zu viel; aber dann hielt der Spielmeister eine kleine Rede mit den schweren Worten und sagte, dass es ebenso gut als früher sei, und dann war es ebenso gut als früher.

Nun waren fünf Jahre vergangen, und das ganze Land bekam eine wirkliche, große Trauer. Die Chinesen hielten im Grunde allesammt große Stücke auf ihren Kaiser, und jetzt war er krank und konnte nicht länger leben. Schon war ein neuer Kaiser gewählt, und das Volk stand draußen auf der Straße und fragte den Haushofmeister, wie es ihrem alten Kaiser gehe.

„P!", sagte er und schüttelte mit dem Kopfe.

Kalt und bleich lag der Kaiser in seinem großen, prächtigen Bette, der ganze Hof glaubte ihn tot, und ein jeder lief, den neuen Kaiser zu begrüßen, die Kammerdiener liefen hinaus, um darüber zu sprechen, und die Kammermädchen hatten große Kaffeegesellschaft. Ringsumher in allen Sälen und Gängen war Tuch gelegt, damit man niemand gehen höre, und deshalb war es da still. Aber der Kaiser war noch nicht tot; steif und bleich lag er in dem prächtigen Bette mit den langen Sammetvorhängen und den schweren Goldquasten, hoch oben stand ein Fenster auf, und der Mond schien herein auf den Kaiser und den Kunstvogel.

Der arme Kaiser konnte kaum atmen, es war gerade, als ob etwas auf seiner Brust säße, er schlug die Augen auf und da sah er, dass es der Tod war, der auf seiner Brust saß und sich seine goldene Krone aufgesetzt hatte und in der einen Hand des Kaisers goldenen Säbel, in der andern seine prächtige Fahne hielt; ringsumher aus den Falten der großen Sammetbettvorhänge sahen wunderliche Köpfe hervor, einige ganz hässlich, andere lieblich und mild; das waren des Kaisers gute und böse Taten, welche ihn anblickten, jetzt, da der Tod ihm auf dem Herzen saß.

„Entsinnst Du Dich dieses?" Und dann erzählten sie ihm so viel, dass ihm der Schweiß von der Stirne rann.

„Das habe ich nie gewusst!", sagte der Kaiser. „Musik, Musik, die große chinesische Trommel", rief er, „damit ich nicht alles zu hören brauche, was sie sagen!"

Aber sie fuhren fort, und der Tod nickte wie ein Chinese zu allem, was gesagt wurde.

„Musik, Musik!", schrie der Kaiser. „Du kleiner, herrlicher Goldvogel, singe doch, singe! Ich habe Dir Gold und Kostbarkeiten gegeben, ich habe Dir selbst meinen goldenen Pantoffel um den Hals gehängt, singe doch, singe!"

Aber der Vogel stand still, es war niemand da, um ihn aufzuziehen, sonst sang er nicht, und der Tod fuhr fort, den Kaiser mit seinen großen, leeren Augenhöhlen anzustarren, und es war still, erschrecklich still.

Da klang auf einmal vom Fenster her der herrlichste Gesang. Es war die kleine lebendige Nachtigall, welche auf einem Zweige draußen saß; sie hatte von der Not ihres Kaisers gehört und war deshalb gekommen, ihm Trost und Hoffnung zu singen; und sowie sie sang, wurden die Gespenster bleicher und bleicher, das Blut kam immer rascher und rascher in des Kaisers schwachen Gliedern in Bewegung, und selbst der Tod horchte und sagte: „Fahre fort, kleine Nachtigall! Fahre fort!"

„Ja, willst Du mir den prächtigen, goldenen Säbel geben? Willst Du mir die reiche Fahne geben? Willst Du mir des Kaisers Krone geben?"

Der Tod gab jedes Kleinod für einen Gesang, und die Nachtigall fuhr fort zu singen, sie sang von dem stillen Gottesacker, wo die weißen Rosen wachsen, wo der Flieder duftet und wo das frische Gras von den Tränen der Überlebenden befeuchtet wird. Da bekam der Tod Sehnsucht nach seinem Garten und schwebte wie ein kalter, weißer Nebel aus dem Fenster.

„Dank, Dank!", sagte der Kaiser, „Du himmlischer, kleiner Vogel, ich kenne Dich wohl! Dich habe ich aus meinem Lande und Reich gejagt, und doch hast Du die bösen Geister von meinem Bette weggesungen, den Tod von meinem Herzen weggeschafft! Wie kann ich Dir lohnen?"

„Du hast mich belohnt!", sagte die Nachtigall. „Ich habe Deinen Augen Tränen entlockt, als ich das erste Mal sang, das vergesse ich nie; das sind die Juwelen, die ein Sängerherz erfreuen. Aber schlafe nun und werde stark, ich werde Dir vorsingen!"

208

Sie sang, und der Kaiser fiel in süßen Schlummer; mild und wohltuend war der Schlaf!

Die Sonne schien durch das Fenster herein, als er gestärkt und gesund erwachte; keiner von seinen Dienern war noch zurückgekehrt; denn sie glaubten, er sei tot; aber die Nachtigall saß noch und sang.

„Immer musst Du bei mir bleiben!", sagte der Kaiser. „Du sollst nur singen, wenn Du selbst willst, und den Kunstvogel schlage ich in tausend Stücke."

„Tue das nicht", sagte die Nachtigall, „der hat ja das Gute getan, so lange er konnte, behalte ihn wie bisher. Ich kann nicht nisten und wohnen im Schlosse, aber lass mich kommen, wenn ich selbst Lust habe, da will ich des Abends dort beim Fenster sitzen und Dir vorsingen, damit Du froh werden könnest und gedankenvoll zugleich. Ich werde von den Glücklichen singen und von denen, die da leiden; ich werde vom Bösen und Guten singen, was rings um Dich her Dir verborgen bleibt. Der kleine Singvogel fliegt weit herum zu dem armen Fischer, zu des Landmanns Dach, zu jedem, der weit von Dir und Deinem Hofe entfernt ist. Ich liebe Dein Herz mehr als Deine Krone, und doch hat die Krone einen Duft von etwas Heiligem um sich. Ich komme und singe Dir vor! Aber eins musst Du mir versprechen."

„Alles!", sagte der Kaiser und stand da in seiner kaiserlichen Tracht, die er angelegt hatte, und drückte den Säbel, welcher schwer von Gold war, an sein Herz.

„Um eins bitte ich Dich; erzähle niemand, dass Du einen kleinen Vogel hast, der Dir alles sagt, dann wird es noch besser gehen!"

So flog die Nachtigall fort.

Die Diener kamen herein, um nach ihrem toten Kaiser zu sehen; ja, da standen sie, und der Kaiser sagte: „Guten Morgen!"

Die Prinzessin auf der Erbse

Es war einmal ein Prinz, der wollte eine Prinzessin heiraten; aber es sollte eine wirkliche Prinzessin sein. Da reiste er in der ganzen Welt umher, um eine solche zu finden, aber überall stand dem etwas entgegen. Prinzessinnen gab es genug, aber ob es wirkliche Prinzessinnen waren, konnte er nicht herausbringen. Immer gab es etwas, was nicht in der Ordnung war. Da kam er denn wieder nach Hause und war traurig, denn er wollte doch gar zu gern eine wirkliche Prinzessin haben.

Eines Abends zog ein schreckliches Gewitter auf; es blitzte und donnerte, der Regen strömte herunter, es war entsetzlich! Da klopfte es an das Stadttor, und der alte König ging hin, um aufzumachen.

Es war eine Prinzessin, die draußen vor dem Tore stand. Aber, o Gott! wie sah die von dem Regen und dem bösen Wetter aus! Das Wasser lief ihr von dem Haare und den Kleidern herunter; es lief in die Schnäbel der Schuhe hinein und an den Hacken wieder heraus. Und doch sagte sie, dass sie eine wirkliche Prinzessin sei.

„Ja, das werden wir schon erfahren!", dachte die alte Königin. Aber sie sagte nichts, ging in die Schlafkammer hinein, nahm alle Betten ab und legte eine Erbse auf den Boden der Bettstelle, darauf nahm sie zwanzig Matratzen und legte sie auf die Erbse, und dann noch zwanzig Eiderdunenbetten auf die Matratzen.

Darauf musste nun die Prinzessin die ganze Nacht liegen. Am Morgen würde sie gefragt, wie sie geschlafen habe.

„O, schrecklich schlecht!", sagte die Prinzessin. „Ich habe meine Augen fast die ganze Nacht nicht geschlossen! Gott weiß, was da im Bette gewesen ist! Ich habe auf etwas Hartem gelegen, so dass ich ganz braun und blau über meinen ganzen Körper bin! Es ist entsetzlich!"

Nun sahen sie ein, dass sie eine wirkliche Prinzessin war, weil sie durch die zwanzig Matratzen und die zwanzig Eiderdunenbetten hindurch die Erbse verspürt hatte. So empfindlich konnte niemand sein, als eine wirkliche Prinzessin.

Da nahm der Prinz sie zur Frau, denn nun wusste er, dass er eine wirkliche Prinzessin besitze; und die Erbse kam auf die Kunstkammer, wo sie noch zu sehen ist, wenn niemand sie gestohlen hat.

Sieh, das ist eine wahre Geschichte.

Das kleine Mädchen mit den Schwefelhölzern

Es war fürchterlich kalt; es schneite und begann dunkler Abend zu werden, es war der letzte Abend im Jahre, Neujahrsabend! In dieser Kälte und in dieser Finsternis ging ein kleines, armes Mädchen mit bloßem Kopfe und nackten Füßen auf der Straße. Sie hatte freilich Pantoffeln gehabt, als sie vom Hause wegging, aber was half das! Es waren sehr große Pantoffeln, ihre Mutter hatte sie zuletzt getragen, so groß waren sie, diese verlor die Kleine, als sie sich beeilte, über die Straße zu gelangen, indem zwei Wagen gewaltig schnell daher jagten. Der eine Pantoffel war nicht wieder zu finden und mit dem andern lief ein Knabe davon, der sagte, er könne ihn als Wiege benutzen, wenn er selbst einmal Kinder bekomme.

Da ging nun das arme Mädchen auf den bloßen, kleinen Füßen, die ganz rot und blau vor Kälte waren. In einer alten Schürze hielt sie eine Menge Schwefelhölzer und ein Bund trug sie in der Hand. Niemand hatte ihr während des ganzen Tages etwas abgekauft, niemand hatte ihr auch nur einen Dreier geschenkt; hungrig und halberfroren schlich sie einher und sah sehr gedrückt aus, die arme Kleine! Die Schneeflocken fielen in ihr langes, gelbes Haar, welches sich schön über den Hals lockte, aber an Pracht dachte sie freilich nicht.

In einem Winkel zwischen zwei Häusern – das eine sprang etwas weiter in die Straße vor, als das andere – da setzte sie sich und kauerte sich zusammen. Die kleinen Füße hatte sie fest angezogen, aber es fror sie noch mehr, und sie wagte nicht nach Hause zu gehen, denn sie hatte ja keine Schwefelhölzer verkauft, nicht einen einzigen Dreier erhalten. Ihr Vater würde sie schlagen, und kalt war es daheim auch, sie hatten nur das Dach gerade über sich und da pfiff der Wind herein, obgleich Stroh und Lappen zwischen die größten Spalten gestopft waren. Ihre kleinen Hände waren vor Kälte fast ganz erstarrt. Ach! Ein Schwefelhölzchen könnte gewiss recht gut tun; wenn sie nur wagen dürfte, eins aus dem Bunde herauszuziehen, es gegen die Wand zu streichen, und die Finger daran zu wärmen. Sie zog eins heraus, „Ritsch!" Wie sprühte es, wie brannte es! Es gab eine warme, helle Flamme, wie ein kleines Licht, als sie die Hand darum hielt, es war ein wunderbares Licht! Es kam dem kleinen Mädchen vor, als sitze sie vor einem großen eisernen Ofen mit Messingfüßen und einem messingenen Aufsatz; das Feuer brannte ganz herrlich darin und wärmte schön! – Die Kleine streckte schon die Füße aus, um auch diese zu wärmen – – da erlosch die Flamme, der Ofen verschwand – sie saß mit einem kleinen Stumpf des ausgebrannten Schwefelholzes in der Hand.

Ein neues wurde angestrichen, es brannte, es leuchtete, und wo der Schein desselben auf die Mauer fiel, wurde diese durchsichtig wie ein Flor. Sie sah gerade in das Zimmer hinein, wo der Tisch mit einem glänzend weißen Tischtuch und mit feinem Porzellan gedeckt stand, und herrlich dampfte eine mit Pflaumen und Äpfeln gefüllte, gebratene Gans darauf! Und was noch prächtiger war, die Gans sprang von der Schüssel herab, watschelte auf dem Fußboden hin mit Gabel und Messer im Rücken, gerade auf das arme Mädchen kam sie zu. Da erlosch das Schwefelholz, und nur die dicke, kalte Mauer war zu sehen.

Sie zündete ein neues an. Da saß sie unter dem schönsten Weihnachtsbaume. Der war noch größer und aufgeputzter als der, welchen sie zu Weihnachten durch die Glastüre bei dem reichen Kaufmanne erblickt hatte. Viel tausend Lichter brannten auf den grünen Zweigen und bunte Bilder, wie die, welche die Ladenfenster schmücken, schauten zu ihr herab. Die Kleine streckte die beiden Hände in die Höh' –da erlosch das Schwefelholz; die vielen Weihnachtslichter stiegen höher und immer höher, nun sah sie, dass es die klaren Sterne am Himmel waren, einer davon fiel herab und machte einen langen Feuerstreifen am Himmel.

„Nun stirbt jemand!", sagte die Kleine, denn ihre alte Großmutter, welche die Einzige war, die sie lieb gehabt hatte, die jetzt aber tot war, hatte gesagt: „Wenn ein Stern fällt, so steigt eine Seele zu Gott empor."

Sie strich wieder ein Schwefelholz gegen die Mauer, es leuchtete rings umher, und im Glanze desselben stand die alte Großmutter, glänzend, mild und lieblich da.

„Großmutter!", rief die Kleine. „O, nimm mich mit! Ich weiß, dass Du auch gehst, wenn das Schwefelholz ausgeht; gleichwie der warme Ofen, der schöne Gänsebraten und der große, herrliche Weihnachtsbaum!" Sie strich eiligst den ganzen Rest der Schwefelhölzer, welche noch im Bunde waren, sie wollte die Großmutter recht festhalten; und die Schwefelhölzer leuchteten mit solchem Glanz, dass es heller war, als am lichten Tage. Die Großmutter war nie so schön, so groß gewesen; sie hob das kleine Mädchen auf ihren Arm, und in Glanz und Freude flogen sie in die Höhe, und da fühlte sie keine Kälte, keinen Hunger, keine Furcht – sie waren bei Gott!

Aber im Winkel am Hause saß in der kalten Morgenstunde das kleine Mädchen mit roten Wangen, mit lächelndem Munde – tot, erfroren am letzten Abend des alten Jahres. Der Neujahrsmorgen ging über die kleine Leiche auf, welche mit Schwefelhölzern da saß, wovon ein Bund fast verbrannt war. Sie hat sich wärmen wollen, sagte man. Niemand musste, was sie Schönes erblickt hatte, in welchem Glanze sie mit der alten Großmutter zur Neujahrsfreude eingegangen war!

Der Wassertropfen

Du kennst ja wohl ein Vergrößerungsglas, so ein rundes Brillenglas, welches alles hundertmal größer macht, als es ist? Wenn man es nimmt und vor das Auge hält und dadurch den Wassertropfen draußen vom Teiche betrachtet, so erblickt man über tausend wunderbare Tiere, die man sonst nie im Wasser sieht, aber sie sind da, es ist wirklich so. Es sieht fast aus, wie ein ganzer Teller voll Krabben, die untereinander herumspringen, sie sind sehr raubgierig, sie reißen einander Arme und Beine, Enden und Stücke ab, und doch sind sie auf ihre Weise froh und vergnügt.

Nun war einmal ein alter Mann, den alle Leute Kribbel-Krabbel nannten, denn so hieß er. Er wollte immer das Beste von jeder Sache haben, und wenn das durchaus nicht gehen wollte, dann nahm er es durch Zauberei.

Dieser Mann sitzt eines Tages und hält sein Vergrößerungsglas vor das Auge und betrachtete einen Wassertropfen, welcher von draußen aus einer Pfütze im Graben genommen war. Wie es da kribbelte und krabelte! Alle die tausend Tierchen hüpften und sprangen, zerrten an einander und fraßen von einander.

„Aber das ist ja abscheulich!", sagte der alte Kribbel-Krabbel, „kann man sie nicht dahin bringen, in Ruhe und Frieden zu leben, und dass sich jedes nur um sich bekümmert?"

Er dachte und dachte, aber es wollte nicht recht gehen, und deshalb musste er zaubern. „Ich muss ihnen Farbe geben, damit sie deutlicher gesehen werden können!", sagte er, und dann tröpfelte er etwas, einem kleinen Tropfen Rotwein ähnlich, in den Wassertropfen, aber das war Hexenblut, von der feinsten Gattung zu sechs Pfennigen; nun wurden aber die wunderbaren Tierchen über den ganzen Körper rosenrot, es sah aus wie eine ganze Stadt voller nackter, wilder Männer.

„Was hast Du da?", fragte ein anderer alter Zauberer, der keinen Namen hatte, und das war gerade das Feine an ihm.

„Ja, kannst Du raten, was es ist", sagte Kribbel-Krabbel, „so will ich es Dir schenken, aber es ist nicht leicht herauszufinden, wenn man es nicht weiß!"

Der Zauberer, der keinen Namen hatte, sah durch das Vergrößerungsglas. Es sah wirklich aus wie eine ganze Stadt, wo alle Menschen ohne Kleider herumliefen. Es war schauerlich, aber noch schauerlicher war es, zu sehen, wie der eine den andern puffte und stieß, wie sie gezwickt und gezupft, gebissen und gezaust wurden! Was unten war, sollte nach oben, und was oben war, sollte wieder nach unten! „Sieh! sieh! Sein Bein ist länger als meins! Baff. Weg damit!" Da ist einer, der hat eine kleine Beule hinter dem Ohr, ein kleines, unschuldiges Beulchen, aber sie quält ihn, und darum soll sie nicht noch mehrere quälen, sie hackten in dieselbe und sie zerrten ihn, und sie fraßen ihn der kleinen Beule wegen. Da saß einer so still, wie eine kleine Jungfrau und wünschte nur Ruhe und Frieden. Aber nun sollte die Jungfrau hervor, und sie zerrten an ihr und sie zerrissen und verschlangen sie!

„Das ist sehr belustigend!", sagte der Zauberer.

„Ja, aber was glaubst Du wohl, was es ist?", fragte Kribbel-Krabbel. „Kannst Du es ausfindig machen?"

„Nun, das ist ja leicht zu sehen!", sagte der andere. „Das ist irgend eine große Stadt, sie gleichen einander ja alle. Eine große Stadt ist es!"

„Es ist Grabenwasser!", sagte Kribbel-Krabbel.

Däumelinchen

Es war einmal eine Frau, die sich sehr nach einem kleinen Kinde sehnte, aber sie wusste nicht, woher sie es nehmen sollte. Da ging sie zu einer alten Hexe und sagte zu ihr: „Ich möchte herzlich gern ein kleines Kind haben, willst Du mir nicht sagen, woher ich das bekommen kann?"

„Ja, damit wollen wir schon fertig werden!", sagte die Hexe. „Da hast Du ein Gerstenkorn; das ist gar nicht von der Art, wie sie auf dem Felde des Landmanns wachsen, oder wie sie die Hühner zu fressen bekommen; lege das in einen Blumentopf, so wirst Du etwas zu sehen bekommen!"

„Ich danke Dir!", sagte die Frau und gab der Hexe fünf Groschen, ging dann nach Hause, pflanzte das Gerstenkorn, und sogleich wuchs da eine herrliche, große Blume; sie sah aus wie eine Tulpe, aber die Blätter schlossen sich fest zusammen, gerade als ob sie noch in der Knospe wären.

„Das ist eine niedliche Blume!", sagte die Frau und küsste sie auf die roten und gelben Blätter, aber gerade wie sie darauf küsste, öffnete sich die Blume mit einem Knall. Es war eine wirkliche Tulpe, wie man nun sehen konnte, aber mitten in der Blume saß auf dem grünen Samengriffel ein ganz kleines Mädchen, fein und niedlich; sie war nicht über einen Daumen breit und lang, deswegen wurde sie Däumelinchen genannt.

Eine niedliche, lackierte Wallnussschale bekam sie zur Wiege, blaue Veilchenblätter waren ihre Matratze und ein Rosenblatt ihr Deckbett. Da schlief sie bei Nacht, aber am Tage spielte sie auf dem Tisch, wo die Frau einen Teller hingestellt, um den sie einen ganzen Kranz von Blumen gelegt hatte, deren Stengel im Wasser standen; hier schwamm ein großes Tulpenblatt, und auf diesem konnte Däumelinchen sitzen, und von der einen Seite des Tellers nach der andern fahren; sie hatte zwei weiße Pferdehaare zum Rudern. Das sah ganz allerliebst aus. Sie konnte auch singen, und so fein und niedlich, wie man es nie gehört hatte.

Einmal Nachts, als sie in ihrem schönen Bette lag, kam eine Kröte durch das Fenster hereingehüpft, wo eine Scheibe entzwei war. Die Kröte war hässlich, groß und nass, sie hüpfte gerade auf den Tisch herunter, wo Däumelinchen lag und unter dem roten Rosenblatt schlief.

„Das wäre eine schöne Frau für meinen Sohn!", sagte die Kröte, und da nahm sie die Wallnussschale, worin Däumelmchen schlief, und hüpfte mit ihr durch die zerbrochene Scheibe fort, in den Garten hinunter.

Da floss ein großer, breiter Fluss; aber gerade am Ufer war es sumpfig und morastig; hier wohnte die Kröte mit ihrem Sohne. Hu, der war hässlich und garstig und glich ganz seiner Mutter. „Koax, koax, brekkekekex!" Das war alles, was er sagen konnte, als er das niedliche kleine Mädchen in der Wallnussschale erblickte.

„Sprich nicht so laut, denn sonst erwacht sie!", sagte die alte Kröte. „Sie könnte uns noch entlaufen, denn sie ist so leicht wie ein Schwanenflaum! Wir wollen sie auf eins der breiten Seerosenblätter in den Fluss hinaussetzen, das ist für sie, die so leicht und klein ist, gerade wie eine Insel; da kann sie nicht davonlaufen, während wir die Staatsstube unten unter dem Morast, wo ihr wohnen und hausen sollt, in Stand setzen."

Draußen in dem Flusse wuchsen viele Seerosen mit den breiten, grünen Blättern, welche aussahen, als schwämmen sie oben auf dem Wasser; das Blatt, welches am weitesten hinauslag, war auch das allergrößte; da schwamm die alte Kröte hinaus und setzte die Wallnussschale mit Däumelinchen darauf.

Das kleine Wesen erwachte früh Morgens, und da sie sah, wo sie war, fing sie recht bitterlich an zu weinen; denn es war Wasser zu allen Seiten des großen, grünen Blattes, und sie konnte gar nicht an das Land kommen.

Die alte Kröte saß unten im Morast und putzte ihre Stube mit Schilf und gelben Fischblattblumen aus – es sollte da recht hübsch für die neue Schwiegertochter werden – und schwamm dann mit dem hässlichen Sohne zu dem Blatte hinaus, wo Däumelinchen stand. Sie wollten ihr hübsches Bett holen, das sollte in das Brautgemach gestellt werden, bevor sie es selbst betrat. Die alte Kröte verneigte sich tief im Wasser vor ihr und sagte: „Hier siehst Du meinen Sohn; er wird Dein Mann sein, und ihr werdet recht prächtig unten im Morast wohnen!" „Koax, koax, brekkerekekex!", war alles, was der Sohn sagen konnte. Dann nahmen sie das niedliche, kleine Bett und schwammen damit fort; aber Däumelinchen saß ganz allein und weinte auf dem grünen Blatte, denn sie mochte nicht bei der garstigen Kröte wohnen oder ihren hässlichen Sohn zum Manne haben. Die kleinen Fische, welche unten im Wasser schwammen, hatten die Kröte wohl gesehen und gehört, was sie gesagt hatte; deshalb streckten sie die Köpfe hervor, sie wollten doch das kleine Mädchen sehen. Sobald sie es erblickten, fanden sie dasselbe so niedlich, dass es ihnen leid tat, dass es zur hässlichen Kröte hinunter sollte. Nein, das durfte nie geschehen! Sie versammelten sich unten im Wasser rings um den grünen Stengel, welcher das Blatt hielt, nagten mit den Zähnen den Stiel ab, und da schwamm das Blatt den Fluss hinab mit Däumelinchen davon, weit weg, wo die Kröte sie nicht erreichen konnte.

Däumelinchen segelte vor vielen Städten vorbei, und die kleinen Vögel saßen in den Büschen, sahen sie und sangen: „Welch liebliches kleines Mädchen!" Das Blatt schwamm mit ihr immer weiter und weiter fort; so reiste Däumelinchen außer Landes.

Ein niedlicher, weißer Schmetterling umflatterte sie stets und ließ sich zuletzt auf das Blatt nieder, denn Däumelinchen gefiel ihm. Diese war sehr erfreut; denn nun konnte die Kröte sie nicht erreichen, und es war so schön, wo sie fuhr; die Sonne schien auf das Wasser, dieses glänzte wie das herrlichste Gold. Sie nahm ihren Gürtel, band das Ende um den Schmetterling, das andere Ende des Bandes befestigte sie am Blatte; das glitt nun viel schneller davon und sie mit, denn sie stand ja auf demselben.

Da kam ein großer Maikäfer angeflogen, der erblickte sie und schlug augenblicklich seine Klauen um ihren schlanken Leib und flog mit ihr auf einen Baum; das grüne Blatt schwamm den Fluss hinab und der Schmetterling mit, denn er war an das Blatt gebunden und konnte nicht von demselben loskommen.

Wie war das arme Däumelinchen erschrocken, als der Maikäfer mit ihr auf den Baum flog! Aber hauptsächlich war sie des schönen, weißen Schmetterlings wegen betrübt, den sie an das Blatt festgebunden hatte; im Fall er sich nicht befreien konnte, musste er ja verhungern. Aber darum kümmerte sich der Maikäfer gar nicht. Er setzte sich mit ihr auf das größte, grüne Blatt des Baumes, gab ihr das Süße der Blumen zu essen und sagte, dass sie niedlich sei, obgleich sie einem Maikäfer durchaus nicht gleiche. Später kamen alle die andern Maikäfer, die im Baume wohnten, und besuchten sie; sie betrachteten Däumelinchen, und die Maikäferfräulein rümpften die Fühlhörner und sagten: „Sie hat doch nicht mehr als zwei Beine; das sieht erbärmlich aus." – „Sie hat keine Fühlhörner!", sagte eine andere. „Sie ist so schlank in der Mitte; pfui, sie sieht wie ein Mensch aus! Wie hässlich sie ist!", sagten alle Maikäferinnen, und doch war Däumelinchen so niedlich. Das erkannte auch der Maikäfer, der sie geraubt hatte, aber als alle anderen sagten, sie sei hässlich, so glaubte er es zuletzt auch und wollte sie gar nicht haben; sie konnte gehen, wohin sie wollte. Sie flogen mit ihr den Baum hinab und setzten sie auf ein Gänseblümchen; da weinte sie, weil sie so hässlich sei, dass die Maikäfer sie nicht haben wollten, und doch war sie das Lieblichste, das man sich denken konnte, so fein und klar wie das schönste Rosenblatt.

Den ganzen Sommer über lebte das arme Däumelinchen ganz allein in dem großen Walde. Sie flocht sich ein Bett aus Grashalmen und hing es unter einem Klettenblatte auf, so war sie vor dem Regen geschützt; sie pflückte das Süße der Blumen zur Speise und trank vom Tau, der jeden Morgen auf den Blättern lag. So verging Sommer und Herbst. Aber nun kam der Winter, der kalte, lange Winter. Alle Vögel, die so schön vor ihr gesungen hatten, flogen davon, Bäume und Blumen verdorrten; das große Klettenblatt, unter dem sie gewohnt hatte, schrumpfte zusammen und es blieb nichts, als ein gelber, verwelkter Stengel zurück; Däumelinchen fror erschrecklich, denn ihre Kleider waren entzwei und sie war selbst so fein und klein, sie musste erfrieren. Es fing an zu schneien, und jede Schneeflocke, die auf sie fiel, war, als wenn man auf uns eine ganze Schaufel voll wirft, denn wir sind groß, und sie war nur einen Zoll lang. Da hüllte sie sich in ein verdorrtes Blatt ein, aber das wollte nicht wärmen; sie zitterte vor Kälte.

Dicht vor dem Walde, wohin sie nun gekommen war, lag ein großes Kornfeld, aber das Korn war schon lange abgeschnitten, nur die nackten, trockenen Stoppeln standen aus der gefrorenen Erde hervor. Sie waren gerade wie ein ganzer Wald für sie zu durchwandern und sie zitterte vor Kälte! Da gelangte sie vor die Türe der Feldmaus, die ein kleines Loch unter den Kornstoppeln hatte. Da wohnte die Feldmaus warm und gut, hatte die ganze Stube voll Korn, eine herrliche Küche und Speisekammer. Das arme Däumelinchen stellte sich in die Türe, gerade wie jedes andere arme Bettelmädchen, und bat um ein kleines Stück von einem Gerstenkorn, denn sie hatte in zwei Tagen nicht das Mindeste zu essen gehabt.

„Du kleines Wesen!", sagte die Feldmaus, denn im Grunde war es eine gute alte Feldmaus, „komm herein in meine warme Stube und iss mit mir!"

Da ihr nun Däumelinchen gefiel, sagte sie: „Du kannst den Winter über bei mir bleiben, aber Du musst meine Stube sauber und rein halten und mir Geschichten erzählen, denn die liebe ich sehr." Däumelinchen tat, was die gute alte Feldmaus verlangte, und hatte es außerordentlich gut.

„Nun werden wir bald Besuch erhalten!", sagte die Feldmaus. „Mein Nachbar pflegt mich wöchentlich einmal zu besuchen. Er steht sich noch besser als ich, hat große Säle und trägt einen schönen, schwarzen Sammetpelz! Wenn Du den zum Manne bekommen könntest, so wärest Du gut versorgt; aber er kann nicht sehen. Du musst ihm die niedlichsten Geschichten erzählen, die Du weißt!"

Aber darum kümmerte sich Däumelinchen nicht, sie mochte den Nachbar gar nicht haben, denn er war ein Maulwurf.

Er kam und stattete den Besuch in seinem schwarzen Sammetpelz ab. Er sei reich und gelehrt, sagte die Feldmaus; seine Wohnung war auch zwanzigmal größer, als die der Feldmaus. Gelehrsamkeit besaß er, aber die Sonne und die schönen Blumen mochte er gar nicht leiden, von diesen sprach er schlecht, denn er hatte sie noch nie gesehen.

Däumelinchen musste singen, und sie sang: „Maikäfer fliege!" und: „Geht der Pfaffe auf das Feld." Da wurde der Maulwurf in sie, der schönen Stimme wegen, verliebt, aber er sagte nichts, er war ein besonnener Mann.

Er hatte sich vor kurzem einen langen Gang durch die Erde von seinem bis zu ihrem Hause gegraben; in diesem erhielten die Feldmaus und Däumelinchen die Erlaubnis, zu spazieren, soviel sie wollten. Aber er bat sie, sich nicht vor dem toten Vogel zu fürchten, der in dem Gange liege; es war ein ganzer Vogel mit Federn und Schnabel, der sicher erst kürzlich gestorben und nun begraben war, gerade da wo er seinen Gang gemacht hatte.

Der Maulwurf nahm nun ein Stück faules Holz ins Maul, denn das schimmert ja wie Feuer im Dunkeln, ging dann voran und leuchtete ihnen in dem langen, dunkeln Gange. Als sie dahin kamen, wo der tote Vogel lag, stemmte der Maulwurf seine breite Nase gegen die Decke und stieß die Erde auf, so dass ein großes Loch wurde, durch welches das Licht hinunter scheinen konnte. Mitten auf dem Fußboden lag eine tote Schwalbe, die schönen Flügel fest an die Seite gedrückt, die Füße und den Kopf unter die Federn gezogen; der arme Vogel war sicher vor Kälte gestorben. Das tat Däumelinchen leid, sie hielt viel von allen kleinen Vögeln, sie hatten ja den ganzen Sommer so schön vor ihr gesungen und gezwitschert; aber der Maulwurf stieß ihn mit seinen kurzen Beinen und sagte: „Nun pfeift er nicht mehr! Es muss doch erbärmlich sein, als kleiner Vogel geboren zu werden! Gott sei Dank, dass keins von meinen Kindern das wird; ein solcher Vogel hat ja außer seinem Quivit nichts, und muss im Winter verhungern!"

„Ja, das mögt Ihr als vernünftiger Mann wohl sagen", erwiderte die Feldmaus. „Was hat der Vogel für all' sein Quivit, wenn der Winter kommt? Er muss hungern und frieren; doch das soll wohl vornehm sein!"

Däumelinchen sagte gar nichts; aber als die beiden andern den Vogel den Rücken wandten, neigte sie sich herab, schob die Federn beiseite, welche den Kopf bedeckten, und küsste ihn auf die geschlossenen Augen.

„Vielleicht war er es, der so hübsch vor mir im Sommer sang", dachte sie. „Wie viel Freude hat er mir nicht gemacht, der liebe, schöne Vogel!"

Der Maulwurf stopfte nun das Loch zu, durch welches der Tag hereinschien, und begleitete dann die Damen nach Hause. Aber Nachts konnte Däumelinchen gar nicht schlafen; da stand sie von ihrem Bette auf und flocht von Heu einen großen, schönen Teppich, den trug sie zu dem Vogel, breitete ihn über denselben und legte weiche Baumwolle, welche sie in der Stube der Feldmaus gefunden hatte, an die Seiten des Vogels, damit er in der kalten Erde warm liegen möge.

„Lebewohl, Du schöner, kleiner Vogel!", sagte sie. „Lebewohl und habe Dank für Deinen herrlichen Gesang im Sommer, als alle Bäume grün waren und die Sonne warm auf uns herabschien!" Dann legte sie ihr Haupt an des Vogels Brust, erschreckte aber zugleich, denn es war gerade, als ob drinnen etwas klopfte. Das war des Vogels Herz. Der Vogel war nicht tot, er lag nur betäubt da und war nun erwärmt worden und bekam wieder Leben.

Im Herbst fliegen alle Schwalben nach den warmen Ländern fort; aber ist da eine, die sich verspätet, so friert sie so, dass sie wie tot niederfällt, liegen bleibt, wo sie hinfällt, und der kalte Schnee sie bedeckt.

Däumelinchen zitterte heftig, so war sie erschrocken, denn der Vogel war ja groß, sehr groß gegen sie, die nur einen Zoll lang war; aber sie fasste doch Mut, legte die Baumwolle dichter um die arme Schwalbe, und holte ein Krausemünzblatt, welches sie selbst zum Deckblatt gehabt hatte, und legte es über den Kopf des Vogels.

In der nächsten Nacht schlich sie sich wieder zu ihm, und da war er nun lebendig, aber ganz matt, er konnte nur einen Augenblick seine Augen öffnen und Däumelinchen ansehen, die mit einem Stück faulen Holzes in der Hand, denn eine andere Laterne hatte sie nicht, vor ihm stand.

„Ich danke Dir, Du niedliches, kleines Kind!", sagte die kranke Schwalbe zu ihr. „Ich bin herrlich erwärmt worden; bald erhalte ich meine Kräfte zurück und kann dann wieder draußen in dem warmen Sonnenschein herumfliegen!"

„O", sagte Däumelinchen, „es ist kalt draußen, es schneit und friert! Bleib in Deinem warmen Bette, ich werde Dich schon pflegen!"

Dann brachte sie der Schwalbe Wasser in einem Blumenblatt, und diese trank und erzählte ihr, wie sie ihren einen Flügel an einem Dornbusch gerissen und deshalb nicht so schnell habe fliegen können, als die andern Schwalben, welche fortgeflogen seien, weit fort nach den warmen Ländern. So sei sie zuletzt zur Erde gefallen. Mehr wusste sie nicht und auch nicht, wie sie hierher gekommen war.

Den ganzen Winter blieb sie nun da unten, Däumelinchen pflegte sie und hatte sie lieb, weder der Maulwurf noch die Feldmaus erfuhr etwas davon, denn sie mochten die arme Schwalbe nicht leiden.

Sobald das Frühjahr kam und die Sonne die Erde erwärmte, sagte die Schwalbe Däumelinchen Lebewohl, die das Loch öffnete, welches der Maulwurf oben gemacht hatte. Die Sonne schien herrlich zu ihnen herein und die Schwalbe fragte, ob sie mitkommen wolle, sie könnte auf ihrem Rücken sitzen, sie wollten weit in den grünen Wald hineinfliegen. Aber Däumelinchen wusste, dass es die alte Feldmaus betrüben würde, wenn sie sie verließe.

„Nein, ich kann nicht!", sagte Däumelinchen.

„Lebe wohl, lebe wohl, Du gutes, niedliches Mädchen!", sagte die Schwalbe und flog hinaus in den Sonnenschein. Däumelinchen sah ihr nach und das Wasser trat ihr in die Augen, denn sie war der armen Schwalbe von Herzen gut.

„Quivit, quivit!", sang der Vogel und flog in den grünen Wald. Däumelinchen war recht betrübt. Sie erhielt gar keine Erlaubnis, in den warmen Sonnenschein hinauszugehen. Das Korn, welches auf dem Felde, über dem Hause der Feldmaus gesäet war, wuchs auch hoch in die Luft empor; das war ein ganz dichter Wald für das arme, kleine Mädchen, das nur einen Zoll lang war.

„Nun sollst Du im Sommer Deine Aussteuer nähen!", sagte die Feldmaus zu ihr; denn der Nachbar, der langweilige Maulwurf in dem schwarzen Sammetpelze, hatte um sie gefreit. „Du musst sowohl Wollen- wie Leinenzeug haben, denn es darf Dir an nichts fehlen, wenn Du des Maulwurfs Frau wirst!"

Däumelinchen musste auf der Spindel spinnen, und die Feldmaus mietete vier Spinnen, welche Tag und Nacht für sie spannen und webten. Jeden Abend besuchte sie der Maulwurf und sprach dann immer davon, dass, wenn der Sommer zu Ende gehe, die Sonne lange nicht so warm scheinen werde, sie brenne ja jetzt die Erde fest wie einen Stein; ja, wenn der Sommer vorbei sei, dann wolle er mit Däumelinchen Hochzeit halten. Aber sie war gar nicht erfreut darüber, denn sie mochte den langweiligen Maulwurf nicht leiden. Jeden Morgen, wenn die Sonne aufging, und jeden Abend, wenn sie unterging, stahl sie sich zur Tür hinaus, und wenn dann der Wind die Kornähren trennte, so dass sie den blauen Himmel erblicken konnte, dachte sie daran, wie hell und schön es hier draußen sei, und wünschte sehnlichst, die liebe Schwalbe wiederzusehen; aber die kam nicht wieder, sie war gewiss weit weg in den schönen grünen Wald gezogen.

Als es nun Herbst wurde, hatte Däumelinchen ihre ganze Aussteuer fertig.

„In vier Wochen sollst Du Hochzeit halten!", sagte die Feldmaus. Aber Däumelinchen weinte und sagte, sie wolle den langweiligen Maulwurf nicht haben.

„Schnickschnack!", sagte die Feldmaus. „Werde nicht widerspenstig, denn sonst werde ich Dich mit meinen weißen Zähnen beißen! Es ist ja ein schöner Mann, den Du bekommst! Die Königin selbst hat keinen solchen schwarzen Sammetpelz! Er hat Küche und Keller voll. Danke Du Gott für ihn!"

Nun sollten sie Hochzeit haben. Der Maulwurf war schon gekommen, Däumelinchen zu holen; sie sollte bei ihm wohnen, tief unter der Erde, nie an die warme Sonne herauskommen, denn die mochte er nicht leiden. Das arme Kind war sehr betrübt; sie sollte nun der schönen Sonne Lebewohl sagen, die sie doch bei der Feldmaus hatte von der Tür aus sehen dürfen.

„Lebe wohl, Du helle Sonne!", sagte sie, streckte die Arme hoch empor und ging auch eine kleine Strecke weiter vor dem Hause der Feldmaus; denn nun war das Korn geerntet, und hier standen nur die trockenen Stoppeln. „Lebe wohl, lebe wohl!", sagte sie und schlang ihre Arme um eine kleine rote Blume, die da stand. „Grüße die kleine Schwalbe von mir, wenn Du sie zu sehen bekommst!"

„Quivit, quivit!", ertönte es plötzlich über ihrem Kopfe, sie sah empor, es war die kleine Schwalbe, die gerade vorbei kam. Sobald sie Däumelinchen erblickte, wurde sie sehr erfreut; diese erzählte ihr, wie ungern sie den hässlichen Maulwurf zum Manne haben wolle, und dass sie dann tief unter der Erde wohnen solle, wo nie die Sonne scheine. Sie konnte sich nicht enthalten, dabei zu weinen.

„Nun kommt der kalte Winter", sagte die kleine Schwalbe; „ich fliege weit fort nach den warmen Ländern, willst Du mit mir kommen? Du kannst auf meinem Rücken sitzen! Binde Dich nur mit Deinem Gürtel fest, dann fliegen wir von dem hässlichen Maulwurf und seiner dunkeln Stube fort, weit weg über die Berge, nach den warmen Ländern, wo die Sonne schöner scheint als hier, wo es immer Sommer ist und herrliche Blumen gibt. Fliege nur mit mir; Du liebes, kleines Däumelinchen, die mein Leben gerettet hat, als ich wie tot in dem dunkeln Erdkeller lag!"

„Ja, ich werde mit Dir kommen!", sagte Däumelinchen und setzte sich auf des Vogels Rücken, mit den Füßen auf seine entfalteten Schwingen, band ihren Gürtel an einer der stärksten Federn fest, und da flog die Schwalbe hoch in die Luft hinauf, über Wald und über See, hoch hinauf über die großen Berge, wo immer Schnee liegt; Däumelinchen fror in der kalten Luft, aber dann verkroch sie sich unter des Vogels warmen Federn und streckte nur den kleinen Kopf hervor, um all' die Schönheiten unter sich zu bewundern.

Da kamen sie denn nach den warmen Ländern. Dort schien die Sonne weit klarer als hier, der Himmel war zweimal so hoch, und an Gräben und Hecken wuchsen die schönsten, grünen und blauen Weintrauben. In den Wäldern hingen Zitronen und Apfelsinen, hier duftete es von Myrthen und Krausemünze, auf den Landstraßen liefen die niedlichsten Kinder und spielten mit großen, bunten Schmetterlingen. Aber die Schwalbe flog noch weiter fort, und es wurde schöner und schöner. Unter den herrlichsten grünen Bäumen an dem blauen See stand ein blendend weißes Marmorschloss aus noch alten Zeiten. Weinreben rankten sich um die hohen Säulen empor; ganz oben waren viele Schwalbennester, und in einem derselben wohnte die Schwalbe, welche Däumelinchen trug.

„Hier ist mein Haus!", sagte die Schwalbe. „Aber willst Du Dir nun selbst eine der prächtigsten Blumen, die da unten wachsen, aussuchen, dann will ich Dich hineinsetzen und Du sollst es so gut haben, wie Du nur es wünschest!"

„Das ist herrlich!", sagte Däumelinchen und klatschte in die kleinen Hände.

Da lag eine große, weiße Marmorsäule, welche zu Boden gefallen und in drei Stücke gesprungen war, aber zwischen diesen wuchsen die schönsten, großen, weißen Blumen. Die Schwalbe flog mit Däumelinchen hinunter und setzte sie auf eins der breiten Blätter. Aber wie erstaunte diese! Da saß ein kleiner Mann mitten in der Blume, so weiß und durchsichtig, als wäre er von Glas; die niedlichste Goldkrone trug er auf dem Kopfe und die herrlichsten, klaren Flügel an den Schultern, selbst war er nicht größer als Däumelinchen. Es war der Blume Engel. In jeder Blume wohnte so ein kleiner Mann oder eine Frau, aber dieser war der König über alle.

„Gott, wie ist er schön!", flüsterte Däumelinchen der Schwalbe zu. Der kleine Prinz erschrak sehr über die Schwalbe, denn sie war gegen ihn, der so klein und fein war, ein Riesenvogel; aber als er Däumelinchen erblickte, wurde er hocherfreut; sie war das schönste Mädchen, das er je gesehen hatte. Deswegen nahm er seine Goldkrone vom Haupte und setzte sie ihr auf, fragte, wie sie heiße und ob sie seine Frau werden wolle, dann solle sie Königin über alle Blumen werden! Ja, das war wahrlich ein anderer Mann als der Sohn der Kröte und der Maulwurf mit dem schwarzen Sammetpelze. Sie sagte deshalb ja zu dem herrlichen Prinzen, und von jeder Blume kam eine Dame oder ein Herr, so niedlich, dass es eine Lust war; jeder brachte Däumelinchen ein Geschenk, aber das beste von allen waren ein Paar schöne Flügel von einer großen, weißen Fliege; sie wurden Däumelinchen am Rücken befestigt, und nun konnte sie auch von Blume zu Blume fliegen. Da gab es viele Freude, und die Schwalbe saß oben in ihrem Neste und sang ihnen vor, so gut sie konnte; aber im Herzen war sie doch betrübt, denn sie war Däumelinchen gut und hätte sich nie von ihr trennen mögen.

„Du sollst nicht Däumelinchen heißen!", sagte der Blumenengel zu ihr. „Das ist ein hässlicher Name und Du bist schön. Wir wollen Dich Maja nennen."

„Lebe wohl, lebe wohl!", sagte die kleine Schwalbe und flog wieder fort von den warmen Ländern, weit weg nach Deutschland zurück; dort hatte sie ein kleines Nest über dem Fenster, wo der Mann wohnt, der Märchen erzählen kann, vor ihm sang sie „Quivit, quivit!" Daher wissen wir die ganze Geschichte.

Tölpel-Hans

Tief im Innern des Landes lag ein alter Herrenhof; dort war ein alter Gutsherr, welcher zwei Söhne hatte, die sich so witzig und gewitzigt dünkten, dass die Hälfte genügt hätte; diese wollten sich nun um die Königstochter bewerben, denn dieselbe hatte öffentlich anzeigen lassen, sie wolle denjenigen zum Ehegemahl wählen, der seine Worte am besten zu stellen wisse.

Die beiden bereiteten sich nun volle acht Tage auf die Bewerbung vor, die längste, aber allerdings auch genügendste Zeit, die ihnen vergönnt war; denn sie hatten Vorkenntnisse, und wie nützlich die sind, weiß jedermann. Der eine wusste das ganze lateinische Wörterbuch und nebenbei auch drei Jahrgänge vom Tageblatte des Städtchens auswendig, und zwar so, dass er alles von vorne und hinten, je nach Belieben, hersagen konnte. Der andere hatte sich in die Innungsgesetze hineingearbeitet und wusste auswendig, was jeder Innungsvorstand wissen muss, weshalb er auch meinte, er könne von Staatsaffairen mitreden und seinen Senf dazu geben; ferner verstand er noch eins: Er konnte Hosenträger mit Rosen und anderen Blümchen und Schnörkeleien bestechen, denn er war auch fein und fingerfertig.

„Ich bekomme die Königstochter!", riefen sie alle beide, und so schenkte der alte Papa einem jeden von ihnen ein prächtiges Pferd. Derjenige, welcher das Wörterbuch und das Tageblatt auswendig wusste, bekam einen Rappen, der Innungskluge erhielt ein milchweißes Pferd und dann schmierten sie sich die Mundwinkel mit Fischtran ein, damit sie recht geschmeidig würden. – Das ganze Gesinde stand unten im Hofraume und war Zeuge, wie sie die Pferde bestiegen, und wie von ungefähr kam auch der dritte Bruder hinzu, denn der alte

Gutsherr hatte drei Söhne, aber niemand zählte diesen dritten mit zu den anderen Brüdern, weil er nicht so gelehrt wie diese war, und man nannte ihn auch gemeinhin *Tölpel-Hans.*

„Ei!" – sagte Tölpel-Hans – „wo wollt Ihr hin? Ihr habt Euch ja in den Sonntagsstaat geworfen!"

„Zum Hofe des Königs, uns die Königstochter zu erschwatzen! Weißt Du denn nicht, was dem ganzen Lande bekannt gemacht ist?", und nun erzählten sie ihm den Zusammenhang.

„Ei der Tausend! da bin ich auch dabei!", rief Tölpel-Hans; und die Brüder lachten ihn aus und ritten davon.

„Väterchen!" – schrie Tölpel-Hans – „ich muss auch ein Pferd haben. Was ich für eine Lust zum Heiraten kriege! Nimmt sie mich, so nimmt sie mich, und nimmt sie mich nicht, so nehm ich sie – kriegen tu' ich sie!"

„Lass das Gewäsch!", sagte der Alte, „Dir gebe ich kein Pferd. Du kannst ja nicht reden, Du weißt ja Deine Worte nicht zu stellen; nein, Deine Brüder, ah, das sind ganz andere Kerle."

„Nun", sagte Tölpel-Hans, „wenn ich kein Pferd haben kann, so nehme ich den Ziegenbock, der gehört mir sowieso, und tragen kann er mich auch!" – und gesagt, getan. Er setzte sich rittlings auf den Ziegenbock, presste die Hacken in dessen Weichen ein, und sprengte davon, die große Hauptstraße wie ein Sturmwind dahin. Hei, Hop! das war eine Fahrt! „Hier komm' ich!", schrie Tölpel-Hans, und sang, dass es weit und breit wiederhallte.

Aber die Brüder ritten langsam ihm voraus; sie sprachen kein Wort, sie mussten sich alle die guten Einfälle überlegen, die sie an den Tag bringen wollten, denn das sollte alles recht sein ausspekuliert sein!

„Hei!", schrie Tölpel-Hans: „hier bin ich! Seht mal, was ich auf der Landstraße gefunden!" – und er zeigte ihnen eine tote Krähe, die er gefunden hatte.

„Tölpel!", sprachen die Brüder, „was willst Du mit der machen?"

„Mit der Krähe! – die will ich der Königstochter schenken!"

„Ja, das tu' nur!", sagten sie, lachten und ritten weiter.

„Hei – Hop! hier bin ich! Seht, was ich jetzt gefunden habe, das findet man nicht alle Tage auf der Landstraße!"

Und die Brüder kehrten um, damit sie sähen, was er wohl noch gefunden haben könnte, „Tölpel!", sagten sie, „das ist ja ein alter Holzschuh, dem noch dazu das Oberteil fehlt; wirst Du auch den der Königstochter schenken?"

„Wohl werde ich das!", erwiderte Tölpel-Hans; und die Brüder lachten und ritten davon; sie gewannen einen großen Vorsprung.

„Hei hopsasa! hier bin ich!", rief Tölpel-Hans; „nein, es wird immer besser! heisa! Nein! es ist ganz famos!"

„Was hast Du denn jetzt gefunden?", fragten die Brüder.

„Oh", – sagte Tölpel-Hans, „das ist gar nicht zu sagen! Wie wird sie erfreut sein, die Königstochter."

„Pfui!", sagten die Brüder, „das ist ja reiner Schlamm, unmittelbar aus dem Graben."

„Ja freilich ist es das!", sprach Tölpel-Hans, „und zwar von der feinsten Sorte, seht, er läuft einem gar durch die Finger durch!", und dabei füllte er seine Tasche mit dem Schlamme.

Allein die Brüder sprengten dahin, dass Kies und Funken stoben, deshalb gelangten sie auch eine ganze Stunde früher als Tölpel-Hans an das Stadttor; an diesem bekamen alle Freier Nummern, sofort nach ihrer Ankunft und wurden in Reih' und Glied geordnet, sechs in jede Reihe, und so eng zusammengedrängt, dass sie die Arme nicht bewegen konnten; das war sehr weise so eingerichtet, denn sie hatten einander wohl sonst das Fell über die Ohren gezogen, bloß weil der eine vor dem andern stand.

Die ganze Volksmenge des Landes stand rings um das königliche Schloss in dichten Massen zusammengedrängt, bis an die Fenster hinauf, um die Königstochter die Freier empfangen zu sehen; je nachdem einer von diesen in den Saal trat, ging ihm die Rede aus wie ein Licht.

„Das taugt nichts!", sprach die Königstochter. „Fort, hinaus mit ihm!"

Endlich kam die Reihe an denjenigen der Brüder, welcher das Wörterbuch auswendig wusste, aber er wusste es nicht mehr, er hatte es ganz vergessen in Reih' und Glied; und die Fußdielen knarrten und die Zimmerdecke war von lauter Spiegelglas, dass er sich selber auf dem Kopfe stehen sah, und an jedem Fenster standen drei Schreiber und ein Oberschreiber, und jeder von diesen schrieb alles nieder, was gesprochen wurde, damit es sofort in die Zeitung käme und für „einen

Silbergroschen" an der Straßenecke verkauft werde. Es war entsetzlich, und dabei hatten sie dermaßen in dem Ofen eingeheizt, dass er glühend war.

„Hier ist eine entsetzliche Hitze, hier!" – sprach der Freier.

„Ja wohl! mein Vater bratet aber auch heute junge Hähne!", sagte die Königstochter.

„Mäh!", da stand er wie ein Mähäh; auf solche Rede war er nicht gefasst gewesen; kein Wort wusste er zu sagen, obgleich er etwas Witziges hatte sagen wollen. „Mäh!"

„Taugt nichts!", sprach die Königstochter. „Fort, hinaus mit ihm!", und hinaus musste er.

Nun trat der andere Bruder ein.

„Hier ist eine entsetzliche Hitze!" – sagte er.

„Ja wohl, wir braten heute junge Hähne!", bemerkte die Königstochter.

„Wie be – wie?", sagte er, und die Schreiber schrieben: wie be – wie!

„Taugt nichts!", sagte die Königstochter. „Fort, hinaus mit ihm!"

Nun kam Tölpel-Hans dran; er ritt auf dem Ziegenbocke direkt in den Saal hinein. „Na, das ist doch eine Mordhitze hier!", sagte er.

„Ja wohl, ich brate aber auch junge Hähne!", sagte die Königstochter.

„Ei, das ist schön!", erwiderte Tölpel-Hans, „dann kann ich wohl eine Krähe mit braten?"

„Mit dem größten Vergnügen!", sprach die Königstochter; „aber haben Sie etwas, worin Sie braten können? denn ich habe weder Topf noch Tiegel."

„Oh, das hab' ich!", sagte Tölpel-Hans. „Hier ist Kochgeschirr mit zinnernem Bügel", und so zog er den alten Holzschuh hervor, und legte die Krähe hinein.

„Da ist ja eine ganze Mahlzeit", sagte die Königstochter, „aber wo nehmen wir die Brühe her?"

„Die habe ich in der Tasche!", sprach Tölpel-Hans. „Ich habe so viel, dass ich sogar etwas davon wegwerfen kann!" – und nun goss er etwas Schlamm aus der Tasche heraus.

„Das gefällt mir!", sagte die Königstochter, „Du kannst doch antworten, und Du kannst reden, und Dich will ich zum Manne haben! – aber weißt Du auch, dass jedes Wort, welches wir sprechen und gesprochen haben, niedergeschrieben wird und morgen in die Zeitung kommt? An jedem Fenster, siehst Du, stehen drei Schreiber und ein alter Oberschreiber, und dieser alte Oberschreiber ist noch der schlimmste, denn er kann nichts begreifen!" und das sagte sie nur, um Tölpel-Hans zu ängstigen. Und die Schreiber wieherten und spritzten dabei jeder einen Tintenklecks auf den Fußboden.

„Ah, das ist also die Herrschaft!", sagte Tölpel-Hans; „nun so werde ich dem Oberschreiber das Beste geben!", und damit kehrte er seine Taschen um und warf ihm den Schlamm gerade ins Gesicht.

„Das war fein gemacht!", sagte die Königstochter, „das hätte ich nicht tun können! Aber ich werde es schon lernen!" –

Tölpel-Hans wurde König, bekam eine Frau und eine Krone und saß auf einem Throne, und das haben wir ganz nass aus der Zeitung des Oberschreibers und Schreiberinnungsmeisters – und auf die ist nicht zu bauen!

Die alte Straßenlaterne

Hast Du je die Geschichte von der alten Straßenlaterne gehört? Außerordentlich amüsant ist sie zwar nicht, jedoch einmal lässt sie sich anhören.

Es war eine recht ehrliche, alte Laterne, die viele, viele Jahre hindurch ihren Dienst versehen hatte, jetzt aber in Ruhestand versetzt werden sollte. Zum letzten Male stak sie auf dem Pfahle und leuchtete durch die Straße. Es war ihr zu Mute wie einer alten Balletfigurantin, die zum letzten Male tanzt und morgen vergessen auf ihrer Bodenkammer sitzt. Die Laterne hatte gar große Angst wegen des andern Tages, denn sie wusste, dass sie zum ersten Male auf dem Rathause erscheinen und vom Bürgermeister und Rat besichtigt werden sollte, ob sie noch zu fernerem Dienste brauchbar sei oder nicht.

Da sollte nun beschlossen werden, ob sie künftig ihr Licht für die Bewohner einer der Vorstädte müsste leuchten lassen, oder auf dem Lande in irgend einer Fabrik; vielleicht ging ihr Weg geradezu in eine Eisengießerei, um umgegossen zu werden. In diesem Falle konnte freilich alles aus ihr werden, aber der Gedanke, ob sie dann wohl die Erinnerung daran behalten würde, dass sie früher Straßenlaterne gewesen, peinigte sie schrecklich. Wie es ihr auch gehen mochte: so viel ist gewiss, dass sie vom Nachtwächter und seiner Frau, die sie wie zu ihrer Familie gehörig betrachteten, getrennt werden würde. Als die Laterne zum ersten Male aufgehängt wurde, war der Nachtwächter ein junger, rüstiger Mann; es geschah, als er eben zu derselben Stunde sein Amt antrat. Ja! das war freilich lange her, dass sie Laterne und er Nachtwächter wurde. Die Frau war damals ein wenig stolz. Nur wenn sie Abends vorbeiging, würdigte sie die Laterne eines Blickes, am Tage nie. Jetzt aber, in den letzten Jahren, wo sie alle drei, der Wächter, die Frau und die Laterne, alt geworden, hatte die Frau auch sie gepflegt, geputzt und mit Öl versehen. Grundehrlich waren die beiden Eheleute; nie hatten sie die Lampe nur um einen Tropfen des ihr bestimmten Öls betrogen.

Es war ihr letzter Abend auf der Straße und morgen sollte sie auf's Rathaus: das waren zwei finstere Gedanken! Kein Wunder, dass sie nicht schön brannte. Aber auch viele andere Gedanken durchkreuzten sie. Zu wie vielem hatte sie ihr Licht geliehen, wie vieles hatte sie gesehen, vielleicht eben so viel, wie Bürgermeister und Rat. Allein diese Gedanken ließ sie nicht laut werden, denn sie war eine gute, ehrliche, alte Laterne, die niemandem etwas zu Leide tun mochte, am allerwenigsten der Obrigkeit. Gar vieles fiel ihr ein und mitunter flackerte ihre Flamme auf. Sie hatte in solchen Augenblicken ein Gefühl, dass man sich auch ihrer erinnern würde. „Da war damals der junge, hübsche Mann – es ist freilich lange her – der hatte ein Briefchen auf rosarotem Papier mit Goldrand. Es war so zierlich geschrieben, wie von einer Damenhand. Zweimal las er es und küsste es und blickte empor zu mir mit Augen, die deutlich aussprachen: ‚Ich bin der glücklichste der Menschen!' Nur er und ich wussten, was in diesem ersten Briefe seine Geliebten geschrieben stand. Ja! auch noch eines Augenpaares erinnere ich mich. Es ist doch etwas Wunderbares um die Gedankensprünge! In der Straße war ein Leichenbegängnis; die junge, schöne Frau ruhte auf dem vornehmsten Leichenwagen in dem mit Blumen und Kränzen bedeckten Sarge; die vielen Fackeln verdunkelten mein Licht. Längs der Häuser standen die Menschen gedrängt; sie zogen alle dem Leichenzuge nach. Als aber die Fackeln mir aus dem Gesicht waren und ich umher blickte, stand eine einzige Person noch an meinen Pfahl gelehnt und weinte. Nie vergesse ich das trauernde Augenpaar, das zu mir aufblickte!" Diese und ähnliche Gedanken beschäftigten die alte Straßenlaterne, die heute zum letzten Male leuchtete.

Die Schildwache, die von ihrem Posten abgelöst wird, kennt doch wenigstens ihren Nachfolger und darf ihm einige Worte zuflüstern: die Laterne kannte den ihrigen nicht, und sie hatte ihm doch einige nützliche Winke in Bezug auf Regen und Nebel geben, ihn in Kenntnis setzen können, wie weit die Strahlen des Mondes das Trottoir berührten, von welcher Seite der Wind gewöhnlich blase und anderes mehr.

Auf der Rinnsteinbrücke standen drei Personen, die sich der Laterne vorstellen wollten, weil sie glaubten, dass diese selbst das Amt zu vergeben habe. Die erste Person war ein Häringskopf, der im Finstern auch leuchten konnte. Er meinte, es sei eine große Ölersparnis, wenn er auf den Pfahl gesteckt würde. Nummer Zwei war ein Stück faules Holz, welches auch schimmert. Es sei, meinte es, aus einem alten Stamm, einst die Zierde des Waldes, entsprossen. Die dritte Person war ein Johanniswürmchen; woher dieses gekommen sei, begriff die Laterne nicht, da war es aber, und leuchten konnte es auch. Das faule Holz und der Häringskopf schwuren jedoch bei allem, was ihnen heilig, dass es nur zu bestimmten Zeiten leuchte und daher nicht in Betracht kommen könne.

Die alte Laterne erklärte, dass keins von ihnen genügend leuchte, um den Posten einer Straßenlaterne zu bekleiden; das glaubte aber keiner von ihnen. Als sie daher hörten, dass die Laterne nicht selbst das Amt zu vergeben habe, meinten sie, dass dies sehr erfreulich sei; sie wäre auch viel zu hinfällig, um diese Wahl treffen zu können.

In demselben Augenblicke kam der Wind von der Straßenecke daher gesaust und fuhr durch die Luftlöcher der alten Laterne. „Was muss ich hören!", fragte er. „Du willst morgen fort? Ich treffe Dich heute zum letzten Male? Da muss ich Dir noch etwas zum Abschied bescheren; ich blase jetzt so in Deinen Hirnkasten hinein, dass Du künftig Dich nicht allein alles Geschehenen und Gehörten wirst entsinnen können, sondern so helle soll es in Deinem Innern werden, dass Du alles, wovon in Deiner Gegenwart gelesen oder erzählt wird, sehen kannst."

„Ach! das ist wahrlich viel, sehr viel!", sagte die alte Laterne. „Ich danke Dir herzlich! Wenn ich nur nicht umgegossen werde!"

„Das geschieht sobald nicht!", sagte der Wind. „Jetzt blase ich Dir das Gedächtnis ein; wenn Du mehrere derartige Geschenke erhältst, da kannst Du immer noch Deine alten Tage recht vergnügt zubringen."

„Wenn ich nur nicht umgegossen werde!", sagte die Laterne. „Oder behalte ich für diesen Fall auch mein Gedächtnis?"

„Alte Laterne, sei vernünftig!", sagte der Wind und blies.

In dem Augenblicke trat der Mond hinter den Wolken hervor.

„Was schenken Sie der Laterne?", fragte der Wind.

„Nichts gebe ich!", antwortete er. „Ich bin ja im Abnehmen und die Laternen haben mir nie geleuchtet, wohl habe ich aber umgekehrt den

Laternen geleuchtet." Und mit diesen Worten versteckte der Mond sich wieder hinter den Wollen, um nicht ferneren Zumutungen ausgesetzt zu sein.

Jetzt fiel ein Tropfen auf die Laterne wie vom Dache herunter; der Tropfen erklärte, er käme aus den grauen Wolken und sei auch ein Geschenk, vielleicht sogar das beste. „Ich durchdringe Dich so, dass Du die Fähigkeit erlangst, in einer Nacht, wenn Du es wünschest, zu Rost zu werden und in Staub zusammenzufallen."

Dies schien aber der Laterne ein schlechtes Geschenk zu sein; dem Winde ebenfalls. „Gibt niemand mehr? Gibt niemand mehr?", blies er, so laut er konnte.

Da fiel eine leuchtende Sternschnuppe, einen langen, hellen Streifen bildend.

„Was war das?", rief der Häringskopf. „Fiel nicht ein Stern herunter? Ich glaube gar, er fuhr in die Laterne! Freilich, wenn solche hochstehende Personen sich um dieses Amt bewerben, da können wir gute Nacht sagen und uns nach Hause verfügen."

Und das taten sie auch alle drei. Die alte Laterne verbreitete aber ein wunderbar starkes Licht. „Das war ein herrliches Geschenk!", sagte sie. „Die klaren Sterne, über die ich stets meine größte Freude gehabt, und die so herrlich leuchten, wie ich nie habe leuchten können, obwohl mein ganzes Dichten und Trachten darauf gerichtet war, haben mich arme, alte Laterne doch bemerkt, und mir ein Geschenk gesandt, in der Fähigkeit bestehend, dass alles, dessen ich mich selbst entsinne und was ich so deutlich sehe, als ob es vor mir stände, auch von allen denen gesehen werden kann, die ich liebe. Und hierin liegt erst das wahre Vergnügen; denn Freude, die man nicht mit andern teilen kann, ist doch nur halbe Freude."

„Das macht Deiner Gesinnung alle Ehre!", sagte der Wind. „Aber dazu sind Wachslichter nötig. Wenn diese nicht in Dir angezündet sind, helfen Deine seltenen Fähigkeiten den andern nichts. Sieh! daran haben die Sterne nicht gedacht; sie halten Dich und jede andere Beleuchtung für Wachslichter. Doch, ich will mich legen!" – Und er legte sich.

„Ja, du lieber Gott! Wachslichter!", sagte die Laterne. „Die habe ich weder bisher gehabt, noch werde ich sie wohl künftig bekommen! Wenn ich nur nicht umgegossen werde!"

Den nächsten Tag, ja, den nächsten Tag tun wir besser zu überspringen. – Am nächsten Abend ruhte die Laterne in einem Großvaterstuhle. Und rate wo? Bei dem alten Nachtwächter! Er hatte vom Bürgermeister und Rat sich die Gnade ausgebeten, in Betracht seiner langen und treuen Dienste die alte Laterne behalten zu dürfen, die er selbst an seinem ersten Amtstage, vor vierundzwanzig Jahren, zum ersten Male auf- und angesteckt habe. Er betrachtete sie wie sein Kind, er hatte ja kein anderes; und die Laterne wurde ihm geschenkt.

Jetzt lag sie da im Großvaterstuhl, neben dem warmen Ofen. Es war, als sei sie größer geworden, weil sie den Stuhl allein einnahm. Die alten Leute saßen bei ihrem Abendbrote und warfen freundliche Blicke auf die alte Laterne, der sie gern einen Platz am Tische gegönnt hatten.

Sie bewohnten freilich einen Keller, zwei Ellen tief in die Erde hinein; man musste über einen gepflasterten Gang um in die Stube zu gelangen; drinnen war es aber recht gemütlich und warm; an die Tür waren, Tuchleisten genagelt. Alles reinlich und nett, Vorhänge um die kleinen Bettstellen und vor den kleinen Fenstern. Auf dem Fensterbrette standen zwei kuriose Blumentöpfe, welche Matrose Christian mit aus Ost- oder Westindien gebracht hatte. Sie waren nur aus Ton und stellten zwei Elefanten vor; der Rücken fehlte; statt dessen blühte aus der Erde, mit der sie gefüllt waren, aus dem einen das schönste Schnittlauch: das war der Küchengarten; aus dem andern ein großer Geraniumbusch: das war der Blumengarten. An der Wand hing ein großes koloriertes Bild: *der Kongress zu Wien*. Da hatten sie alle Könige und Kaiser auf einmal. Eine Wanduhr mit schweren Bleigewichten ging „Tick! Tack!", und zwar ging sie immer *vor*; doch dies, meinten die alten Leute, sei weit besser, als wenn sie *nach* ginge. Sie verzehrten ihr Abendbrot, und die Straßenlaterne lag, wie erwähnt, im Großvaterstuhl dicht neben dem Ofen. Es schien der Laterne, als sei die ganze Welt um und um gedreht. Als aber der alte Wächter sie anblickte und davon sprach, was sie alle beide zusammen erlebt hätten, in Regen und Nebel, in hellen, kurzen Sommernächten, wie in den langen Winternächten bei Schneegestöber, wo man sich nach dem Kellerhalse sehnte – da fand sich die alte Laterne wieder zurecht. Sie sah alles so deutlich, als geschehe es jetzt; ja, der Wind hatte ihr ein tüchtiges Licht aufgehen lassen.

Die alten Leute waren sehr tätig und fleißig; keine Stunde wurde im Müßiggange zugebracht. Sonntag Nachmittags wurde irgendein Buch hervorgesucht, am Liebsten eine Reisebeschreibung. Und der alte Mann las vor: von Afrika, von den großen Wäldern, von den Elefanten, die wild herum laufen; und die alte Frau horchte gespannt auf und blickte verstohlen nach den Ton-Elephanten, die als Blumentöpfe dienten.

„Ich kann es mir beinahe vorstellen!", sagte sie. Und die Laterne wünschte sehnlichst, dass ein Wachslicht dagewesen und in ihr angebrannt worden wäre; dann hätte die alte Frau alles bis ins Kleinste genau sehen können, wie es die Laterne erblickte: die hohen Bäume, die dicht in einander verwachsenen Zweige, die nackten, schwarzen Menschen zu Pferde und Schaaren von Elefanten, die mit ihren plumpen, breiten Füßen Rohr und Gebüsche zertraten.

„Was helfen nun alle meine Fähigkeiten, wenn ich kein Wachslicht finde!", seufzte die Laterne. „Sie haben nur Öl und Talglicht, und das genügt nicht!"

Eines Tages gelangte ein großer Haufen Wachslichtstückchen hinunter in den Keller; die größten Stücke wurden verbrannt, die kleinen benutzte die alte Frau, um ihren Nähzwirn zu wachsen. Wachslichter waren also genug da, es fiel aber niemandem ein, ein kleines Stück in die Laterne zu stecken.

„Da stehe ich nun mit meinen seltenen Fähigkeiten", dachte die Laterne. „Ich trage alles in mir und kann sie nicht daran Teil nehmen lassen; sie wissen nicht, dass ich die weißen Wände in die prächtigsten Tapeten zu verwandeln vermag, in die schönsten Wälder, in alles, was sie sich nur wünschen können." Die Laterne wurde übrigens nett gehalten und stand geputzt in einem Winkel, wo sie jedermann in die Augen fiel. Die Fremden fanden, dass sie ein großes Gerumpel sei: daraus machten sich aber die alten Leute nichts; sie hatten die Laterne lieb.

Eines Tages – es war des alten Wächters Geburtstag – näherte sich die alte Frau, vor sich hin lächelnd, der Laterne und sagte: „Ich will heute meinem Alten zu Ehren illuminieren!" Und die Laterne knarrte mit den blechernen Beschlägen und dachte: „Na! endlich geht ihnen doch ein Licht auf!" Es blieb aber bei Öl, und kein Wachslicht kam zum Vorschein. Sie brannte den ganzen Abend hindurch, sah aber jetzt zu gut ein, dass die Gabe der Sterne ein toter Schatz für dieses Leben bleiben würde. – Da hatte sie einen Traum – bei ihren Fähigkeiten war es eben keine Kunst zu träumen! Es kam ihr vor, als ob die alten Leute gestorben wären und sie selbst in die Eisengießerei gekommen sei, um umgegossen zu werden. Es wurde ihr dabei eben so ängstlich zu Mute wie damals, als sie auf's Rathaus musste, um vom Bürgermeister und Rat besichtigt zu werden. Aber obwohl ihr die Kraft geworden war, nach Belieben in Rost und Staub zerfallen zu können, tat sie es doch nicht. Sie wurde in den Schmelzofen gesteckt und in einen eisernen Leuchter verwandelt, so schön, wie ihn nur jemand wünschen konnte, um Wachslichter darauf zu stecken. Sie hatte die Form eines Engels bekommen, der ein großes Bouquet trägt; mitten in das Bouquet wurde das Wachslicht gesteckt. Der Leuchter erhielt seinen Platz auf einem grünen Schreibtische; das Zimmer war höchst gemütlich: es standen viele Bücher um ihn herum, die Wände waren mit herrlichen Bildern behangen; es gehörte einem Dichter. Alles, was er dachte oder schrieb, zeigte sich rings um ihn. Die Natur verwandelte sich in dichte, finstere Wälder, in freundliche Wiesen, wo die Störche umherstolzierten, in das Schiffsdeck auf der wogenden See, in den klaren Himmel mit allen seinen Sternen.

„Was doch für Fähigkeiten in mir liegen!", sagte die alte Laterne, indem sie erwachte. „Beinahe möchte ich wünschen, umgegossen zu werden! Doch nein! Das darf nicht geschehen, so lange die Alten leben! Sie lieben mich meiner Person wegen; sie haben mich geputzt und mir Öl gereicht. Ich habe es ja auch eben so gut wie der ganze Kongress, in dessen Betrachtung sie ebenfalls Vergnügen finden."

Und seit dieser Zeit genoss sie mehr innere Ruhe, und das hatte die alte ehrliche Straßenlaterne verdient.